LES TROIS CRIMES DE NOËL

LES ENQUÊTES DE L'INSPECTEUR HIGGINS

Déjà parus

1. Le Crime de la momie
2. L'Assassin de la Tour de Londres
3. Les Trois Crimes de Noël
4. Le Profil de l'assassin
5. Meurtre sur invitation
6. Crime Academy
7. L'Énigme du pendu
8. Mourir pour Léonard
9. Qui a tué l'astrologue ?
10. Le Crime de Confucius
11. Le Secret des Mac Gordon
12. L'Assassin du pôle Nord
13. La Disparue de Cambridge
14. La Vengeance d'Anubis
15. L'Assassinat de Don Juan
16. Crime dans la Vallée des Rois
17. Un assassin au Touquet
18. Le Crime du sphinx
19. Le Tueur du vendredi 13
20. Justice est faite
21. Assassinat chez les druides
22. La Malédiction de Toutânkhamon
23. L'École du crime
24. Le Démon de Kensington
25. L'Aiguille de Cléopâtre
26. Brexit oblige…
27. Crime sur le lac Léman
28. Comédien, assassin ?
29. Sauvez la reine !
30. L'Énigme XXL
31. Le Marchand de sable
32. Jack l'Éventreur : le retour
33. Un crime pour l'éternité
34. Les Sept Merveilles du crime
35. Crime niçois
36. L'empreinte carbone
37. Que le diable l'emporte !

À paraître en janvier 2021

38. L'ennemi invisible

CHRISTIAN JACQ

LES TROIS CRIMES DE NOËL

LES ENQUÊTES DE L'INSPECTEUR HIGGINS

XO EDITIONS
J ÉDITIONS

www.inspecteurhiggins.com
www.xoeditions.com

ISBN : 978-2-37448-299-6

En 1986, sous le pseudonyme de J.B. Livingstone, j'ai publié une première version de cette enquête, aujourd'hui obsolète. Voici la seule version autorisée.

L'Égypte menant à tout, j'ai eu la chance, lors d'un séjour de recherche au British Museum, de rencontrer un personnage extraordinaire. Aimant se faire appeler Higgins, en dépit de ses titres de noblesse, cet inspecteur de Scotland Yard avait été chargé d'un grand nombre d'enquêtes spéciales, particulièrement complexes ou « sensibles ».

Entre nous, le courant est immédiatement passé. D'une vaste culture, Higgins m'a accordé un privilège rare en m'invitant dans sa demeure familiale, une superbe propriété au cœur de la campagne anglaise. Et il m'a montré un trésor : ses carnets relatant les affaires qu'il avait résolues.

J'ai vécu des heures passionnantes en l'écoutant et obtenu un second privilège : écrire le déroulement de ces enquêtes criminelles, fertiles en mystères et en rebondissements.

Voici l'une d'entre elles.

— 1 —

En cet après-midi de *Christmas*[1], la neige commençait à tomber sur *Lost Manor,* recouvrant peu à peu les toits de l'étrange demeure d'un délicat manteau de blancheur et l'enfermant davantage dans le silence et la solitude. Pas une ferme aux alentours. Le premier hameau était distant de cinq kilomètres et la première petite ville de trente.

Érigé au cœur de la vieille Angleterre, *Lost Manor,* conformément au désir de son propriétaire, Lord James Rupert, n'avait pas son pareil dans l'univers. La puissante bâtisse, construite au fond d'une vallée fermée, était entourée de chênes centenaires qui la masquaient aux regards indiscrets. Seul un aviateur aurait pu apprécier à son juste prix l'incroyable enchevêtrement de tours, de tourelles, de bastions, de chemins de ronde et de créneaux où se mêlaient mille et un styles, du byzantin ornementé au gothique militaire. L'architecte avait incarné dans la pierre les rêves et les mirages de Lord Rupert, infatigable voyageur qui s'était attaché à réunir en un seul lieu, à l'écart du monde, les souvenirs de ses explorations.

---

1. Le Noël britannique.

Lost Manor n'était accessible que par une petite route, presque un sentier, le plus souvent embourbé. Des crêtes boisées barraient l'horizon de tous côtés.

Aldebert Tilbury laissa retomber le voilage de la grande fenêtre du hall d'accueil d'où il regardait voleter les flocons, de plus en plus gros. L'hiver survenait avec retard, mais il s'annonçait rude.

Vêtu, comme chaque jour de l'année, d'un smoking noir, Aldebert Tilbury assurait avec une ponctualité exemplaire ses multiples tâches de majordome. Son maître, Lord Rupert, était aussi exigeant que pointilleux. Depuis le lever, tôt matin, pour la préparation d'un breakfast à base d'œufs brouillés et de bacon recouvert d'une sauce au curry, jusqu'au souper de vingt-deux heures arrosé de vin français, le majordome de *Lost Manor* ne cessait d'encaustiquer, d'astiquer, d'épousseter, de cuisiner, de servir et de desservir. Il était à lui seul une armée de valets diligents et fidèles. Impossible de quitter le manoir, ne fût-ce qu'une demi-journée. Impossible de renoncer à l'un quelconque des devoirs domestiques qu'Aldebert Tilbury remplissait depuis plus de dix ans.

Entendant sonner la quatrième heure de l'après-midi au beffroi gothique de *Lost Manor,* le majordome servit le thé de Chine dans le salon hindou. Alors qu'il disposait tasse, soucoupe et sucrier en porcelaine de Canton, un bruit absolument incongru lui déchira l'oreille.

Il s'approcha d'une fenêtre.

Stupéfait, il aperçut une vieille Bentley sortant de la forêt de hêtres où serpentait l'unique voie d'accès au domaine. Elle avançait avec lenteur. Le visiteur ignorait qu'aucun véhicule n'était autorisé à violer le territoire de Lord Rupert. Ce n'était donc pas un membre de la famille.

Une dizaine de minutes plus tard, l'automobile s'arrêta devant l'entrée de *Lost Manor.* Aldebert Tilbury, qui avait chaussé des gants beurre frais et ajusté son nœud papillon aux larges ailes, se tenait déjà au sommet du perron, indifférent au vent glacé qui faisait tourbillonner les flocons de neige.

Le conducteur, un personnage épais à la figure rougeaude, demeura au volant. Son passager descendit de la Bentley. Le majordome émit un jugement plutôt positif sur le visiteur qui grimpait calmement les marches du monumental perron, dessiné en arc de cercle et orné de blasons de pierre.

De taille moyenne, le visage à la fois rond et fin, la lèvre supérieure ornée d'une moustache poivre et sel taillée à la perfection, coiffé d'une casquette de bonne coupe à carreaux rouge et brun, vêtu d'un imperméable Tielocken au classicisme inimitable, l'homme s'immobilisa devant Aldebert Tilbury.

– Monsieur s'est sans doute égaré, dit ce dernier, hautain. *Lost Manor* ne se visite pas.

– Higgins, de Scotland Yard, se présenta l'ex-inspecteur-chef.

– Scotland Yard, répéta le majordome, interloqué. Scotland Yard... mais pourquoi être venu jusqu'ici ?

– Parce qu'un crime a été commis à *Lost Manor.*

— 2 —

– Un crime ! s'exclama Aldebert Tilbury, perdant le contrôle de lui-même. Mais qui ?... comment ?...

– Nous pourrions poursuivre cette conversation à l'intérieur, suggéra Higgins, craignant fort de ressembler bientôt à un bonhomme de neige.

– Si vous voulez, céda le majordome, dépassé par les circonstances.

Scott Marlow, qui avait garé la Bentley sous un auvent entre deux chênes, descendit à son tour du véhicule. Le superintendant de Scotland Yard, malgré ses efforts vestimentaires, paraissait éternellement fripé, engoncé dans un costume trop petit et un imperméable trop grand. Autant un rien soulignait l'élégance innée de Higgins, autant le plus génial des tailleurs sur mesure était-il assuré d'échouer en s'attaquant à la corpulence épanouie de Scott Marlow. Ce dernier gravit prudemment les marches du perron, craignant de glisser.

Prisant fort peu les déplacements qui l'éloignaient de son bureau londonien et détestant la campagne, à la différence de sa vieille Bentley, ravie d'absorber un bol d'air pur, le superintendant avait l'obscur sentiment d'être tombé dans un piège. Désirant éviter la tristesse d'une soirée de fête solitaire, il avait réussi à se faire inviter à *The*

Slaughterers, le village où était sise la demeure familiale de Higgins, pourtant peu enclin à ce genre de concessions. Mais Scott Marlow avait à peine eu le temps de franchir la porte d'entrée de la vieille demeure en pierres de taille, aux admirables proportions. Higgins était monté dans la vieille Bentley du superintendant, lui ordonnant de démarrer au plus vite et de suivre l'itinéraire qu'il lui indiquerait. Scott Marlow avait bien tenté d'obtenir quelques explications, mais Higgins s'était contenté de préciser : « une affaire criminelle ».

Bougon, frigorifié, le superintendant pénétra dans le hall de *Lost Manor,* à la suite de Higgins et du majordome.

Il eut le souffle coupé.

Aux murs étaient accrochés des dizaines de trophées : têtes d'éléphants, de panthères, de lions, de buffles, de girafes. Les yeux des animaux empaillés semblaient encore remplis d'agressivité, s'exprimant par un regard de reproche à l'adresse du chasseur qui les avait privés de vie. Scott Marlow recula d'un pas, hésitant à courir jusqu'à sa voiture et à reprendre la route vers la civilisation.

L'attitude sévère de Higgins, mains croisées derrière le dos, l'œil accusateur, mit fin à cette tentative de fuite.

– Tout à fait insolite, constata l'ex-inspecteur-chef.

Higgins, qui éprouvait une amitié profonde pour son chat Trafalgar, le seul être vivant en lequel il avait une totale confiance, avait horreur que l'on attentât à l'existence d'animaux prétendus sauvages. Comme l'avait écrit la poétesse Harriet J. B. Harrenlittlewoodrof, futur prix Nobel dont l'ex-inspecteur-chef possédait les œuvres complètes, « un tigre mangeur d'hommes fait moins de ravages qu'un banquier de la City ».

– Belles pièces, apprécia le superintendant Marlow, admirant une panthère noire trônant sur un socle.

La gueule ouverte, les crocs menaçants, les moustaches agressives, le fauve semblait prêt à bondir. Scott Marlow rêvait parfois des chasses africaines de l'époque victorienne où un lord anglais, en veste de smoking rouge et en pantalon blanc, assisté par une cohorte de serviteurs noirs, partait à la recherche du rhinocéros blanc.

Higgins, subitement inquiet, se dirigea vers la porte du grand hall donnant sur la salle à manger. Son odorat, l'un des plus fins de Grande-Bretagne, ne pouvait l'abuser : à proximité, il y avait du thé fumant, cette boisson que détestait l'ex-inspecteur-chef. Obligé, par décence, de cacher une telle aversion à sa gouvernante, Mary, il avait à subir une autre épreuve redoutable, lors de chaque Christmas : déguster le traditionnel pudding qui lui déclenchait immanquablement une crise de foie et le rendait nauséeux pour plus d'une semaine. Cette fois, grâce à cette étrange affaire criminelle, il échappait à cette catastrophe.

– Où allez-vous ? s'étonna le majordome, suivant Higgins qui se mouvait sans hâte, d'une allure régulière, le conduisant inévitablement au but qu'il s'était fixé.

L'accès à la salle à manger de *Lost Manor* était marqué par deux candélabres de trois mètres de haut, représentant un Africain et une Africaine nus, en équilibre sur un pied, et tenant une torche. Sans y prêter attention, Higgins s'engouffra dans une vaste pièce où régnait une atmosphère coloniale nourrie d'exotisme. Au centre, une table en bois d'ébène reposant sur deux pattes d'éléphant en acajou. Un tam-tam gigantesque servait de lustre. Disposées devant les fenêtres, des sagaies. Suspendus aux murs, des masques aux rictus inquiétants. Sur de petits guéridons en peaux de bête, des statuettes d'envoûtement en cire. La table était ornée de couverts en ivoire et de plats en argent décorés de signes magiques.

Higgins enregistra ces détails, concentrant son attention sur une tasse de thé fumante, disposée devant une chaise en rotin.

Sévère, il se tourna vers le majordome.

– Où se trouve Lord Rupert ?

Aldebert Tilbury afficha une dignité distante.

– Il est absent, inspecteur.

Le superintendant Marlow, qui s'était pudiquement détourné de l'africaine dévêtue, pointa un index accusateur vers le majordome.

– C'est vous qui l'avez tué ! Vous n'avez pas eu le temps de desservir, l'intervention du Yard vous a pris de vitesse !

Aldebert Tilbury resta de marbre.

– Je ne partage pas votre opinion, déclara-t-il, hautain.

– Et pourquoi donc ? s'acharna Scott Marlow. Parce que vous êtes pris la main dans le sac ?

– Non, monsieur. Parce que Lord Rupert est mort il y a dix ans.

— 3 —

Le superintendant Marlow fronça les sourcils dans un réflexe d'autodéfense. Higgins tourna autour de la tasse de thé, comme si cette dernière détenait un redoutable pouvoir.

– C'est bien ce qui me semblait, indiqua l'ex-inspecteur-chef. Le *Times* avait annoncé son décès, ici même à *Lost Manor,* le soir de Noël, si ma mémoire est exacte ?

Higgins omit de préciser que sa mémoire avait été rafraîchie par la lecture de sa collection complète du *Times* et par les centaines de petits carnets noirs remplis de notes et archivés dans sa bibliothèque privée où sa gouvernante, Mary, n'avait pas le droit de pénétrer.

– C'est parfaitement exact, inspecteur, approuva le majordome. Voilà dix ans, jour pour jour, que Lord Rupert a quitté cette terre de souffrances pour un monde meilleur.

– Pourquoi... pourquoi continuez-vous à lui servir le thé ? interrogea le superintendant Marlow, éberlué.

– Ce sont les dernières volontés de mon maître, révéla le majordome. Personne ne serait assez indigne pour trahir un mort. Puis-je vous interroger, à mon tour ?

Higgins, cédant à des habitudes qui lui avaient permis de résoudre bien des énigmes, furetait partout, passant d'une sagaie à un masque, examinant les pattes d'éléphant soutenant la table, humant les lourds parfums exotiques dans lesquels baignait la salle à manger africaine.

– Je vous en prie, monsieur Tilbury, répondit l'ex-inspecteur-chef, penché sur une statuette d'envoûtement.

– Quelle est la véritable raison de votre venue ?

Higgins réfléchit quelques instants, puis sortit d'une de ses poches un document un peu jauni comportant une dizaine de lignes tracées d'une grosse écriture tremblante.

– Cette lettre, monsieur Tilbury, ou plus exactement cette page de confidences qui a sans doute été arrachée à un journal intime.

Higgins tendit le document à Aldebert Tilbury qui le lut avec attention.

Ce soir, c'est Noël. Voilà une semaine que je n'ai pas quitté mon lit, immobilisé par mes rhumatismes. Mais je vais mieux. Beaucoup mieux. Je continue à jouer au malade pour mieux les observer, tous. L'un d'eux, j'en ai à présent la certitude, va tenter de m'assassiner. Il sera bien surpris. Mais, quoi qu'il arrive, je me vengerai. Dans dix ans, s'il le faut. Et ce...

Le bas de la page était déchiré. Il manquait le fragment où figurait le nom du futur assassin.

– Comme c'est étrange, nota le majordome, presque bouleversé. C'est bien l'écriture de Lord Rupert ! Il rédigeait un journal intime, en effet.

– Où se trouve ce document ?

– Dans sa chambre. Soigneusement rangé dans un secrétaire dont la clé est détenue par le notaire.

– Pourrions-nous vérifier ?

– Suivez-moi, inspecteur.

Les trois hommes quittèrent la salle à manger africaine pour regagner le grand hall d'où partait un monumental escalier victorien aux marbres mélangés. Les marches étaient si hautes qu'il fallait lever nettement le pied pour ne point trébucher. Au terme d'une assez pénible ascension, le trio déboucha sur un vaste palier. Tout y était noir : les tapis, les murs, le plafond.

– Plutôt funèbre, jugea Scott Marlow, mal à l'aise.

– Il y a sept chambres à l'étage, expliqua le majordome. Elles correspondent aux sept couleurs de l'arc-en-ciel. Chacune d'elles est entièrement décorée selon la couleur qui lui correspond. Une exception, bien entendu : la chambre de Lord Rupert qui échappe à la règle et qui est noire.

Aldebert Tilbury ouvrit une lourde porte de bronze donnant accès au domaine intime du défunt maître des lieux. Un immense planisphère orange occupait la totalité de la pièce.

– Lord Rupert aimait beaucoup voyager, précisa le majordome. Il n'a pas cessé de courir le monde. Son plus long séjour ici – trois semaines – fut celui qui a précédé sa mort.

– Où se trouve le secrétaire incriminé ? demanda Higgins.

– Dans le coin, là-bas. C'est l'unique meuble de cette chambre. Lord Rupert détestait le mobilier.

L'ex-inspecteur et le majordome s'approchèrent.

Scott Marlow, perdu dans le vaste monde qui l'environnait, regrettait de plus en plus le voyage que lui avait imposé son collègue. À Noël prochain, il resterait au chaud dans son bureau du Yard avec une bonne bouteille de whisky écossais et une biographie de Sa Majesté Elizabeth II.

– Mon Dieu ! s'exclama Aldebert Tilbury. La serrure a été forcée !

De fait, cette dernière pendait d'une manière lamentable.

– Ce n'est pas un travail de professionnel, observa Higgins qui sortit son carnet noir et son crayon, et commença à prendre des notes. La main, vive et précise, courait sur le papier. Higgins ne se fiait jamais à sa mémoire. Il préférait les détails écrits, les listes, les croquis. L'ordre et la méthode s'avéraient indispensables pour que, plus tard, l'intuition jaillisse.

Avec d'infinies précautions, le majordome tira le tiroir principal du secrétaire. Il ne contenait qu'un livre épais relié de cuir noir. Aldebert Tilbury le prit religieusement entre ses mains.

– Le journal intime de Lord Rupert, expliqua-t-il. Personne n'avait le droit d'y toucher. Il l'enfermait lui-même dans ce meuble et en gardait la clé sur lui lorsqu'il partait en voyage.

Machinalement, le majordome feuilleta le vénérable document. Plus de trois cents pages, relatant une quarantaine d'années d'explorations en tous genres aux quatre coins de la planète.

– On a déchiré la dernière page, constata-t-il d'une voix sourde.

– La situation s'éclaircit, jugea Higgins. Quelqu'un s'est introduit dans cette chambre, a forcé la serrure de ce secrétaire, a ouvert le journal intime de Lord Rupert et arraché les dernières pensées, celles où il prévoyait son assassinat, et me les a envoyées. Cet aimable correspondant, pour des motifs encore inconnus, a cependant pris soin de supprimer le passage où était inscrit le nom de l'assassin.

– Rien de mystérieux, intervint Scott Marlow. L'assassin, c'est celui qui vous a communiqué cette page.

Higgins se gratta le menton, perplexe.

– Ce serait un bien curieux défi, mon cher Marlow. Qu'en pensez-vous, monsieur Tilbury ?

Le majordome sourcilla.

– Moi ? Mais je n'ai rien à en penser… Pourquoi le devrais-je ?

Scott Marlow considéra le domestique d'un œil noir et soupçonneux.

– Vous en savez certainement plus que vous ne voulez en dire, l'accusa-t-il.

Aldebert Tilbury se composa un masque empreint d'une dignité douloureuse.

– Je n'ai pas l'habitude de reculer devant mes responsabilités, et je…

Le tintement aigre d'une cloche interrompit le majordome dont le regard s'illumina.

– Attendiez-vous des visiteurs ? demanda Higgins.

Aldebert Tilbury ne répondit pas et s'éloigna prestement. Scott Marlow, prudent, suivit le majordome comme s'il craignait que ce dernier ne tentât de s'échapper. Higgins laissa partir les deux hommes, préférant prendre le pouls de cette étrange demeure.

— 4 —

Du haut de l'escalier monumental, l'ex-inspecteur-chef découvrit le hall d'entrée de *Lost Manor* dans toute sa majesté un peu pompeuse, peuplé de ces impressionnants trophées qui mettaient le visiteur mal à l'aise dès ses premiers pas dans ce vaste domaine édifié à la mémoire d'un seul homme. Higgins était certain que Lord James Rupert avait souvent dû demeurer à cet endroit, immobile pendant de longs moments, méditant sur ses voyages passés et préparant les futurs.

Des bruits de voix s'élevèrent dans le hall. Higgins se pencha, découvrant un couple surprenant face au majordome et au superintendant. L'homme était grand, filiforme, le crâne dégarni, une masse d'ultimes cheveux noirs lui pendant dans le cou. Très pâle, voûté, le nez busqué, les yeux presque exorbités, élégant, il portait un costume de velours violet. Sa chemise noire était ornée d'une lavallière dont le centre avait la forme d'un blason.

– Qui êtes-vous ? interrogea la voix rugueuse de Scott Marlow.

– Le baron Hyeronimus Breakstone, répondit l'homme avec dédain, relevant la tête. Je suis accompagné de la comtesse Arabella von Rigelstrand.

La comtesse, plus grande encore que le baron, arborait une longue et abondante chevelure noire, parsemée de quelques mèches blanches, qui lui descendait jusqu'au bas des reins. Le front carré, le nez pointu et relevé, les pommettes saillantes, elle avait un visage dépourvu de tout maquillage, curieux mélange de froideur et de dédain.

– Qui êtes-vous vous-même, monsieur, pour oser nous adresser ainsi la parole ? interrogea-t-elle, tançant le superintendant comme s'il valait un peu moins qu'un vermisseau.

– Superintendant Scott Marlow, de Scotland Yard, annonça fièrement ce dernier.

Cette déclaration sema un froid très perceptible. Le baron Hyeronimus Breakstone frotta du bout de l'index droit le blason ornant sa lavallière. La comtesse Arabella von Rigelstrand secoua le cou, rejetant vers l'arrière sa longue chevelure.

– Monsieur le baron et Madame la comtesse désirent-ils que je les débarrasse ? proposa le majordome d'un ton apaisant, essayant de détendre l'atmosphère.

Le baron écarta le domestique d'un revers de main.

– Laissez-nous, mon brave. Quel pénible voyage… et cette stupide obligation d'abandonner notre véhicule à trois kilomètres d'ici !

Aldebert Tilbury s'inclina avec respect et s'éclipsa.

Le baron frottait son blason de plus en plus nerveusement. La comtesse, irritée, regardait au plafond.

– Scotland Yard, Scotland Yard ! s'émut Hyeronimus Breakstone. Qu'est-ce que Scotland Yard vient faire ici ?

– Enquêter sur un meurtre, répondit la voix posée de Higgins qui avait descendu l'escalier sans bruit, habitué à se déplacer comme un félin.

L'ex-inspecteur-chef appartenait d'ailleurs au signe du chat, selon l'astrologie asiatique qu'il avait étudiée lors de ses séjours en Orient.

Le baron et la comtesse se retournèrent pour découvrir l'homme à la moustache poivre et sel qui leur avait répondu.

– Inspecteur Higgins, se présenta ce dernier.

– Encore un policier ! s'étonna le baron. Mais c'est une invasion ! Et pour un meurtre, encore ! Le meurtre de qui, d'abord ? Et où ça ?

– Celui de Lord Rupert, ici même, à *Lost Manor.*

– Ridicule, commenta la comtesse von Rigelstrand. Cette demeure n'était qu'un lieu de passage pour Lord Rupert, un vieil original qui a eu le mauvais goût de venir y mourir. Depuis dix ans, ce n'est plus qu'un sépulcre.

– Pourquoi en franchir le seuil, si c'est le cas ? demanda l'ex-inspecteur-chef avec un sourire engageant.

La comtesse regarda méchamment le baron.

– Mon collègue vous a posé une question, insista Scott Marlow, incisif.

– Nous pourrions peut-être nous asseoir, suggéra le baron, qui s'installa sur une banquette Regency à deux places recouverte d'un tissu vieil or.

La comtesse von Rigelstrand s'assit aux côtés de Hyeronimus Breakstone. Toujours aussi distante, elle fixa une tête de lion empaillée, se désintéressant de la situation.

– Voyez-vous, inspecteur, expliqua le baron en relevant le menton, Lord Rupert était un excentrique. Personnellement, je l'aimais beaucoup. Sa mort, voilà dix ans, m'a beaucoup attristé.

– Moi aussi, ajouta la comtesse, sans cesser de fixer le trophée.

– Ah, ce vieux Rupert ! s'exclama le baron, chaleureux. Sa noblesse n'était pas aussi pure que la mienne, mais…

– Quelle est votre profession ? l'interrompit Higgins, à la fois bonhomme et sévère.

Une moue indignée déforma les lèvres de Hyeronimus Breakstone.

– Il n'y a vraiment que Scotland Yard pour l'ignorer ! Je suis le plus célèbre collectionneur de blasons, de jetons anciens et de gantelets de chevalerie.

Avec cette once de vanité qui caractérise l'érudit sûr de son fait, le baron frotta de l'index droit l'énorme chevalière aux armes de sa famille, qu'il portait au petit doigt de la main gauche.

– Des jetons de quelle époque ? s'enquit l'ex-inspecteur-chef.

– Moyen Âge, bien entendu, jeta Hyeronimus Breakstone. De 1112 à 1397. Avant et après, ce sont les ténèbres.

Le superintendant Marlow, ignorant des choses de l'héraldique comme de celles de la numismatique, perdait peu à peu ses ultimes points de repère. Il se raccrochait à la profonde antipathie qu'il éprouvait à l'encontre de cet aristocrate arrogant et de sa compagne réfrigérante.

– Pour vous épargner un impair de plus, inspecteur, je vous signale que la comtesse Arabella von Rigelstrand est un peintre de génie, appréciée des meilleures familles européennes. Je veux parler, bien entendu, des familles nobles. Pas un grand de ce monde qui ne désire avoir son portrait signé de la comtesse !

Arabella von Rigelstrand opina d'un hochement de tête qui se voulait raffiné.

Higgins, méticuleux, prenait des notes sur son carnet noir.

– Fort bien, jugea-t-il, mais en quoi ces intéressantes activités justifient-elles votre présence ici ?

Le baron Hyeronimus Breakstone fit tourner sa chevalière.

– Un concours de circonstances. Vous devez savoir, inspecteur, que la comtesse et moi-même étions les meilleurs amis de Lord Rupert. Il avait toute confiance en nous au point de… Puis-je ma chère, trahir des souvenirs intimes ?

Arabella von Rigelstrand daigna accorder un regard approbateur au baron, qui la remercia d'un sourire.

– Je puis donc vous confier, poursuivit-il, que la comtesse et moi-même avons accordé une très importante aide financière à notre ami Rupert pour qu'il termine cette demeure. Je lui ai donné une dizaine de jetons très rares qu'il a négocié un très bon prix. La comtesse a agi de même avec deux toiles faisant partie de sa collection privée. Un Rubens et un primitif flamand. Pauvre Rupert ! Quel panier percé ! Mais quel homme de cœur…

– Ces beaux gestes vous honorent, approuva Higgins. Lord Rupert ne vous avait-il rien promis en échange ?

Le baron toussota. La comtesse rejeta violemment ses longs cheveux en arrière.

– Notre grand ami Rupert avait, en effet, le sens de la réciprocité. Il nous avait promis de nous coucher sur son testament. Oh ! Nous n'attendions pas grand-chose, sinon une satisfaction morale.

– Avez-vous été déçu ? s'enquit Higgins, apparemment inquiet.

– C'est-à-dire…

Le baron s'interrompit à nouveau, quêtant l'approbation de la comtesse qui la lui accorda d'un hochement sec du menton.

– C'est-à-dire… Nous ne le savons pas encore. C'est aujourd'hui que les dernières volontés de Lord Rupert doivent être rendues publiques, ici même, à *Lost Manor.* La première partie du testament stipulait que la maison devait être entretenue pendant dix ans par un domestique zélé. Le notaire a confié la tâche à Tilbury, le majordome qui servait déjà Lord Rupert de son vivant. La comtesse et moi avons périodiquement veillé à ce que son travail fût correctement exécuté et à ce que *Lost Manor* ne se dégradât point, non par esprit de lucre, bien entendu, mais par fidélité envers la noble figure de notre ami disparu.

– L'amitié est le plus doux des remèdes aux faiblesses humaines, approuva Higgins, citant la poétesse Harriet J. B. Harrenlittlewoodrof.

Le sourire crispé du baron se détendit un peu.

– Vous êtes un fin psychologue, inspecteur. Je ne saurais mieux dire. Croyez bien que la comtesse et moi-même souhaiterions être ailleurs, en cette journée de Noël. *Lost Manor* – que le défunt me pardonne – nous a toujours profondément déplu. Trop grand, trop pompeux, trop encombré... Nous léguerait-il ce manoir que nous n'en voudrions pas. C'est un ultime hommage que nous souhaitons lui rendre par notre présence. Après quoi, *Lost Manor* retournera au silence.

Un coup de feu éclata.

— 5 —

Effrayé, le baron se cacha derrière la comtesse qui redressa le buste pour se présenter face à l'ennemi.

– Que fait donc ce majordome stupide ! protesta-t-elle. C'est à lui d'aller voir, nous sommes en danger !

Scott Marlow, qui tâta son arme réglementaire, n'était pas loin de partager l'avis d'Arabella von Rigelstrand. Scotland Yard saurait, si nécessaire, se montrer à la hauteur de l'événement, mais la méconnaissance du terrain nécessitait la présence d'Aldebert Tilbury aux avant-postes.

Higgins, mains croisées derrière le dos, semblait statufié. Seuls ses yeux mobiles, attentifs, prouvaient qu'il ne perdait rien ni personne de vue. Scott Marlow enviait parfois cette incroyable capacité de concentration.

Sortant de l'office, le majordome, après avoir jeté un regard inquiet en direction de la comtesse, marcha à pas hésitants vers la porte d'entrée.

Cette dernière s'ouvrit brusquement, laissant s'engouffrer un tourbillon de gros flocons dans le hall de *Lost Manor*.

Chacun cessa de respirer, s'attendant à voir apparaître une créature monstrueuse, voire un cousin du Yéti, l'abominable homme des neiges.

– Là, hurla le baron Hyeronimus Breakstone, dont le teint devint encore plus verdâtre, là ! Un fusil !

De fait, perçant l'écran neigeux, le canon d'un long fusil de chasse. Puis vint la main gantée qui le tenait.

– Il va tirer, il va tirer !

Le baron s'abrita davantage derrière la comtesse qui avait pris soin de se placer derrière le majordome, situé dans la ligne de tir. Scott Marlow, constatant que Higgins ne bougeait pas d'un pouce, ne bougea pas non plus. Dignité oblige.

Le canon s'abaissa. L'agressif visiteur, s'ébrouant comme un chien mouillé, sortit de la masse neigeuse. Vêtu d'un épais manteau de fourrure de couleur blanche, il ressemblait à un ours polaire, à ce détail près que son nez était nettement plus rouge que celui du plantigrade. Un bonnet d'astrakan, enfoncé jusqu'aux oreilles, lui cachait presque les yeux.

– Par Bonkoku, quel sale temps ! jura-t-il d'une voix ferme en ôtant son couvre-chef et en le jetant sur une chaise.

Ainsi découvrit-il un crâne parfaitement lisse, d'une délicieuse teinte rose.

– Adonis... Adonis Forsyte ! s'exclama le baron. Mais... tu n'es pas mort ?

– Je n'en ai pas l'impression, répondit Adonis Forsyte, jovial, se débarrassant de son manteau qu'il tendit au majordome.

Il s'avança vers Hyeronimus Breakstone, le prit dans ses bras et le gratifia d'une violente accolade.

– Ce vieil hibou de Hyeronimus ! Toujours dans les antiquités ?

– D'où venez-vous et que cherchez-vous ici ? interrogea la comtesse Arabella, articulant à peine pour manifester sa désapprobation devant ces marques d'exaltation et signifiant par là qu'elle s'adressait à un inférieur, roturier de surcroît.

– Je pense, intervint Higgins, que M. Forsyte vient de cette province africaine qu'on appelle le Zoulouland.

Adonis Forsyte ouvrit des yeux étonnés.

– Comment... comment le savez-vous ? Vous m'avez suivi ? Et d'abord, qui êtes-vous ?

– Higgins, de Scotland Yard. Bonkoku est une divinité adorée par les anciens Zoulous. Pour avoir entendu son nom, il faut être allé chez eux.

Scott Marlow, autoritaire, s'interposa.

– Veuillez déposer immédiatement votre arme, monsieur Forsyte. En tant que superintendant du Yard, j'exige des explications sur le coup de feu que vous avez tiré.

– Si Monsieur permet, proposa le majordome, recueillant le fusil des mains de l'imposant chauve, devenu doux comme un agneau.

– Je m'annonce toujours comme ça, confessa-t-il, un peu piteux, quand je suis dans un coin perdu. Ici, avec cette neige, ce château isolé, ce silence... Je me demandais s'il y avait quelqu'un de vivant. Il vaut mieux signaler sa présence, car on attrape vite un mauvais coup. Dans la brousse, vous savez, on ne procède pas autrement.

Arabella von Rigelstrand, dégoûtée, tourna la tête en direction d'une tapisserie flamande représentant une scène de marché sous la neige.

– Adonis, expliqua-t-elle, est ce qu'il est convenu d'appeler un explorateur, un chasseur de fauves. Il passe sa vie dans des pays impossibles, aux noms imprononçables, peuplés de sauvages qui se mangent entre eux. Nous étions persuadés qu'il avait été dévoré depuis longtemps.

L'explorateur écarta les jambes et croisa les bras, comme s'il se campait fièrement sur un trophée de chasse.

– Le bel Adonis est toujours de ce monde, ma bonne comtesse, et pour longtemps ! Je vais même vous faire une confidence…

Adonis Forsyte franchit en quelques pas l'espace qui le séparait d'Arabella von Rigelstrand et se pencha vers elle, lui parlant à l'oreille.

– Les sauvages, c'est moi qui les ai mangés !

La comtesse poussa un petit cri, bondit en arrière, bousculant le baron. Adonis Forsyte éclata de rire. Le majordome, ne se mêlant pas aux affaires des gens du monde, se retira avec le bonnet en astrakan, le manteau d'ours polaire et le fusil de chasse.

– Pourquoi avoir quitté le Zoulouland pour venir passer Noël à *Lost Manor* ? insista Higgins.

– Pour l'héritage, par Bonkoku ! répondit sans détours l'explorateur. Le rendez-vous a été fixé il y a dix ans, mais j'ai bonne mémoire. Si j'avais oublié, d'ailleurs, la convocation du notaire aurait suffi à me rappeler à mes devoirs.

– Convocation qui vous est parvenue en Afrique ? s'étonna Higgins.

– Non, hésita à répondre Adonis Forsyte. À mon domicile londonien où je prenais quelques jours de repos après une chasse très mouvementée. J'aimais beaucoup Lord Rupert. Un sacré bougre, comme moi ! On aurait pu courir le monde ensemble, s'il n'avait pas eu une sacrée tête de bois ! L'argent, ce n'est pas mon problème, mais l'amitié, ça ne se marchande pas. Je serais revenu du fin fond d'un volcan.

Scott Marlow observait avec suspicion le truculent personnage. Higgins lui avait appris à se méfier de ce type d'individu, sympathique, ouvert, le cœur sur la main, déployant une chaleur communicative pour mieux masquer d'inavouables turpitudes.

– Quand êtes-vous venu ici pour la dernière fois ? interrogea le superintendant, passant devant le baron et la comtesse, visiblement peu satisfaits de l'arrivée fracassante de l'explorateur.

– Eh bien… Il y a dix ans. J'étais là quand ce vieux forban de Rupert a passé l'arme à gauche. Il était bien malade, le pauvre, et n'avait pas l'habitude de rester au lit. Mourir comme ça, lui, un brigand de grands chemins… Ça le rendait fou de rage.

– Quel genre de maladie ? demanda Higgins, lissant sa moustache.

– Aucune idée, avoua l'explorateur, balançant les bras à la manière d'un orang-outang.

– Probablement de l'emphysème compliqué d'une thrombose cardiaque, précisa le baron. L'organisme était délabré. Le corps médical s'est avéré impuissant.

La nuit tombait vite. Les flocons de neige s'épaississaient. On n'y voyait plus à deux mètres. Scott Marlow fut en proie à une bouffée d'angoisse. Et si la Bentley était inaccessible ? Et si le chemin était impraticable ? Il n'envisageait pas un seul instant de demeurer des heures durant dans ce manoir glacial, encore moins d'y passer la nuit. Il lui fallait se rassurer sans perdre une seconde.

– Je dois m'absenter, glissa-t-il à l'oreille de Higgins.

L'ex-inspecteur-chef ne manifesta pas d'opposition. Le baron et la comtesse, l'air noblement pincé, dévisageaient Adonis Forsyte d'un œil critique. Higgins commençait à s'habituer à l'immense demeure, à ses vastes espaces peuplés de mille objets hétéroclites. Si crime il y avait eu, elle en avait été le témoin attentif. Il faudrait donc la faire parler, avec tact et méthode.

– À quel titre vous trouviez-vous à *Lost Manor,* il y a dix ans, monsieur Forsyte ?

– Au même titre que le baron et la comtesse, répondit vertement l'explorateur. Lord Rupert avait invité ses plus proches amis pour un *Christmas* exceptionnel. Au lieu de cadeaux, c'est sa mort et un testament qu'il nous a offerts, le pauvre vieux. Un testament qui ne sera pleinement exécutoire que cette nuit.

– Nous devrions éviter de parler sans cesse de ce testament, recommanda Hyeronimus Breakstone. Ce n'est qu'un détail sans importance. L'essentiel est…

– … l'auguste mémoire de notre noble ami, compléta la comtesse Arabella von Rigelstrand. Je ne suis pas sûre, au demeurant, qu'il eût apprécié la présence d'un traîne-savates comme Forsyte.

L'explorateur s'empourpra. Une violente colère s'empara du jovial personnage, lui donnant une allure des plus rébarbatives.

– Inspecteur, exigea le baron d'une voix aiguë, faites votre devoir ! Empêchez cet homme de nous agresser !

Adonis Forsyte, tel un fauve, semblait prêt à se jeter sur le couple. Il était devenu un chasseur enfiévré, aussi cruel que la proie qu'il désirait tuer.

Higgins se serait sans doute interposé si un incident dramatique ne s'était produit, figeant chacun sur place. De la nuit glacée monta la voix angoissée du superintendant Marlow, lançant un pathétique :

– Au secours !

— 6 —

Réapparaissant comme par magie, le majordome fut le premier à se ruer vers l'extérieur, suivi d'Adonis Forsyte, de la comtesse et du baron. Higgins, qui réagissait ordinairement de façon posée aux situations dramatiques, ne céda point à ce mouvement de précipitation. Bien lui en prit, car des incidents retardèrent la progression du quatuor, lui faisant rapidement oublier l'appel de détresse lancé par le superintendant. Le majordome et Adonis Forsyte glissèrent sur le verglas du perron, évitant de peu une chute. Le baron et la comtesse éprouvèrent le désagrément du froid très vif qui mordit leur visage. La glissade de leurs prédécesseurs les dissuada d'aller plus avant.

– Je m'en occupe, dit Higgins. Rentrez tous à l'intérieur.

Après avoir revêtu son imperméable, l'homme du Yard descendit avec précaution les marches du perron et s'aventura dans la nuit blanche, à la recherche de son collègue.

Higgins voyait facilement dans l'obscurité, à la manière d'un chat. Grand amateur du froid et des intempéries, souffrant le martyre pendant les rares périodes de chaleur anglaise, Higgins aurait été capable de séjourner au pôle nord en toute quiétude. Le spectacle de ce *Christmas* lui parut magnifique. La neige avait effacé les reliefs, modifiant le paysage, le rendant encore plus fermé, plus inquiétant.

Tout horizon avait disparu. Le monde se terminait ici. Ciel et terre s'étaient confondus dans un univers gris blanc, sans limites, sans aspérités, sans points de repère. Le chemin de neige crissa sous les pas de l'ex-inspecteur-chef qui, appréciant cette sensation, progressa avec lenteur en direction de l'auvent sous lequel se trouvait la Bentley.

Accroupi en position de guetteur contre le pare-chocs arrière, le superintendant Marlow, transi, était en proie à une vive agitation intérieure.

– Vous voilà enfin, Higgins ! C'est terrifiant... Un fantôme, j'ai vu un fantôme ! Il est apparu là-bas, près du monticule et puis... plus rien ! On aurait juré une sorte de dragon.

L'ex-inspecteur-chef, qui n'en était pas au premier fantôme de sa carrière, eut souhaité que le superintendant dît vrai. L'étude sur le terrain se serait révélée des plus instructives. Sceptique, il se vit obligé de mener rapidement une contre-enquête.

– De quel monticule, superintendant ?

Scott Marlow tendit une main hésitante.

– Celui qui est en contrebas de la colline, je crois... ou un peu plus à gauche... je ne sais plus, moi ! Avec cette neige qui recouvre tout !

– C'est bien dans cette direction ?

– Il me semble.

– Rentrez vous réchauffer, mon cher Marlow. Je vais éclaircir ce petit mystère.

– Vous n'allez pas partir tout seul, n'importe où !

Higgins s'engagea dans la direction indiquée par le superintendant qui renonça à argumenter. Il connaissait l'obstination de son collègue. Rien ni personne ne pouvaient le faire changer d'avis quand il avait pris une décision. L'angoisse au cœur, le superintendant se résigna à retourner vers le manoir. Il savait à présent que, seul, il ne pourrait pas dégager le chemin qui le ramènerait vers la civilisation. Fallait-il se résigner à passer le plus effroyable Noël de son existence ? Scott Marlow enfonçait dans la neige jusqu'à mi-mollet. Cette humidité blanchâtre lui gelait les os. D'un geste dérisoire, il tenta d'écarter le rideau de flocons qui lui masquait la vue de *Lost Manor,* masse obscure à peine éclairée par les candélabres, les chandelles et les bougies que le majordome allumait avec conscience, comme chaque soir.

La nuit était tombée. Scott Marlow, le pas vacillant, avait mis plus de dix minutes pour franchir moins de cinquante mètres. Les marches du perron constituèrent une épreuve supplémentaire qu'il aborda avec la plus grande prudence. Il avait l'impression d'être prisonnier d'un linceul blanc qui l'enveloppait chaque seconde davantage. L'absence de whisky écossais n'était pas étrangère à cette crise de spleen.

Le superintendant poussa avec soulagement la porte du grand hall. Sa satisfaction fut de courte durée. L'endroit, désert, mal éclairé par deux torches murales au grésillement désagréable, était devenu sinistre. Il distinguait à peine l'entrée de la salle à manger et l'accès à l'escalier monumental. Les ténèbres de cette nuit d'hiver dévoraient *Lost Manor* de l'intérieur.

Le majordome, l'explorateur, le baron et la comtesse avaient disparu.

– Il y a quelqu'un ? demanda Scott Marlow d'une voix forte mais mal assurée. Où êtes-vous passés ?

Personne ne répondit.

– Ils se sont volatilisés, ma parole ! continua le superintendant à haute voix, préférant encore dialoguer avec lui-même plutôt que de rester seul.

En son for intérieur, il maudit Higgins de l'avoir entraîné dans cette aventure insensée où le Yard et la morale civique n'avaient rien à gagner. À cet instant, dans les rues de Londres, les passants échangeaient des « *Happy Christmas* » avant de rentrer dans des appartements normalement chauffés et éclairés, pour y préparer la fête amicale ou familiale qui ferait de cette nuit la plus belle de l'année. Dans son moderne bureau de New Scotland Yard, où trônait un ordinateur de la dernière génération, Scott Marlow aurait pu contempler la plus prestigieuse cité du monde civilisé, brillant des mille feux de Noël, vibrant au son des cris d'enfants heureux de découvrir leurs cadeaux.

Au lieu de ce petit paradis, il lui fallait affronter une demeure lugubre et morte, tapie dans l'ombre comme un monstre aux aguets, se retrouver plongé en plein Moyen Âge, souffrir du froid, se perdre au fond d'une vallée fermée, sans issue.

– Qui êtes-vous et que faites-vous ici ?

Une voix de fausset s'était élevée dans le dos du superintendant. Cambrioleur ou assassin ? Avait-il déjà éliminé les autres ? Se remémorant les enseignements dispensés lors de la formation psychologique préparant les hommes du Yard aux situations à haut risque, le superintendant Marlow se comporta en vrai professionnel. Premier principe : manifester son autorité pour déclencher chez le malfaiteur un sentiment de culpabilité qui, à la longue, entamerait sa détermination.

– Superintendant Marlow, de Scotland Yard, annonça-t-il avec une mâle conviction, espérant que ces quelques mots suffiraient à retourner les circonstances en sa faveur.

– Je ne vous crois pas et cela m'importe peu, répondit la voix de fausset, énervée. N'essayez pas de vous retourner. J'ai une arme et je n'hésiterai pas à m'en servir.

Scott Marlow avala sa salive avec difficulté.

– Les autres… Qu'est-ce que vous avez…

– Répondez à ma question. Vous êtes sûrement un voleur qui croyait trouver le château vide.

– Mais non ! protesta énergiquement le superintendant. Je suis bel et bien un policier venu ici en compagnie d'un collègue, l'inspecteur Higgins.

– Invraisemblable, le coupa la voix de fausset. Scotland Yard à *Lost Manor,* un soir de Noël ! À qui désirez-vous faire croire une pareille ineptie ?

Le superintendant aurait tenté de se lancer dans une argumentation serrée si une nouvelle apparition, des plus inquiétantes, ne lui avait cloué la langue.

À deux mètres de lui, surgissant des ténèbres et s'avançant dans la lumière tremblante d'un candélabre, une Asiatique.

— 7 —

Petite, menue, la tête fine étouffée par une masse de cheveux très noirs, elle le salua en se cassant en deux. Elle était vêtue d'une blouse blanche et d'une jupe plissée bleu nuit qui lui donnaient l'allure d'une lycéenne bien sage. Impossible de préciser un âge entre quinze et quarante ans.

– Obéissez, honorable étranger, recommanda-t-elle. Mon mari est un homme très vindicatif.

– Thereza, ordonna la voix de fausset, fouille ce bonhomme.

Scott Marlow avait la faculté de décrire n'importe qui à partir de sa voix. À l'école de police, il excellait dans cet exercice. Il savait donc que, derrière lui, se tenait un colosse de plus de deux mètres, rompu à la pratique de sports violents, doté d'une impressionnante musculature et d'un très faible coefficient intellectuel. Inutile de tenter de le convaincre par une dialectique savante.

C'est pourquoi le superintendant ne tenta rien contre la petite Asiatique qui, de ses doigts agiles et nerveux, entreprit de le fouiller. Elle aurait bientôt la preuve de sa qualité.

– Ce monsieur n'a pas de papiers mais il est armé, révéla-t-elle d'un ton acidulé, butant presque sur chaque mot, effrayée, avant de s'écarter de l'homme du Yard.

– Comment ? s'exclama Scott Marlow. Impossible ! Je les ai mis ce matin dans…

Il s'interrompit. Avant de quitter son bureau pour se rendre chez Higgins, il avait changé de veste en l'honneur de *Christmas.* Et ses papiers étaient restés dans l'autre !

– Assez de mensonges, s'irrita la voix de fausset. Cette fois, il faut vous expliquer ! Sinon…

Une lueur, provenant de l'office, progressa dans leur direction. Un nouveau comparse, sans aucun doute. Scott Marlow était pris au piège. Il avait décidé de réfléchir à une action d'auto-défense quand il reconnut l'austère silhouette d'Aldebert Tilbury, le majordome.

– Superintendant ! s'étonna ce dernier. Où étiez-vous passé ? Monsieur et madame Fitzgerald ! Quelle bonne surprise ! Je ne vous avais pas entendus entrer… Vous avez fait connaissance avec le superintendant, je présume ?

– En effet ! rétorqua, furieux, Scott Marlow qui se retourna pour voir celui qui l'avait menacé.

Il découvrit un petit homme gras d'une soixantaine d'années, aux cheveux aussi noirs que ceux de son épouse, aux épaules tombantes, à la tête épaisse et lourde, presque difforme par rapport au reste du corps, accusant un étrange centre de gravité en raison d'un postérieur situé très bas au sommet de jambes trop courtes.

– Docteur Patrick Fitzgerald, annonça l'homme, dont le regard s'abritait derrière de grosses lunettes à large monture. Je vous présente mes excuses.

– Une seconde, protesta Scott Marlow, refusant de serrer la main qui lui était tendue. Je dois accomplir mon devoir.

Le superintendant avait une haute idée de sa fonction. Personne ne pouvait l'accuser de ne pas pratiquer son art avec conscience. Croyant au progrès, à la science et aux ordinateurs, contrairement à Higgins dont le passéisme finirait bien par se heurter à une énigme infranchissable, Scott Marlow n'en avait pas moins décidé d'intégrer les méthodes de son collègue à son propre système d'investigation. C'est pourquoi il avait eu la précaution de se munir d'un crayon et d'un carnet noir.

Il prit donc des notes, à la lumière de la bougie que tenait le majordome, évoquant la dangereuse situation qu'il venait de vivre, le dialogue avec le docteur Fitzgerald et son épouse Thereza. Marlow enregistra scrupuleusement la description physique du couple qui le considérait avec un étonnement certain, ajouta que Thereza Fitzgerald était réellement très petite, comme tassée sur elle-même, et que son mari était l'un des hommes les plus noirs de poil qu'il avait eu l'occasion de rencontrer. Après quoi, il ferma le carnet et le rangea dans la poche droite de son veston en compagnie du crayon.

– Au nom du Seigneur – loué soit Son Nom –, à quoi correspond ce manège ? s'enquit le docteur Fitzgerald.

– Dans le cadre d'une affaire criminelle, révéla Scott Marlow avec gravité, tout le monde est réputé coupable avant que l'innocence soit éventuellement établie. Vous, comme les autres !

– Affaire criminelle ? Quelle affaire criminelle ?

Le superintendant observa que le docteur Fitzgerald avait tendance à pencher sa tête sur le côté quand il parlait, comme si elle était trop lourde pour son cou adipeux.

– L'assassinat de Lord Rupert ! révéla la voix puissante d'Adonis Forsyte, l'explorateur, qui descendait l'escalier monumental en s'éclairant à l'aide d'une bougie.

– Où vous cachiez-vous ? interrogea Scott Marlow.

– Nulle part, répondit l'explorateur. J'étais dans ma chambre, tout simplement !

Il vit le médecin et son épouse.

– Ah, ce vieux Fitzgerald ! Toujours bon pied bon œil, on dirait. Les médecins légistes ont la vie dure, c'est normal ! À force de travailler du cadavre, ils sont immunisés !

Adonis Forsyte fut le seul à rire de sa plaisanterie. Thereza Fitzgerald, dont le visage ne semblait posséder qu'une unique expression de vague ennui, comme si elle portait un masque, vint se placer aux côtés de son époux, très crispé, les poings serrés. Le majordome, discret, se contentait de tenir droites ses bougies. Quant à Scott Marlow, il leva les yeux pour voir apparaître, descendant du premier étage, le baron Hyeronimus Breakstone et la comtesse Arabella von Rigelstrand. Le baron, porteur d'un chandelier à quatre branches, précédait la comtesse pour mieux l'éclairer et lui indiquer les marches dangereuses.

La porte du grand hall s'ouvrit en grinçant.

Entra l'ex-inspecteur-chef Higgins qui soutenait une femme corpulente au front ensanglanté.

— 8 —

La femme se détacha brutalement de Higgins, tendit un index accusateur vers Adonis Forsyte, l'explorateur, et déclara avec hargne :

– C'est lui qui a tenté de me tuer ! Il m'a tiré dessus !

La première émotion passée, l'explorateur protesta de son innocence.

– Maître Root ! Qu'est-ce que vous racontez ? J'ai tiré pour m'annoncer, je ne vous avais même pas vue, avec toute cette neige !

Kathryn Root, notaire chargée de veiller à la bonne exécution du testament de Lord James Rupert, se redressa en respirant bruyamment. Épaisse, lourde, les épaules carrées, les cheveux très courts coupés à la garçonne, les dents en avant et le menton en galoche, Kathryn Root fit quelques pas d'une démarche virile et se planta en face de l'explorateur qui, impressionné, recula.

– Admettons, Adonis ! Mais vous avez quand même effrayé mon cheval, stupide individu ! Il m'a désarçonné, est retourné à l'écurie, et j'ai failli me tuer en tombant. C'est un peu fort, non ?

– Un peu, avoua piteusement l'explorateur.

– Si ce monsieur ne m'avait pas secourue, poursuivit le notaire en désignant Higgins d'un mouvement de menton, je serais morte de froid dans un tombeau de neige !

Divers soupirs émanèrent de l'assistance.

– Quelle horreur ! estima la comtesse von Rigelstrand.

Kathryn Root alluma un cigare de bonne taille après en avoir avalé l'extrémité, déchiquetée d'un coup de dent.

– Laissons ça, décida-t-elle. Aldebert, allez me chercher une pommade pour ma bosse. L'essentiel, c'est que vous soyez tous réunis. Si longtemps après, je ne m'attendais pas à vous retrouver vivants et en bon état ! L'appât du gain, ça conserve.

La comtesse eut un haut-le-corps. Le baron lui tapota la main pour la réconforter. L'explorateur frémit d'indignation.

– Arrêtez de proférer des stupidités, exigea le docteur Fitzgerald. Vous êtes ici pour faire votre métier, pas pour donner votre opinion. Elle n'intéresse personne.

Kathryn Root se nettoya vigoureusement le front avec un immense mouchoir marqué à ses initiales.

– Je n'aime pas qu'on me parle sur ce ton, docteur. Mon opinion ne vous intéresse peut-être pas, mais c'est moi qui possède le testament. Soyez un peu plus poli que d'ordinaire si vous voulez en entendre lecture.

Le légiste haussa ses épaules étroites.

– Rien que du boniment, maître Root ! Vous êtes bien obligée de vous conformer aux dernières volontés de Rupert si, vous aussi, vous voulez tirer votre épingle du jeu.

Kathryn Root, importunée, se détourna du petit docteur et se planta face à Higgins, les mains sur les hanches.

– Au fait, monsieur mon sauveteur, qui êtes-vous donc ? Je ne vous ai pas adressé de convocation.

Higgins, qui avait peu l'habitude d'être interrogé et moins encore celle d'être interpellé de cette manière, ne se départit point de son calme.

– Inspecteur Higgins, de Scotland Yard, accompagné de mon collègue, le superintendant Marlow.

– Scotland Yard ! s'exclama le notaire. Vous avez dix ans de retard ! Il n'est plus temps d'enquêter sur le décès de Lord Rupert, ce me semble !

Higgins hocha la tête, dubitatif.

– J'ai peut-être une nuit d'avance, maître. S'il y a un criminel parmi vos invités, sans doute n'a-t-il pas achevé son travail.

La déclaration de l'ex-inspecteur-chef plongea l'assemblée dans le silence pendant de longues secondes. Chacun attendait que l'autre opposât une vive dénégation aux soupçons de l'homme du Yard.

La surprise passée, Kathryn Root s'enflamma.

– Aberrant, estima-t-elle. Lord Rupert assassiné, ça n'a aucun sens ! Il était entouré de ses cousins et cousines, ici présents. Il jouissait enfin d'une affection dont il avait été privé par ses voyages incessants. Non, inspecteur, vous faites fausse route. Lord Rupert est mort de vieillesse et de maladie, dans son lit. Le docteur Fitzgerald a d'ailleurs délivré un permis d'inhumer en bonne et due forme.

Patrick Fitzgerald inclina sa trop lourde tête en signe d'acquiescement. Ses sourcils broussailleux furent soulevés par un tic.

Scott Marlow avait le plus grand mal à discerner les émotions plus ou moins fugaces qui s'inscrivaient sur les visages des participants à cette scène, tant la lumière fournie par les bougies et les candélabres était faible et incertaine. Le superintendant avait l'impression que le baron, le médecin et son épouse prenaient plaisir à jouer avec l'ombre et les ténèbres, se dissimulant dans les zones d'obscurité dès qu'elles se propageaient, tandis que l'explorateur et la comtesse se déplaçaient d'un ou deux pas pour demeurer dans une relative clarté.

– Cousins et cousines, murmura Higgins pour lui-même. Tous des parents du défunt… Que contient le testament de Lord Rupert ? demanda-t-il au notaire.

– Impossible de vous répondre avant ce soir, minuit, rétorqua Kathryn Root, acide. Il y a dix ans, le premier testament lu devant cette assemblée précisait qu'il faudrait attendre cette nuit pour connaître les ultimes volontés du défunt. Nous voici bientôt parvenus à l'heure exacte. Je donnerai donc communication de cet ultime document autour de la table du banquet, dûment dressée pour célébrer *Christmas,* comme l'avait expressément souhaité Lord Rupert. Mais en quoi cela vous concerne-t-il, inspecteur ? Vous n'avez rien à faire ici. Cette réunion exceptionnelle intéresse les membres de la famille, et eux seuls.

– Tout à fait d'accord, approuva Scott Marlow. Nous avons effectivement appris ce que nous désirions savoir. Le moment est venu de regagner Londres et de vous laisser dans l'intimité.

– Vous prendrez bien un petit alcool avant de faire cette longue route ? proposa, pincé, le majordome.

– Ma foi, opina le superintendant, ce n'est pas de refus. Qu'en pensez-vous, Higgins ?

Scott Marlow se tourna vers son collègue qui, pendant qu'Aldebert Tilbury se dirigeait vers l'office, extrayait d'une de ses poches le message reçu à son cottage.

– Je ne quitterai pas cette demeure, annonça l'ex-inspecteur-chef sur un ton aussi serein que ferme, tant que je n'aurai pas compris pourquoi un mort m'a fait parvenir d'outre-tombe l'avant-dernière page de son journal intime et tant que je n'aurai pas identifié la personne qui a déchiré la dernière page où Lord Rupert avait lui-même écrit le nom de son assassin.

— 9 —

La comtesse Arabella von Rigelstrand tendit brusquement la main pour s'emparer du document. D'un réflexe de chat, Higgins esquiva.

– Désolé, madame, cette pièce est unique. Il n'entre pas dans mes intentions de la confier à qui que ce soit.

– C'est intolérable ! protesta-t-elle, trépignant sur place. Comment savoir si cet inspecteur ne raconte pas n'importe quoi !

Higgins mit fin à cette tempête en lisant les derniers mots écrits par Lord Rupert. Du moins ceux qui étaient en sa possession, précisa-t-il.

– J'ignorais que ce vieux fou de Rupert tînt un journal intime, avoua l'explorateur, intrigué.

– Moi de même, ajouta le notaire.

– Quelqu'un était pourtant au courant, constata Higgins, puisqu'il a fracturé la serrure du secrétaire où se trouvait ce précieux document.

– Ce texte ne prouve rien, affirma Kathryn Root. Lord Rupert était un homme très soupçonneux. Sans doute souffrait-il de délire de persécution.

Mains croisées derrière le dos, Higgins commença à déambuler, passant devant chacun des parents du lord défunt, avec la plus extrême lenteur.

– Je croyais qu'il bénéficiait enfin de l'affection de ses proches. Par qui donc aurait-il pu être persécuté ? J'ai connu Lord Rupert, il y a bien longtemps. Ce n'était pas un homme au psychisme fragile, il avait traversé bien des épreuves sans vaciller. Soupçonneux, méfiant ? Non. Mais excellent connaisseur de la nature humaine. S'il en était venu à proférer un tel soupçon, c'est que le danger était bien réel ; danger qui s'est d'ailleurs concrétisé par sa mort. Lord Rupert l'avait prévue. Il connaissait son assassin et avait choisi une tactique. Quand vous a-t-il dicté ses ultimes dispositions testamentaires, maître ?

Kathryn Root perdit un peu de la mâle assurance qui la caractérisait.

– Le matin du jour où il est mort, confessa-t-elle ; mais il ne m'a dicté que la marche à suivre. Le testament proprement dit se trouve dans une enveloppe fermée de trois sceaux, nul n'en connaît le contenu. Comme je vous l'ai dit, celui que j'ai lu à ses cousins et cousines aussitôt après sa mort reportait l'exécution de ses dernières volontés dix ans plus tard.

– Vous confirmez donc bien, maître, que Lord Rupert savait qu'il allait mourir.

– Pas au sens où vous l'entendez, objecta le docteur Fitzgerald. Notre cher Rupert avait la certitude que Dieu n'allait pas tarder à le rappeler à lui. Il était lucide sur la gravité de son état, voilà tout.

– Notre merveilleux Rupert, expliqua le baron Breakstone, onctueux, était un peu excentrique. Savez-vous qu'il a obligé son majordome à lui servir quotidiennement ses repas jusqu'à aujourd'hui, comme s'il était encore vivant ? Ensuite, ce dernier devait les remettre à la cuisinière, une femme du village voisin, pour qu'elle les distribue aux pauvres. Quel gâchis ! Et je ne parle pas des sept chambres, à l'étage, qui correspondent aux couleurs de l'arc-en-ciel.

– Ce vieux Rupert aimait rire, affirma avec fougue Adonis Forsyte. C'est sans doute pourquoi il avait été exclu des meilleurs clubs londoniens où il s'était livré aux pires facéties.

– Il y a des rires qu'il faut savoir éviter, observa la comtesse Arabella von Rigelstrand, quand on occupe un certain rang dans la société.

– Il faut bien avouer, continua le docteur Fitzgerald, que notre regretté Rupert avait une conception très particulière et bien peu chrétienne des rapports sociaux. Son goût des voyages le rendait peu charitable pour les bureaucrates et les fonctionnaires. Mais il faut savoir lui pardonner, aujourd'hui.

L'explorateur ouvrit la bouche, comme pour protester, mais préféra se taire. Higgins nota un nouveau changement de physionomie. Adonis Forsyte parut soudain contrarié, perdant sa belle humeur.

– N'avez-vous aucun avis sur ce point, madame ? demanda l'ex-inspecteur-chef à Thereza Fitzgerald qui, comme un papillon effarouché, se réfugia derrière son mari.

Avec beaucoup de dignité, Aldebert Tilbury s'avança dans les lueurs vacillantes qui éclairaient bien mal le grand hall. Il portait un plateau en argent sur lequel étaient disposés de petits verres en cristal.

– Le sherry préféré de Lord Rupert. Cuvée fin de siècle. Il le réservait pour les grandes occasions.

Le majordome présenta délicatement le plateau à la comtesse Arabella von Rigelstrand qui le repoussa avec dédain. Thereza Fitzgerald, après avoir consulté son mari, refusa. Patrick Fitzgerald, Kathryn Root et le baron Breakstone se servirent. Adonis Forsyte vida prestement un premier verre et en prit aussitôt un second. Le superintendant Marlow goûta avec intérêt ce nectar. Higgins se contenta de tenir son verre en main et d'admirer la pureté du cristal.

– Excellent, savoura le superintendant. Nous n'avancerons pas davantage ce soir. L'heure des adieux a sonné. Quelqu'un pourrait-il nous aider à dégager la voiture ? Une fois lancée, elle ne redoute plus rien !

– Je suis votre homme ! déclara l'explorateur. Un peu d'exercice me fera du bien.

L'alcool avait réchauffé le cœur de Scott Marlow qui se sentait capable de déplacer des montagnes. Un seul obstacle restait à surmonter : Higgins. Le superintendant devait l'aborder avec la plus extrême finesse.

– Notre place n'est plus ici, ce soir. Laissons cette famille célébrer *Christmas* et communier dans le respect d'une âme défunte. Qu'il subsiste un petit mystère, je vous le concède. Nous parviendrons à le résoudre avec un peu de recul.

Scott Marlow en tremblait presque. Il avait débité sa longue tirade avec la volonté farouche du marin qui veut rentrer au port. Mais que pouvait-il contre l'obstination d'un Higgins ?

– Qu'attendons-nous donc ? dit ce dernier, un léger sourire aux lèvres. Après vous, messieurs.

S'il n'avait été élevé dans le respect absolu des bonnes manières victoriennes, Scott Marlow aurait embrassé l'ex-inspecteur-chef. Pour une fois, il avait cédé, se rendant à la raison. Il n'était pas si têtu qu'on le prétendait. D'un pas joyeux, le superintendant, suivi d'Adonis Forsyte qui vida un troisième verre de sherry avant d'affronter le froid, sortit de *Lost Manor.*

Énormes, les flocons de neige tombaient avec une infinie lenteur. Certains semblaient suspendus dans l'air glacé. Une masse de nuages cachant la lune, la nuit avait la profondeur de l'hiver qui arrête le temps, fige le paysage dans une immobilité presque totale, effaçant lignes et courbes pour les fondre dans une prison blanche fermée par le ciel.

Le superintendant et l'explorateur progressèrent avec difficulté vers l'appentis sous lequel était garée la Bentley. Adonis Forsyte s'empara d'une pelle et commença à dégager la neige qui obstruait le chemin. Une fois lancée, en effet, la lourde voiture pourrait sans doute tracer son sillon jusqu'à la route principale. Mais il ne fallait plus tarder. Bientôt, la masse de neige serait trop épaisse.

Scott Marlow s'installa sur le siège du conducteur et mit le contact.

Le moteur demeura muet. Pas un seul voyant ne s'alluma. La Bentley semblait morte.

– Ça ne m'est jamais arrivé, geignit le superintendant. Cette voiture est inusable, elle ignore les pannes !

Deux nouvelles tentatives se soldèrent par le même échec.

– Un problème ? interrogea l'explorateur, abandonnant sa pelle.

– Elle refuse de démarrer. La batterie, peut-être ? Pourtant, je viens de la faire changer.

– Voyons ça. Ouvrez le capot. En mécanique, je suis un as.

Scott Marlow s'exécuta.

– Il me faudrait une lampe de poche, exigea Adonis Forsyte.

Penaud, Scott Marlow dut avouer qu'il avait oublié cet accessoire indispensable sur les routes hivernales.

– Bon, je vais essayer d'y voir clair quand même. Prenez ces allumettes.

Scott Marlow gratta les allumettes l'une après l'autre, éclairant tant bien que mal son sauveteur qui furetait dans le moteur.

– Ce n'est pas une panne, dit-il d'une voix assombrie.

– Mais… quoi d'autre ? s'angoissa le superintendant.

– Un sabotage, affirma la voix de Higgins, derrière eux.

— 10 —

Mains croisées derrière le dos, Higgins observait Scott Marlow et l'explorateur, surpris par l'apparition de l'ex-inspecteur-chef.

– Un sabotage, répéta-t-il, la moustache ornée de flocons de neige.

– Comment pouvez-vous dire ça ! s'indigna Adonis Forsyte. Vous n'avez aucune preuve ! Et ça n'aurait aucun sens !

Higgins dodelina de la tête, comme un professeur atterré par le mauvais comportement d'un élève insuffisant.

– Vous trouverez cette preuve demain matin, monsieur Forsyte.

L'explorateur, piqué au vif, se pencha une nouvelle fois sur le moteur. Il n'insista pas longtemps.

– On verra ça demain, en effet.

Scott Marlow, frigorifié, se sentait gagné par une dépression qui lui gelait le sang.

– Qu'est-ce que ça signifie, Higgins ? Pourquoi aurait-on saboté ma voiture ?

– Pour nous retenir ici, mon cher Marlow. Quelqu'un souhaite notre présence à *Lost Manor.* Soit pour nous permettre d'identifier un assassin, soit pour nous supprimer.

Scott Marlow trembla des pieds à la tête.

Encore un espoir, cependant : utiliser son portable pour appeler un dépanneur.

Espoir déçu. Étant donné la situation isolée de *Lost Manor*, aucune communication possible

*

* *

– Vous restez parmi nous ? s'étonna le notaire Kathryn Root en voyant revenir les deux policiers.

– Le destin nous y oblige, maître, expliqua Higgins. Le superintendant Marlow et moi sommes tout à fait désolés de troubler cette réunion de famille. Notre voiture est en panne et nous sommes contraints de vous demander l'hospitalité.

– C'est un honneur d'accueillir Scotland Yard pour célébrer *Christmas,* déclara le baron Breakstone sur un ton mielleux.

Il n'avait point omis de jeter un œil en direction de la comtesse Arabella von Rigelstrand afin de quêter son approbation. Le regard noir de cette dernière effraya Scott Marlow et rassura le baron.

Presque cachés dans un angle obscur du grand hall, le docteur Fitzgerald et son épouse se tassaient l'un contre l'autre.

– Puis-je vous conduire à vos chambres ? proposa le majordome.

Higgins dévisagea Aldebert Tilbury avec autant d'acuité que les autres personnes présentes dans le grand hall. Scott Marlow était persuadé qu'il cherchait un indice dénonçant le saboteur. Mais le visage de l'ex-inspecteur-chef demeura indéchiffrable.

Non sans raideur, le majordome pria d'abord la comtesse von Rigelstrand de le suivre. Il la guida jusqu'à la chambre orange. Au baron Breakstone fut attribuée la chambre verte ; au notaire Kathryn Root, la bleue ; au couple Fitzgerald, la jaune ; à Adonis Forsyte, la rouge ; au superintendant Marlow, l'indigo ; à Higgins, la violette.

L'ex-inspecteur-chef, au passage, jeta un œil dans chaque chambre. Il nota qu'elles étaient toutes meublées de façon semblable et de manière fort austère : un lit, une armoire, un minuscule bureau, une chaise.

Il s'installa à son bureau et rédigea trois pages de notes avant d'être interrompu par Scott Marlow, fort irrité.

– Higgins, ça ne peut plus durer ! Je ne supporte pas l'indigo... et tout est indigo dans cette cellule de moine !

– Comme tout est violet ici. Si vous préférez changer de chambre...

– Je l'ai également en horreur, comme j'ai en horreur les membres de cette famille ! Ils sont tous fous, ma parole !

Higgins se gratta le menton, perplexe.

– Tous... Je ne crois pas. Certains ont peut-être un talent inné pour la comédie. Notamment le saboteur.

Scott Marlow se pencha vers son collègue.

– Pensez-vous vraiment qu'on cherche à nous éliminer ?

– C'est selon, répondit Higgins, énigmatique. À ce stade de l'enquête, il ne faut négliger aucune hypothèse.

– Enquête, enquête, grogna Scott Marlow. En réalité, nous sommes prisonniers de cette horrible bâtisse. Nous voila entre les mains d'une bande de rapaces et condamnés au plus effroyable des *Christmas* !

– Le sage s'adapte au lieu où il doit subsister, répliqua Higgins. Rien ne sert de se révolter contre une tempête de neige ni contre le destin qui nous a amenés ici. Il est probable que l'âme de Lord James Rupert, pour reposer enfin en paix, exige que son assassin soit identifié.

On frappa à la porte.

– Soyez aimable d'ouvrir, superintendant.

Scott Marlow s'empara du bougeoir qui dispensait une faible lumière, complétée par celle émanant du feu de bois. Higgins se félicitait d'avoir pris la précaution d'enfiler un caleçon long qui mettait ses reins à l'abri du froid. L'hiver, affirmaient les vieux Chinois, est particulièrement redoutable pour cette partie du corps.

– J'ai une requête à formuler, expliqua le majordome, se tenant sur le seuil et semblant toujours aussi mal à l'aise.

– Allez, mon ami ! l'encouragea Scott Marlow.

– Eh bien… c'est assez gênant.

– Allez donc ! s'énerva Scott Marlow.

– J'ai l'obligation de préparer *Lost Manor* pour *Christmas,* avoua enfin Aldebert Tilbury. Seul, ce sera impossible. Impossible aussi de demander de l'aide aux membres de la famille. Alors, messieurs, il ne reste que vous. Si vous aviez l'immense bonté de me prêter main-forte…

Le superintendant était ébahi.

– Vous n'y pensez pas !

– Tout à fait d'accord, jugea Higgins. Qu'attendez-vous de nous ?

– Pendant que je disposerai la table du Noël, vous pourriez peut-être décorer.

Le majordome, la parole embarrassée, était atrocement gêné. Scott Marlow était sur le point d'exploser. Higgins, réjoui, arborait un bon sourire. À cause de Mary, sa gouvernante, voilà bien des années qu'il n'avait pas eu l'occasion de se livrer à cette saine distraction.

– Montrez-moi où vous rangez le matériel, demanda l'ex-inspecteur-chef. Je m'occuperai de tout avec le superintendant.

Ainsi fut fait. Les ornements traditionnels de *Christmas* se trouvaient dans un immense placard, au rez-de-chaussée, face à la chambrette qu'occupait le majordome, près de l'office. Pendant qu'Aldebert Tilbury s'affairait dans la salle à manger africaine où il servirait le repas de fête, Higgins voleta du salon du Berger hindou à celui du Lotus bleu, fureta dans le patio Tetouan, parcourut les couloirs. Il accrocha du gui au-dessus de chaque porte et du houx au-dessus de chaque fenêtre.

– Ne trouvez-vous pas ces coutumes désuètes ? protesta Scott Marlow, passant à son collègue une ultime branche de houx auquel il se piqua pour la dixième fois.

Higgins s'interrompit, considérant le superintendant d'un œil désapprobateur.

– N'êtes-vous un homme de tradition, mon cher Marlow ? Le gui guérit les maladies et empêche l'action du poison. Le houx est une protection souveraine contre la magie noire. Souhaiteriez-vous que nous fussions victimes de la sorcellerie ?

– Non... bien sûr que non, admit Scott Marlow, impressionné.

– Parfait. Prenez ce balai et donnez-moi le plumeau. La tradition de Noël est impérative : la maison où se célèbre la fête doit être nettoyée de fond en comble.

Scott Marlow n'eut pas le loisir d'émettre une protestation qu'il aurait voulu vigoureuse. Un balai à la main, il se réchauffa en répétant le geste auguste de l'homme de ménage. Higgins époussetait avec dextérité. Soudain anxieux, il se frappa le front.

– Superintendant... Avez-vous vu un arbre de Noël ?

– Ici ? Non, je ne crois pas.

– Habillez-vous et venez.

Abandonnant leurs outils ménagers, les deux policiers sortirent de la grande demeure, Scott Marlow éclairant Higgins avec un chandelier. L'ex-inspecteur-chef découvrit un sapineau qu'il demanda à Scott Marlow d'arracher de terre. Ce dernier échoua, s'acharna, réussit enfin.

– Bravo, mon cher Marlow. Il n'est pas grand, mais c'est un sapin.

Higgins installa le petit arbre dans le hall d'entrée.

L'ex-inspecteur-chef le décora de guirlandes un peu défraîchies. Scott Marlow songea avec émotion que c'était le prince Albert, époux de la reine Victoria, qui avait dressé le premier arbre de Noël anglais, au château de Windsor, en 1841.

Le temps avait passé très vite. L'oignon de l'ex-inspecteur-chef marquait dix-neuf heures quinze. Le majordome sortit de la salle à manger africaine, la mine défaite.

– Je suis épuisé, avoua-t-il. Mais tout est prêt. Je m'occupe du dîner, il ne reste qu'un peu de cuisson. Lord Rupert, lors de chaque *Christmas,* exige un banquet strictement traditionnel. Merci pour votre aide, messieurs ; installez-vous confortablement dans le salon du Lotus bleu, je vais vous servir un porto. Nous dînerons à vingt et une heures.

Après avoir bu son second porto, Scott Marlow sentit une douce chaleur l'envahir. *Lost Manor* lui parut moins glacial et un peu moins hostile. Higgins examinait avec attention les potiches, les paravents, les vases, les pipes à opium, les nacres.

– Cette affaire, superintendant, pourrait être beaucoup plus compliquée qu'il n'y paraît.

– Ne fabulons pas, objecta Scott Marlow. Un esprit facétieux a voulu nous jouer un mauvais tour, voilà tout. Tel est pris qui croyait prendre. Nous allons jouir d'un succulent réveillon. Soyez certain, Higgins, qu'il ne se produira plus rien de désagréable.

Un cri d'effroi, poussé par une voix masculine, déchira le silence glacé de *Lost Manor.*

— 11 —

Scott Marlow posa sur un guéridon aux incrustations de nacre le verre qu'il venait de remplir et suivit Higgins qui sortit sans tarder du salon du Lotus bleu pour se diriger vers le grand hall.

La progression s'avéra lente en raison du faible éclairage. Higgins, qui semblait avoir des yeux de chat, fut plus rapide que son collègue. Il atteignit une forme roulée en boule au pied de l'escalier monumental.

– Ne me touchez pas ! hurla la forme.

Higgins se pencha avec précaution.

– Baron Breakstone ! Une mauvaise chute ?

Hyeronimus Breakstone marmonna une réponse indistincte.

– Personne ne vous a poussé ?

– Bien sûr que non, protesta le baron, consentant enfin à se relever.

Une bosse impressionnante poussait sur son front dégarni.

– Il faut utiliser de la teinture mère d'arnica, recommanda Higgins. Plusieurs applications seront nécessaires. Je vais vous en chercher.

Higgins ne voyageait jamais sans une trousse médicale d'urgence où figuraient en bonne place l'*influenza* de chez

Nelson contre les refroidissements et la teinture mère d'arnica soignant les traumatismes.

– Surtout pas ! refusa sèchement le baron. Je ne veux rien, rien du tout ! Mêlez-vous de vos affaires et laissez-moi m'occuper de ma santé.

À la faible lueur d'un candélabre, le teint de Breakstone parut plus pâle encore. Higgins nota que son col était défait et ses cheveux en désordre.

– Baron, auriez-vous eu une altercation avec quelqu'un ? demanda Higgins sur le ton de la confidence.

Scott Marlow, parvenu sur les lieux du drame, intervint avec autorité.

– Des explications, baron ?

Hyeronimus Breakstone, son arrogance retrouvée, toisa les deux policiers.

– Retournez dans vos quartiers, messieurs.

Leur tournant le dos, il monta rapidement l'escalier et regagna la chambre verte. Scott Marlow poussa un soupir de satisfaction.

– Rien de grave, heureusement !

– Rien de grave, répéta Higgins, dubitatif.

Les deux policiers regagnèrent le salon du Lotus bleu. Scott Marlow vida prestement un nouveau verre de porto pour continuer à lutter contre le froid. Higgins se contentait de passer et de repasser l'index sur le rebord du verre en cristal, déclenchant une onde musicale aigrelette.

– Vous avez l'air contrarié, Higgins.

– C'est exact, superintendant. Quelque chose m'échappe. Quelque chose d'essentiel.

Scott Marlow se racla la gorge.

– Je ne voudrais pas vous importuner, Higgins, mais il y a une question qui me brûle les lèvres. Pourquoi désirez-vous à tout prix élucider les circonstances de la mort de Lord Rupert ? Auriez-vous… une dette envers lui ?

Le superintendant savait que la vie privée de l'ex-inspecteur-chef était un bastion inaccessible. Mais sa curiosité avait été la plus forte.

– Au Yard, certains administratifs ont cru que j'avais commis une erreur, lors d'une de mes premières enquêtes. J'avais accusé de meurtre un politicien sans apporter de preuves suffisantes à leurs yeux. Cet homme a exercé des pressions sur le Yard pour me faire démettre de mes fonctions. Lord James Rupert, qui était son adversaire politique, est intervenu en ma faveur. Non point qu'il me portât une affection particulière, mais afin de m'utiliser comme argument dans son propre combat. J'ai néanmoins apprécié son geste. Il m'a permis de continuer à servir le Yard et à démasquer des criminels. Je lui ai promis que, s'il avait un jour besoin de mon aide, il pourrait compter sur moi. Je n'ai qu'une parole, mon cher Marlow. Lord Rupert m'a lancé un appel au-delà de sa mort physique. J'y répondrai. J'y répondrai cette nuit même.

– Pourquoi cette nuit ? s'inquiéta le superintendant.

– Je le pressens ainsi. Lord Rupert a été assassiné une nuit de Noël. Son assassin sera identifié une nuit de Noël.

*

* *

Tous les participants à ce *Christmas* d'exception s'étaient retrouvés dans le salon du Lotus bleu où le majordome leur avait servi le champagne. Depuis plus d'une heure, Arabella von Rigelstrand pérorait sur ses exceptionnelles qualités de peintre, approuvée à plusieurs reprises par le baron Breakstone, lequel avait réussi à placer quelques mots sur ses collections de jetons anciens. Le notaire, Kathryn Root, fumait cigare sur cigare. Adonis Forsyte ne tenait pas en place. Il buvait, se levait, tournait en rond et recommençait. Thereza Fitzgerald, assise sur le bord de son fauteuil, était rigoureusement immobile, les yeux fixes. Son mari, animé de tics, remontait sans cesse ses lunettes sur son nez. Scott Marlow luttait avec peine contre l'assoupissement.

Higgins, après avoir longuement observé les uns et les autres, avait cessé, pendant quelques instants, de s'intéresser à cette inquiétante assemblée. Le souvenir de l'étrange personnalité de Lord Rupert s'était imposé à son esprit avec une telle présence que l'ex-inspecteur-chef s'était replongé bien des années en arrière. Il avait revécu l'inoubliable scène où, répliquant par une argumentation sans faille aux accusations de ses supérieurs, il avait vu apparaître pour la première fois l'homme qui allait le sauver. Lord Rupert était coiffé d'un casque colonial, vêtu d'une veste de brousse couleur sable et d'un short blanc descendant à mi-mollet. D'épais favoris ornaient ses joues. Il portait un pendentif en lapis-lazuli et se parfumait avec de l'essence d'orchidée. Mais il était également un familier de la Couronne, un ambassadeur discret de l'Angleterre dans de nombreuses parties du globe, l'ami intime de plusieurs ministres. Higgins, en dépit de l'élégance classique que sa fonction lui imposait, avait aussitôt apprécié ce personnage, aussi raffiné dans ses propos qu'excentrique dans son comportement.

À l'heure où la moustache et les tempes de l'ex-inspecteur-chef grisonnaient, il se souvenait avec émotion des personnages qui avaient marqué sa carrière. Lord Rupert était l'un de ceux-là, non seulement parce qu'il l'avait préservé des foudres administratives, mais surtout parce qu'il portait en lui un univers original, à nul autre pareil. Ce que Higgins détestait par-dessus tout, c'était la médiocrité, ce mal rampant qui contaminait l'humanité entière sans distinction de race, de croyance ou de condition sociale. Le destin lui avait confié une fonction : ne pas permettre qu'un assassin demeurât dans les ténèbres. Higgins savait bien que son action n'était qu'une goutte d'eau dans l'océan, mais cette goutte-là lui permettait de ne pas mourir de soif. Il y avait aussi la plus sacrée des valeurs humaines : la parole donnée. Il supportait mal cette civilisation de paperassiers en tous genres, regrettant les époques où nul écrit n'était nécessaire pour sceller le plus solide des contrats. Quand on donnait sa parole, on s'engageait sur sa vie. La promesse faite à Lord Rupert demeurait vivace au-delà de la mort.

– Le dîner est servi, annonça Aldebert Tilbury avec solennité.

Le majordome avait revêtu son smoking de cérémonie et ajusté à la perfection un nœud papillon noir.

Higgins nota, une fois encore, que le majordome paraissait mal à l'aise.

– Ce n'est pas trop tôt, commenta le baron Breakstone.

– Mes excuses, votre seigneurie. J'ai fait de mon mieux. J'espère que Lord Rupert sera satisfait.

La mention du nom du disparu jeta un froid dans l'assemblée. Higgins se leva et offrit son bras à la comtesse Arabella. L'artiste peintre ne se dérida point mais, prise au dépourvu, accepta d'inaugurer le cortège aux côtés de l'ex-inspecteur-chef.

Les hommes étaient vêtus d'un smoking grenat, les femmes d'une robe du soir violette. Les uns et les autres avaient trouvé ces vêtements dans l'armoire de leurs chambres respectives. Malgré les protestations de la comtesse von Rigelstrand, le notaire avait confirmé que Lord

Rupert tenait à voir ses invités habillés de la sorte. Higgins, qui portait le smoking à merveille, en avait conclu que sa venue avait été programmée et que le « saboteur » n'avait rien laissé au hasard. Du moins, presque rien car Scott Marlow, invité de la onzième heure, avait dû se contenter d'un vieux smoking exhumé d'une penderie par le majordome. Au terme d'un effort digne de louanges, il lui avait été possible de boutonner partiellement la veste. Le superintendant tenta de donner le bras à Kathryn Root qui le repoussa sèchement, préférant fermer la marche en solitaire.

À l'instant où le cortège pénétrait dans la salle à manger africaine, le glas sonna au clocher principal de *Lost Manor*.

— 12 —

Aldebert Tilbury s'immobilisa, provoquant l'arrêt de la procession. Scott Marlow frissonna.

– Le glas sonnera jusqu'à minuit, expliqua sentencieusement le majordome. Il en est ainsi pendant toute la durée des funérailles du démon. À minuit, il mourra pour laisser naître le Christ. Au glas succédera un joyeux carillon.

– Ainsi doit être consommé le mal, ajouta le docteur Fitzgerald. Béni soit le Saint Nom du Seigneur qui a voulu que ceux qui meurent à minuit, la nuit de Noël, aillent directement à la droite du Père.

– Nous n'allons pas passer *Christmas* dans ce couloir mal éclairé, se plaignit Adonis Forsyte, l'explorateur. Asseyons-nous et commençons à manger.

Plus guindé que jamais, le majordome reprit sa marche en avant.

La table de Noël était somptueusement servie. Assiettes en vermeil, couverts en argent massif, nappe en dentelle de Bruges. Le décor africain se trouvait rejeté dans l'ombre. La table, éclairée par un seul chandelier à six branches en bronze vénitien, formait une tache de lumière diffuse au milieu de la vaste pièce. Une fois installés, les convives distinguèrent à peine leur vis-à-vis.

La table était présidée par un fauteuil vide, celui de Lord

Rupert. Dans son assiette, un pain de Noël qui, le lendemain, serait offert au paysan le plus pauvre de la région.

À la droite du siège, Higgins, Kathryn Root, Adonis Forsyte, la comtesse von Rigelstrand. À sa gauche, Scott Marlow, Thereza Fitzgerald, Patrick Fitzgerald et le baron Breakstone.

– Pourquoi cette disposition ? demanda le baron Breakstone au notaire pendant que le majordome remplissait les verres d'un bourgogne à la robe d'un rouge profond.

– Disposition testamentaire, précisa Kathryn Root, vidant aussitôt son verre.

– Ces deux messieurs de la police n'étaient tout de même pas prévus !

– C'est pourquoi je leur ai attribué les places d'honneur, précisa le majordome, comme il convient pour les hôtes de passage.

Higgins se leva.

– Je propose de porter un toast à la mémoire de notre hôte, Lord James Rupert. Souhaitons-lui un excellent *Christmas.* À Lord Rupert !

Le majordome remplit en hâte le verre de Kathryn Root afin qu'elle puisse participer au toast. Scott Marlow se leva à son tour.

– À Sa Majesté la reine !

Le teint de plus en plus rouge du superintendant prouvait assez qu'il ne risquait plus de mourir de froid. Dans la salle à manger, la température ne devait pourtant pas dépasser quinze degrés. La tempête ne se calmait pas. De lourds flocons de neige tombaient en rangs serrés, parfois agités par de brèves et violentes rafales de vent.

Le dîner, strictement traditionnel, se révéla excellent. Il commença par une tête de sanglier, se poursuivit par des pigeons aux raisins secs, une oie et s'acheva par un plum pudding enveloppé dans un linge et saturé d'alcool. Il contenait plus de quatre-vingts ingrédients divers, hachés et mêlés à la pâte. Il devait être accompagné d'un punch, héritier d'une antique boisson, le wassail, versée dans de grands bols et dotée de toutes les vertus.

Quoique crispés, les futurs héritiers, à l'exception de Thereza Fitzgerald, s'étaient régalés. Et Scott Marlow n'avait pas boudé son plaisir. Adonis Forsyte avait comblé les silences en racontant ses aventures en pays lointains.

– Il ne reste plus qu'à enflammer le pudding, indiqua le majordome. Il va bientôt être minuit. Je confie cette tâche à l'un d'entre vous, car je dois aller préparer la grande surprise de *Christmas.*

– Qu'est-ce que ça signifie ? s'étonna l'explorateur.

Un vague sourire anima le visage d'Aldebert Tilbury.

C'était la première fois, remarqua Higgins, qu'il se détendait un peu. N'écoutant pas les protestations indignées de la comtesse et du baron relatives à la conduite inqualifiable des domestiques modernes, le majordome s'éclipsa.

– Je n'ai jamais vu une chose pareille ! s'exclama Arabella von Rigelstrand.

– Tendre chérie, susurra le docteur Fitzgerald à son épouse Thereza, voudriez-vous prêter votre douce main à ce cérémonial ? Il n'a rien de païen, rassurez-vous. C'est une vieille coutume locale. Le Seigneur vous en saura gré.

Le pudding, de fort belle taille, occupait presque toute la largeur de la table. Le majordome l'avait déposé près du chandelier, unique source de lumière.

Obéissant immédiatement à son époux, Thereza Fitzgerald se leva. Son bras, court et menu, atteignait à peine le gâteau.

L'incident fut si soudain que personne n'aurait pu le décrire avec précision. Le chandelier fut renversé, l'alcool prit feu, la nappe s'enflamma. Thereza Fitzgerald glissa en reculant et lança un petit cri étouffé.

– Au feu, à l'incendie ! hurla la comtesse von Rigelstrand.

Adonis Forsyte, utilisant sa serviette, se jeta sur les flammes bleutées de l'alcool qui couraient sur la table.

Il les étouffa si bien qu'il plongea la pièce dans l'obscurité totale. Se produisit alors une absolue confusion, chacun changeant de place, ouvrant une fenêtre, cherchant une bougie, appelant à l'aide.

– Je tiens une bougie ! annonça Scott Marlow dont la voix perça le brouhaha. Qu'on me donne une allumette !

Se guidant à la voix, Higgins se rendit auprès de son collègue qu'il situait près de la collection de sagaies.

Il fallut patienter une longue minute avant qu'un briquet fût procuré par Adonis Forsyte, l'explorateur.

– Pourquoi diable l'avais-je changé de poche ! marmonna-t-il, répandant enfin une petite flamme qui lui permit d'allumer la bougie et d'éclairer un désolant spectacle.

De la belle table dressée par le majordome, il ne restait qu'un chaos d'assiettes brisées, de verres renversés et de couverts entremêlés. La nappe en dentelle de Bruges était calcinée sur une grande surface.

La comtesse Arabella von Rigelstrand, furieuse, se débarrassait d'un morceau de pudding qui avait souillé sa robe. Le baron Breakstone relevait le notaire Kathryn Root, empêtrée dans une peau de léopard qui s'était décrochée du mur. Thereza Fitzgerald s'était blottie dans les bras de son mari, assis sur la tête d'une statue d'envoûtement en terre cuite.

Le glas s'interrompit. Minuit.

La porte de la salle à manger s'ouvrit en grinçant. Apparut Aldebert Tilbury, le majordome. Un sourire figé aux lèvres, il avança de deux pas, tel un automate. Il ne portait plus de smoking, mais un costume gris clair lui donnant une allure jeune et sportive.

– Je… je suis… Ru… Rupert… articula-t-il de manière à peine compréhensible, avant de s'effondrer, bras en croix.

Entre ses omoplates, un couteau de cuisine planté jusqu'au manche.

— 13 —

– C'est… c'est insensé ! s'indigna le baron Hyeronimus Breakstone.

Adonis Forsyte, l'explorateur, était décomposé. Le notaire, Kathryn Root, fixait le cadavre avec des yeux hagards. La comtesse von Rigelstrand se voilait la face. Thereza Fitzgerald sanglotait.

Le docteur Fitzgerald s'approcha du corps.

– N'y touchez pas, ordonna Higgins, s'interposant.

Le praticien remonta ses lunettes. Ses sourcils broussailleux se dressèrent en accent circonflexe.

– De quel droit me parlez-vous sur ce ton ? Je suis légiste et j'agirai conformément à mon devoir.

Higgins perdit son attitude de père tranquille. Le regard qu'il octroya au docteur n'avait rien de conciliant.

– La cause de la mort est apparente, docteur. Il s'agit d'un assassinat. Le deuxième crime de Noël qui se produit dans ce manoir. C'est à Scotland Yard de prendre la situation en main. Vous êtes suspect comme les autres invités.

– Moi, suspect ? sursauta le docteur Fitzgerald, les lèvres agitées par un tic violent. Moi ? Au nom du Ciel, de quel droit…

– Montez tous dans vos chambres et restez-y pour le moment, ordonna Higgins. Le superintendant Marlow est armé. Il sera contraint d'intercepter quiconque tentera de sortir de cette demeure.

– Vous avez vu le temps ? ricana l'explorateur. Pas une chance sur mille pour qui voudrait passer la nuit dehors ! Cette maison est plus sûre qu'une prison.

– C'est bien pourquoi la vérité jaillira avant l'aube, annonça Higgins avec gravité.

Les physionomies des suspects demeurèrent indéchiffrables. Un à un, ils quittèrent la salle à manger et se dirigèrent vers l'escalier monumental menant aux chambres.

Scott Marlow avait recouvré un sang-froid très professionnel. Il examina le cadavre, fouilla ses poches.

– Rien, constata-t-il. Mais pourquoi a-t-il prétendu être Rupert ? Ça n'a aucun sens.

– Les dernières paroles d'un mourant en ont toujours un, objecta Higgins. Même si l'esprit de Tilbury se trouvait déjà de l'autre côté, il a réussi à nous communiquer un ultime message. Peut-être était-il une réincarnation de Lord James.

– Higgins ! Vous n'allez quand même pas croire à de telles sottises !

– Montez une garde vigilante dans le grand hall, mon cher Marlow. Je fais fouiller la chambre du majordome. Elle nous offrira peut-être des indices intéressants.

Scott Marlow s'acquitta de cette tâche ingrate, mais nécessaire.

Lost Manor était plongé dans le plus profond silence. Les lumières vacillantes des candélabres dansaient sur les murs. Aucun bruit ne provenait du premier étage. Le superintendant avait laissé le corps à l'endroit où il était tombé. Dès que les spécialistes du Yard pourraient intervenir, ils découvriraient sans doute de précieux indices.

Un assassin dans la maison… Et s'il frappait à nouveau ?

S'il osait même s'attaquer à Scotland Yard ? Et pourquoi Higgins reliait-il ce crime à la mort de Lord James Rupert ? Le malheureux majordome, il est vrai, établissait de lui-même un lien des plus étranges par son ultime déclaration. Le superintendant regretta d'avoir abandonné le carnet noir dans sa chambre. Réflexion faite, prendre des notes était-il bien nécessaire ? Scott Marlow n'avait rien enregistré de particulièrement significatif. Seule la capacité de déduction comptait, il n'en manquait pas. Cette fois, il en était sûr, il damerait le pion à Higgins. Une idée des plus convaincantes commençait d'ailleurs à se faire jour dans son raisonnement.

Une silhouette se dessina sur le mur opposé.

– Arrêtez ou je tire !

– Ce n'est que moi, dit Higgins, s'avançant dans la lumière.

– Des découvertes ?

– Ceci.

Higgins montra à Scott Marlow une paire de gants blancs maculés de cambouis.

– Ils étaient dissimulés dans une chaussure, expliqua-t-il. Voilà au moins connue l'identité du saboteur.

– Vous voulez dire que c'est le majordome qui voulait nous retenir ici ?

– C'est tout à fait clair, mon cher Marlow. Lui seul portait ce type de gants. Souvenez-vous : il s'est assez longuement absenté afin de préparer des boissons. Il connaissait suffisamment son domaine pour s'être rendu avec promptitude jusqu'à la Bentley. Il a saboté le moteur et n'a pas oublié d'effacer ses traces de pas.

– J'avoue avoir soupçonné l'explorateur. En faisant mine de réparer, il pouvait causer une panne.

– Observation très pertinente, superintendant, et peut-être fondée. Un premier sabotage n'exclut pas un second. La suite des événements prouve néanmoins qu'Aldebert Tilbury avait besoin de notre présence pour se sentir en sécurité. Nous n'avons malheureusement été qu'une illusion rassurante.

– Comment prévoir un tel crime ! Et pourquoi ne s'est-il pas clairement expliqué ?

– À cause du testament et de sa fameuse surprise, expliqua Higgins. Il voulait révéler à tous, Scotland Yard y compris, un élément essentiel.

– Et tout ce qu'il a trouvé à dire, maugréa Scott Marlow, c'est une ineptie : « Je suis Lord Rupert ! »

Higgins parut soudain entendre quelque chose d'important. Il ressemblait au chasseur à l'affût qui vient de repérer sa proie.

– Merci, mon cher Marlow. Permettez-moi de vous exprimer ma sincère reconnaissance.

– Mais... à quel sujet ?

– Vous m'avez permis de faire un très grand pas sur le chemin de la vérité, superintendant.

Scott Marlow chercha en vain de quelle manière il avait pu rendre un tel service à son collègue.

– Soyez aimable de convoquer le notaire Root, demanda Higgins. Je l'attends au salon chinois. Et continuez à surveiller le grand hall. Si quelqu'un tente de s'enfuir, ce sera par là.

— 14 —

Kathryn Root, qui avait quitté son encombrante robe du soir violette pour enfiler le pantalon de cuir qu'elle affectionnait, franchit le seuil du salon chinois de sa pesante démarche. Elle passa une main virile dans ses cheveux à la garçonne puis alluma un cigare.

Higgins était assis près d'un paravent représentant un vieux sage en méditation, au flanc d'une colline, alors que le soleil se couchait. Au-dessus de lui, des grues volaient dans la lumière du soir.

– En quoi puis-je vous être utile ? demanda-t-elle de sa voix grave et nasillarde.

– Vous le savez aussi bien que moi, maître.

Kathryn Root fit semblant de ne pas comprendre. Elle tira une longue bouffée de son cigare.

– Tout à l'heure, dans l'obscurité et la confusion, vous n'êtes pas parvenue à trouver briquet ou allumettes, remarqua-t-il avec douceur. Curieux, pour une fumeuse.

– Pas du tout, répliqua sèchement Kathryn Root. Mes allumettes étaient dans la poche de mon pantalon.

– De même que le testament de Lord James Rupert, je suppose ? Il est minuit passé, vous pouvez m'en révéler les termes.

Une expression de contrariété durcit le visage viril du notaire.

– Il faudrait d'abord réunir les membres de la famille.

– Ce ne sera pas nécessaire. Cette demeure a été le théâtre de deux meurtres. À présent, c'est Scotland Yard qui prend les décisions.

Les dents en avant de Kathryn Root se firent menaçantes. Elle roula ses épaules carrées, se leva et fit mine d'agresser Higgins.

– Je suis notaire et je respecterai mes engagements, inspecteur. C'est un impératif moral. Inutile d'insister.

– Devrai-je vous accuser de complicité de meurtre, maître ? avança Higgins d'une voix douce. Ou peut-être d'assassinat ?

La fureur du notaire tomba. Elle se rassit, le menton tremblant.

– Calmons-nous, proposa-t-elle, tirant une nouvelle bouffée. Je suppose que vous dites n'importe quoi pour m'impressionner.

L'ex-inspecteur-chef laissa passer une longue minute pendant laquelle le notaire chercha vainement un angle d'attaque ou une procédure de défense. Ce policier trop calme la mettait mal à l'aise. Higgins se leva à son tour. L'atmosphère du salon chinois lui plaisait. Il commençait à entretenir une certaine complicité avec ces objets exotiques, enfouis dans le silence. Il marcha d'un paravent à un vase, d'un vase à une potiche, s'arrêtant pour admirer, comme s'il était seul dans une salle de musée.

– Je vais tenter, maître, de dissiper vos soucis moraux. Laissez-moi deviner… Je crois que vous détenez une information capitale concernant Aldebert Tilbury.

– Moi ? sursauta Kathryn Root. Je…

– Ce majordome, continua Higgins, m'a paru suspect dès la première seconde. Trop nerveux, mal à l'aise, des gestes peu naturels, une gêne permanente… J'ai connu suffisamment de majordomes pour démasquer un comportement bizarre. Je n'ai pas cessé d'observer cet homme, notant çà et là de petites erreurs dans sa technique. Un amateur doué, sans doute, mais un amateur.

Le notaire rentrait la tête dans les épaules. Higgins savait déjà qu'il frappait juste. Il poursuivit plus avant, creusant son hypothèse.

– Ce majordome, bien sûr, connaissait tout de *Lost Manor,* y compris l'existence du journal intime de Lord Rupert. Comme vous, d'ailleurs, maître Root.

– Pas du tout ! protesta-t-elle avec énergie. J'ignorais l'existence de ce document et je ne vous permets pas de mettre ma parole en doute !

Higgins n'accorda pas le moindre regard à son interlocutrice.

– Avoir déchiré cette dernière page était un acte curieux. Menace ? Avertissement ? Appel au secours ? Je sais, à présent, que la troisième proposition était la bonne. Pour me faire venir ici, il fallait un message inhabituel, hors du commun. C'est bien Aldebert Tilbury, n'est-ce pas, qui a arraché la dernière page du journal intime de Lord Rupert et simulé un cambriolage ?

Le notaire se haussa du col, offusquée.

– Comment le saurais-je ?

– Pardonnez-moi, maître, j'avais oublié que vous n'étiez au courant de rien. Admettons ensemble que notre majordome ait organisé cette astucieuse mise en scène. Courait-il réellement un danger ? Oui, si le nom de l'assassin était bien inscrit sur cette page arrachée. Un nom que vous ignorez forcément.

Malgré la pénombre régnant dans le salon du Lotus bleu, Kathryn Root crut voir flamboyer les yeux de Higgins qui la regardait fixement.

– Forcément, marmonna-t-elle, mâchonnant son cigare.

Higgins se détourna et reprit le cours de son raisonnement.

– Connaissant le nom du criminel, Aldebert Tilbury avait besoin de la présence de Scotland Yard afin de se sentir en sécurité. J'ai la preuve qu'il avait même saboté la voiture du superintendant Marlow pour nous empêcher de partir. Mais un problème demeurait irritant : pourquoi le majordome ne me révélait-il pas ce nom, pourquoi ne me montrait-il pas ce document accusateur ? Avez-vous une opinion sur ce point capital, maître ?

– Non… non, aucune, répondit Kathryn Root, se calant davantage dans son fauteuil de sorte que son visage ne fût plus éclairé par la lumière falote d'une bougie mourante.

– Dommage. Je croirais volontiers que ce curieux majordome s'est comporté de la sorte parce qu'il était concerné de manière très directe par l'héritage de Lord Rupert. Rupert… le dernier mot qu'il a prononcé en passant dans l'autre monde. « Je suis Rupert », a dit Aldebert Tilbury en mourant. Et cela, maître Root, vous savez bien pourquoi.

Kathryn Root s'étrangla. Elle n'avait cessé de tirer sur son cigare, emplissant la pièce d'une épaisse fumée qui piqua les yeux de Higgins.

– Vous savez, maître, que le majordome n'a pas menti. La mort a enseveli son secret dans le silence. Pas tout à fait, cependant. Il n'était pas majordome, n'est-ce pas ? Il ne s'appelait pas Aldebert Tilbury, mais Aldebert… Rupert.

Kathryn Root, vaincue, baissa la tête. Higgins avait pressenti la vérité. Il ne servait plus à rien de dissimuler la teneur du testament.

– Aldebert Rupert, confessa-t-elle, était le frère de Lord James Rupert, son plus proche parent. Mais Lord Rupert détestait son cadet. Il était persuadé que ce dernier en voulait à son héritage et même…

Kathryn Root hésita.

– Et même qu'il voulait le tuer.

Avec nervosité, le notaire alluma un autre cigare.

Elle cassa deux allumettes avant d'y parvenir.

– Cette accusation, maître, est d'une extrême gravité. Disposez-vous de preuves ?

– Lord Rupert m'a fait des confidences. Je suppose que le nom de l'assassin écrit sur la page arrachée de son journal intime était celui d'Aldebert.

– Ce serait la raison pour laquelle il ne pouvait me montrer la totalité de ce document, conclut Higgins. Mais pourquoi était-il devenu domestique au service d'un mort ?

– Parce que telles étaient les volontés formelles de Lord Rupert exprimées dans son premier testament, lu il y a dix ans, expliqua Kathryn Root. Voulant être assuré que *Lost Manor* serait correctement entretenu, il exigeait que son frère devînt majordome et qu'il ne quittât point la demeure un seul jour, sous peine d'être déshérité. Après dix ans de bons et loyaux services, ayant en quelque sorte purgé sa peine, Aldebert serait devenu immensément riche.

– Et s'il était décédé avant d'avoir rempli sa mission ?

– L'héritage serait allé au club de cricket de Lord Rupert.

— 15 —

Higgins lissa longuement sa moustache. Une lueur perçait timidement les ténèbres de *Lost Manor.* Aldebert Rupert était donc condamné au silence jusqu'à l'expiration du délai imposé par son frère. L'assassin, qui faisait partie du groupe formé des cousins et des cousines, avait, lui aussi, été obligé d'attendre ce sinistre *Christmas* pour supprimer l'héritier.

Aldebert s'était fait une joie, après avoir bénéficié de la protection du Yard, de révéler sa véritable identité. Higgins se sentait coupable de ne pas avoir démonté plus tôt ce mécanisme diabolique. Mais pourquoi Aldebert Rupert s'était-il montré si peu confiant ? Pourquoi avait-il joué ainsi avec sa vie, mésestimant les capacités criminelles de celui ou de celle qui avait juré sa perte ? Il s'était laissé griser par un succès trop facile, heureux d'accéder enfin à une fortune durement gagnée.

– Vous ne m'avez pas tout dit, maître. En cas de décès d'Aldebert après la limite fatidique des dix années, autrement dit après ce *Christmas* tragique que nous venons de vivre, à qui revient l'héritage ?

– Eh bien…

– Je vous écoute.

– À ses cousins et cousines.

– Vous avez parfaitement rempli votre fonction, maître, reconnut Higgins. Votre discrétion a été tout à fait remarquable.

Kathryn Root se leva, empourprée, et marcha vers Higgins.

– Je n'accepte aucun soupçon, inspecteur ! J'ai simplement veillé à ce que fussent parfaitement respectées les dernières volontés de mon client !

Higgins leva un regard sévère vers son interlocutrice.

– Je suppose que Lord Rupert vous a versé une forte somme pour y veiller. Sauf votre respect, je vous vois mal travailler gracieusement à la mémoire d'un mort. Sans doute ce dernier vous a-t-il couché sur le testament afin d'acquérir davantage encore votre dévouement.

Kathryn Root, figée, avait le souffle court.

– C'est vrai, admit-elle, la mort d'Aldebert va probablement nous enrichir. Du moins, c'est ce que la rumeur publique pourrait laisser croire. Profonde erreur, inspecteur. Le malheureux Aldebert a beaucoup travaillé… pour pas grand-chose. Lord Rupert n'était pas si riche qu'on l'imaginait. Son héritage, divisé en plusieurs parts, ne représentera plus que des amusettes.

– *Lost Manor* compris ? demanda Higgins, intrigué.

– Non, je ne parlais que des actions et des liquidités. Mais cette vieille bâtisse est le contraire d'un cadeau. L'entretenir sera impossible. Il faudra tenter de la vendre au plus vite, à n'importe quel prix.

Higgins contempla un vase chinois, fort pansu, dont il flatta le col.

– Cessez de vous moquer de moi, maître Root.

Malgré son assurance toute virile, Kathryn Root détourna la tête, évitant le regard accusateur de Higgins.

– Peu importe la valeur marchande de *Lost Manor,* indiqua Higgins. Le vrai trésor, c'est le contenu de cette demeure. Tous les objets sont authentiques, qu'ils soient chinois, africains, berbères. Chacun d'entre eux est une pièce rare. Le dernier testament que vous a dicté Lord Rupert comportait deux parties : la première concernant ses maigres avoirs financiers, la seconde une liste détaillée des objets de grand prix qu'il a acquis au cours de ses innombrables voyages et qu'il a rassemblés ici. *Lost Manor* est un écrin qui abrite une immense fortune, dûment répertoriée par son propriétaire et surveillée avec zèle par son frère et par vous-même. Pendant ces dix années, aucun objet n'a disparu, n'est-il pas vrai ?

Kathryn Root garda le silence. Les intuitions de Higgins se révélaient parfaitement exactes. Elle lui montra le document qu'elle gardait par devers elle.

Higgins n'apprit rien de nouveau en le consultant. Il ne s'était trompé que sur la valeur réelle des objets, bien plus élevée que son estimation. La disparition tragique de l'héritier direct, Aldebert, rendait milliardaire le reste de la famille. Restait à savoir si chacun de ses membres en était parfaitement conscient.

– Aimez-vous les œuvres d'art, maître ?

– J'en ai horreur, répondit Kathryn Root avec vivacité. Je suis une femme sportive. Mon domaine, c'est le grand air. Quatre heures de cheval par jour, voilà la clé d'une bonne santé.

Higgins, qui comprenait mal comment une adepte de la nature pouvait autant fumer, souhaita ôter un doute.

– Voilà de saines distractions, maître, mais votre situation professionnelle m'étonne un peu. Cette région, peu peuplée, est assez déshéritée. La clientèle ne se fait-elle pas trop rare pour permettre à un notaire de vivre confortablement ?

Kathryn Root rougit jusqu'aux oreilles et aspira une longue bouffée.

– Un fonds de clientèle suffit, et j'ai eu la chance de succéder à un notaire très apprécié. En quoi ma vie professionnelle concerne-t-elle votre enquête ?

– Vous n'avez aucun intérêt à mentir, maître. Avoir des renseignements précis sur votre situation réelle me sera facile. Je suis presque certain que Lord James Rupert est l'un de vos seuls clients, sinon le seul. La rente qu'il vous a assurée pour vous occuper de ses affaires était si élevée qu'elle vous suffisait, n'est-ce pas ?

Le notaire ressemblait à un dragon furieux.

– C'est un viol de conscience ! Vous n'avez pas le droit.

– De conscience... N'exagérons rien, intervint Higgins. Vos protestations prouvent assez que cette conscience-là n'est guère tranquille. Vous vous êtes endormie sur vos lauriers, maître. Et à partir de minuit, en cette veillée de *Christmas,* votre principale source de revenu disparaît. À moins que... Ne seriez-vous pas apparentée à Lord Rupert d'une manière ou d'une autre ?

Un instant, l'ex-inspecteur-chef crut que Kathryn Root allait se jeter sur lui. Lui résister n'aurait pas été facile. Sa puissance physique s'annonçait telle qu'elle aurait pu lutter victorieusement contre un homme vigoureux. Son entraînement sportif quotidien, la largeur et l'épaisseur de ses mains, son poids constituaient des arguments sérieux.

Le notaire réussit à se contrôler.

S'accrochant aux accoudoirs de son siège, Kathryn Root, blême, semblait avoir perdu une bonne partie de son dynamisme.

– Qui... qui vous a renseigné ? Qui a osé ?

Higgins, songeur, ne répondit pas. Ainsi, Kathryn Root n'était pas seulement « l'homme de confiance » de feu Lord

Rupert. Elle était également partie prenante dans l'héritage et avait intérêt, comme les autres, à voir disparaître le principal héritier.

– Connaissez-vous depuis longtemps le baron Breakstone ?

Kathryn Root se mordit les lèvres.

– Suis-je obligée de répondre à ce genre de questions ?

Higgins s'immobilisa devant un jade du XVe siècle représentant un chou-fleur. Le sculpteur avait taillé la pierre avec une précision stupéfiante.

– Vous êtes obligée, maître, de répondre à toutes mes questions.

– Pourquoi me parlez-vous ainsi ? Cela signifie que vous me soupçonnez de… d'être…

– Un assassin, compléta Higgins d'une voix douce.

— 16 —

Kathryn Root était frappée de stupeur. Le mot employé par Higgins la terrorisait.

– Comment... comment pouvez-vous imaginer une chose pareille ?

– Je n'ai pas à imaginer, maître, mais à découvrir un assassin. Un être suffisamment abject pour donner la mort et tenter d'en tirer profit. Un être cruel, impitoyable, qui avait tout prévu... sauf la présence de Scotland Yard à *Lost Manor,* au moment même de récolter les fruits de son action criminelle. Je repose donc ma question : connaissez-vous depuis longtemps le baron Breakstone ?

Le notaire défia Higgins du regard mais ne tenta pas plus longtemps de résister.

– Comme les autres... Une quinzaine d'années. C'est Lord Rupert qui nous a réunis. Il voulait reconstituer sa vraie famille dont les membres, disait-il, étaient séparés depuis trop longtemps. À chaque *Christmas,* il nous convoquait. Nous avons appris à nous connaître un peu. Moi, j'ai abandonné le poste que j'occupais dans la banlieue de Londres et je suis venue vivre dans cette région. Le baron Breakstone m'est assez indifférent. Je le trouve froid et distant.

– Que pensez-vous de son métier ?

– Collectionneur de pièces anciennes ? Je n'y connais rien. Ce doit être fort ennuyeux.

– Curieuse réflexion, pour un notaire, observa Higgins. Voilà un type de placement auquel vous devriez être initiée.

– On ne peut pas tout connaître, inspecteur. Je vous ai déjà dit que je détestais les vieilleries. Ces pièces de monnaie rouillées sont aussi insipides que la musique classique. Je ne comprends pas pourquoi Breakstone entre en transe quand il en tient une dans la main.

– Des sentiments profonds semblent l'unir à la comtesse Arabella von Rigelstrand, suggéra Higgins.

– Hmmmf, commenta Kathryn Root, avec une vulgarité appuyée. Ils sont ensemble depuis un certain temps, c'est vrai, mais pour l'amour, allez savoir ! Je crois qu'il préfère ses pièces de monnaie. D'abord, pourquoi ne sont-ils pas mariés ?

– Cette conduite vous choque-t-elle ?

– Elle est stupide ! affirma le notaire. Une femme ne devrait pas accepter une situation pareille. Arabella devrait exiger davantage de sécurité et de protection, et cela passe par un bon contrat de mariage.

– Pourtant, maître, la comtesse Arabella ne me semble guère inféodée au baron. J'ai même l'impression que, selon l'expression française, c'est elle qui « porte la culotte ».

– Je ne suis pas entrée dans leur intimité, rétorqua Kathryn Root, butée. Ce ne sont pas mes affaires.

Higgins appréciait le relief très fin d'un pot à encens qu'il datait, à première vue, du début du XVIIIe siècle. Un pur produit de l'art populaire de la Chine du nord.

– Que pensez-vous des tableaux de la comtesse ?

Le notaire haussa les épaules.

– Pas d'avis. Un tableau ne vaudra jamais un bon cheval.

– L'explorateur, Adonis Forsyte... Comment le jugez-vous ?

– Un imbécile ! explosa Kathryn Root. Ou plutôt un escroc, un bandit qui joue à l'imbécile. Dans les pays où il prétend s'être rendu, il n'a pas souvent quitté sa chambre d'hôtel, croyez-moi ! Comme chasseur de fauves, ce doit être un fieffé incapable. Comme chasseur de riches héritières et de ladies fortunées, en revanche, il doit occuper le haut de l'affiche.

– Voilà de bien sévères accusations. Possédez-vous des preuves ?

– Je me trompe rarement sur les êtres, inspecteur.

– Aussi votre avis sur le docteur Fitzgerald et sa femme me sera-t-il des plus utiles, suggéra Higgins, attentif.

Kathryn Root pencha la tête en arrière, leva les yeux vers le plafond du salon du Lotus bleu et exhala un épais nuage de tabac.

– Des personnes discrètes, sans histoire et très croyantes. Patrick Fitzgerald est un praticien réputé. Il fait une remarquable carrière à Birmingham. Il possède un nombre incalculable de diplômes universitaires et en passe de nouveaux chaque année. C'est une grosse tête, vous savez. Il a la plus extraordinaire mémoire que je connaisse.

Higgins sortit son carnet noir et le consulta un instant.

– Son épouse, Thereza, est très silencieuse.

– Chacun son style, répliqua Kathryn Root. Elle vit dans l'ombre de son mari et ne s'en plaint pas.

– Et ce malheureux Aldebert ? Qui était-il réellement ?

Un soupçon d'inquiétude passa dans la voix du notaire qui regarda à nouveau l'ex-inspecteur-chef.

– Que voulez-vous dire ? Il était le frère de Lord Rupert, voilà tout.

– Conclusion un peu trop brève, maître. Était-il une victime expiatoire ou l'organisateur d'un complot qui s'est retourné contre lui ?

Kathryn Root écrasa son cigare dans une magnifique assiette dont le fond était orné d'un dragon crachant des flammes.

– Impossible à dire, mais…

– Mais ?

– J'ai peur, inspecteur.

– À quel sujet, maître ?

– J'ai peur pour moi-même. Adonis Forsyte me déteste. Je suis persuadée qu'il n'hésiterait pas à me supprimer afin d'accroître sa part d'héritage.

– Le superintendant Marlow veille, et je ne vous retiendrai pas plus longtemps. Nous nous reverrons plus tard ; enfermez-vous dans votre chambre et n'ouvrez à personne.

— 17 —

Resté seul, Higgins prit de nombreuses notes sur son carnet noir. Puis, installé le plus confortablement possible dans un fauteuil à bascule qu'il fit doucement osciller, il se laissa absorber par les souvenirs que lui inspirait cet étrange décor. Higgins, pendant son adolescence, avait bien connu la Chine. Pas seulement Hong-Kong et son mélange de civilisations, mais Pékin la rigide, Nankin la mystérieuse et le petit village de Kiensi où il avait rencontré un vieux taoïste qui lui avait appris les premiers rudiments de son métier. « De l'ordre, de la méthode et un regard apaisé », lui avait-il recommandé. Le jeune Higgins avait mis de longues années avant de comprendre la pertinence de ces conseils qui lui avaient permis, au cours de sa carrière, d'identifier des assassins qui croyaient avoir commis un crime parfait.

Au cœur de cette sinistre et froide demeure, l'ex-inspecteur-chef se sentait bien. Le silence presque absolu qui régnait en ces lieux lui convenait tout à fait. Être isolé du reste du monde présentait un intérêt certain, même si la mort rôdait dans ces salons et ces couloirs à peine éclairés. Cette tendre et chère amie de l'homme, selon l'expression de Mozart, n'effrayait pas Higgins qui l'avait souvent côtoyée. Mais il ne tolérait pas qu'elle fût octroyée sous la forme d'un crime. Bien sûr, l'ex-inspecteur-chef menait un combat impossible et ses quelques victoires sur le mal ne changeraient pas la face du monde. Il ne faisait que remplir un devoir au service du Yard et tenter de demeurer impeccable à ses propres yeux. Le vieux taoïste ne disait-il pas, lissant sa courte barbe blanche : « Commettre un acte juste ou rétablir la vérité, c'est participer à l'harmonie » ?

Lost Manor avait déjà engendré deux crimes, deux *Christmas* placés sous le sceau du meurtre. Les deux frères Rupert avaient vu leur vie dévorée par l'inquiétante bâtisse. Celle-ci était-elle satisfaite ou réclamait-elle davantage ?

Tout dépendait du degré d'union des membres de la famille. Tous coupables ? Possible. En ce cas, il n'y aurait plus d'autre meurtre. Ils s'offriraient les uns aux autres des alibis qu'il faudrait démonter un à un pour établir cette culpabilité collective. Mais cette hypothèse, simple et convaincante, était-elle la bonne ?

Higgins et Marlow se trouvaient pris au centre d'une toile d'araignée patiemment tissée par une bande d'insectes organisés selon une hiérarchie que l'ex-inspecteur-chef devait découvrir pour savoir comment ils avaient procédé.

Higgins se leva, sortit du salon du Lotus bleu et alla retrouver le superintendant Marlow qui, à présent, montait le guet au pied du grand escalier.

– Avez-vous vu passer Kathryn Root ? demanda-t-il à son collègue.

– Oui, répondit le superintendant. Elle m'a dit qu'elle montait dans sa chambre et m'a demandé de bien surveiller les allées et venues.

– Soyez particulièrement vigilant, mon cher Marlow. Le notaire se sent menacé. Je me rends chez le baron Breakstone.

Higgins grimpa lentement l'escalier monumental.

Au milieu de son ascension se déclencha un début de crise d'arthrite dans son genou gauche. Il parcourut avec peine le reste du parcours et frappa à la porte de la chambre de Hyeronimus Breakstone.

– Qui est-ce ? demanda une voix tremblante.

– Inspecteur Higgins.

– Entrez.

Higgins pénétra dans la chambre verte qu'occupait l'aristocrate, assis sur son lit. Le vert, sombre et un peu passé, était franchement détestable.

– En avez-vous terminé avec votre enquête, inspecteur ?

Higgins sourit, tentant d'apaiser un peu la nervosité apparente de son interlocuteur.

– La vérité ne sera pas facile à découvrir, baron. Êtes-vous décidé à m'aider dans cette tâche malaisée ?

Les yeux exorbités du baron Breakstone diminuèrent brutalement de volume, se réduisant à deux fentes.

– Bien entendu, inspecteur ! La vérité est mon unique passion, vous pouvez compter sur moi.

– J'ai discerné en vous un observateur de grande qualité ; il est vrai que votre activité de collectionneur vous oblige à une rigueur quasi scientifique.

– Scientifique, vous pouvez le dire ! s'emporta Hyeronimus Breakstone. Vous n'imaginez pas l'étendue de mes responsabilités et l'ampleur de mon travail. S'il n'y avait que les jetons… Mais le monde entier me consulte sur les délicats problèmes posés par les armoiries et les généalogies.

– C'est bien compréhensible, admit Higgins. La mémoire des familles est un élément primordial de leur équilibre. L'héraldique est une noble science qui réclame l'attention de spécialistes dévoués.

Le nez de vautour du baron sembla s'allonger. D'un geste sec, il réajusta sa lavallière qu'il n'avait pas quittée.

– Vous… vous y connaissez un peu, inspecteur ?

– Je suis membre correspondant de l'Académie Royale d'Histoire, révéla Higgins. Un des passe-temps de ma retraite. Un homme de votre talent devrait y présenter des communications.

Hyeronimus Breakstone frotta la chevalière ornant son auriculaire gauche.

– Je n'aime pas le genre compassé de ces académies, leur style si snob. Elles se consacrent trop à la théorie et pas assez à la pratique. Je préfère le contact direct avec les objets.

Higgins parla à voix beaucoup plus basse.

– L'érudition, malheureusement, ne suffit pas à nourrir son homme. Sans doute êtes-vous obligé de jouer un rôle d'expert lors de l'achat et de la revente de pièces rares ?

– Eh bien, répondit Hyeronimus Breakstone sur le ton de la confidence, c'est l'aspect le plus délicat de mon travail. Je suppose que nous sommes entre gens discrets ?

– Je suis une tombe, baron.

Un sourire satisfait aux lèvres, le nez légèrement pincé, Hyeronimus Breakstone déplia ses longues jambes et s'assit sur le bord du lit pendant que Higgins, se déplaçant sans bruit, faisait le tour de la chambre.

– Disons, inspecteur, que je rétablis un peu de morale dans un marché que troubleraient volontiers aigrefins et commerçants véreux.

– Rude tâche, baron.

– Je ne vous le fais pas dire !

– Vous devez être souvent sollicité par des personnages douteux qui aimeraient acheter votre conscience, suggéra Higgins, dont le regard venait de repérer un recueil d'armoiries, posé sur le petit bureau vert.

– Les certificats d'authenticité que je délivre, dit le baron, relevant la tête, sont pesés avec minutie. Je rejette impitoyablement les faux, qu'il s'agisse de jetons, de pièces d'armures ou de blasons.

– Mes félicitations, dit l'ex-inspecteur-chef, approchant une bougie de l'armorial. Quelle date, ce document ?

– 1612. Une réédition de *l'Armorial des chevaliers de la Table Ronde.* Je travaille à une étude sur ce thème et j'espère pouvoir l'offrir à Sa Majesté.

– Vos goûts érudits ne devaient guère convenir à l'aventurier qu'était Lord Rupert. Ne vous êtes-vous pas affronté avec lui sur ce sujet ?

– À vrai dire... Parfois ! James avait un cœur d'or et une tête de bois. Il détestait être contrarié et ne supportait pas qu'on fût supérieur à lui dans quelque domaine que ce soit. Sa culture, hélas, laissait beaucoup à désirer. J'ai essayé de lui inculquer quelques notions élémentaires de chevalerie médiévale, mais je dois reconnaître mon échec.

– Les aventuriers ne sont pas faciles à manier, admit Higgins, feuilletant l'armorial avec délicatesse. N'avez-vous rien observé de particulier pendant l'échauffourée qui a précédé le meurtre d'Aldebert Tilbury ?

Surpris par la question, le baron prit quelques instants pour recouvrer sa contenance.

– Non, rien. J'ai été pris au dépourvu par l'incident. Cette obscurité totale m'a désarçonné. On m'a bousculé, je suis tombé, on m'a bousculé à nouveau... Je ne savais même plus où je me trouvais. Et puis la clarté est revenue et j'ai découvert l'horrible spectacle.

– Quelles sont vos relations avec le couple Fitzgerald ?

– Patrick est un excellent légiste et un parfait croyant. Il est appelé à la plus brillante des carrières en tant qu'historien de la médecine. Je l'ai initié en moins d'un an à la science des jetons. En ce qui concerne les monnaies byzantines et le trafic de faux dont elles font l'objet, il en remontrerait à des spécialistes. Cette année, il s'est lancé dans l'étude des gantelets de chevaliers.

– Son épouse, Thereza, lui apporte-t-elle aide et assistance dans cette entreprise ?

– Thereza est la plus admirable des épouses, déclara le baron Breakstone avec emphase. Douce, discrète, toujours prête à rendre service… Il n'existe pas assez d'adjectifs pour rendre compte de ses innombrables qualités. Elle veille avec ferveur sur le bien-être de son mari. Ils forment un couple parfait.

– Comme vous et la comtesse Arabella von Rigelstrand.

— 18 —

Le teint verdâtre du baron se mit en harmonie avec la couleur de la chambre. Il sortit une boîte de pilules de sa poche et en avala trois coup sur coup.

– Arabella… Arabella est un peintre de grande valeur. Les plus grandes familles font appel à elle pour obtenir leurs portraits.

La parole du baron devenait embarrassée. Higgins contemplait un superbe blason représentant une licorne d'azur.

– N'auriez-vous pas sur vous quelques photographies de ces tableaux ? Je m'intéresse beaucoup à la peinture et j'aimerais voir ces œuvres si réputées.

– Non, mais ce serait une bonne idée. Je n'y avais pas pensé.

– Quel style ?

– Quel style, je ne saurais dire. Classique, oui, classique. Il n'y a pas de meilleur terme. Classique et beau. Arabella est une puriste.

– Pourquoi ne pas l'avoir épousée, baron ?

Hyeronimus Breakstone se leva, raide et arrogant.

– Cette question est indigne de Scotland Yard. Je refuse d'y répondre. Ma vie privée…

– Votre vie privée fait partie de mon enquête, le coupa Higgins, sans cesser de tourner les pages de l'armorial où se côtoyaient lions, dragons, éléphants, léopards.

– Je ne vois pas comment elle pourrait éclairer le meurtre d'Aldebert Tilbury, inspecteur.

– Il est normal, baron, qu'un innocent ne perçoive pas les dessous d'une affaire criminelle. Je suis persuadé que les vies privées des participants à ce *Christmas* ne sont pas étrangères aux deux crimes. La vôtre, notamment.

Le baron absorba deux autres cachets, se moucha bruyamment et s'assit à nouveau sur le rebord du lit dont il avait froissé la couverture verte.

– Ma vie privée est tout à fait limpide, inspecteur. Je collectionne, j'achète, je vends, je…

– Scotland Yard vérifiera ces détails, baron.

Higgins crut que Hyeronimus Breakstone allait défaillir.

– Vérifier… Qu'entendez-vous par vérifier ?

– De la routine, mon cher baron, indiqua l'ex-inspecteur-chef, bonhomme. Votre travail doit être une source de revenus importants qui justifient un train de vie digne d'un noble, et…

Le baron leva le bras pour interrompre Higgins.

– Inspecteur, implora-t-il d'une voix étranglée, j'aimerais éviter ces… vérifications.

– Pourquoi donc ?

– Parce que… parce que je ne paye pas d'impôts.

Higgins referma l'armorial et se retourna, faisant peser un regard si inquisiteur sur le baron Breakstone que ce dernier ne différa pas sa confession.

– Vous comprenez, inspecteur, je ne fais aucune déclaration et je vis chez la comtesse. Toutes mes transactions sont en liquide. Je ne laisse aucune trace. C'est la loi, dans le monde des numismates.

Hyeronimus Breakstone baissa la tête, gêné.

– J'enquête sur un meurtre, baron. Puisque vous avez commencé à coopérer de manière utile, continuez. Je suppose que la comtesse est informée de vos transactions… discrètes ?

Le baron ferma les yeux.

– La comtesse et moi sommes mariés secrètement depuis quinze ans. Il fallait éviter les foudres de Lord Rupert. Il n'acceptait pas l'idée de cette union. Il jugeait Arabella trop… trop sévère. James était si têtu qu'il n'a jamais voulu changer d'avis. Pourtant, il appréciait de plus en plus Arabella, sa classe naturelle, son élégance.

– Parmi les personnes présentes à *Lost Manor,* l'une d'elles était-elle informée de ce mariage ?

– Non. Arabella et moi tenions à ce secret. Pour sa carrière, il était essentiel qu'elle se présentât comme une femme indépendante, sans attaches. Les familles nobles la considèrent comme une artiste romantique, solitaire, en proie à une inspiration qui exclut la présence d'un mari.

– La vie des peintres est souvent difficile, commenta Higgins. Êtes-vous certain qu'un redoutable chasseur comme Adonis Forsyte n'ait pas percé vos secrets ?

Le baron s'accorda un délai de réflexion.

– Je me suis souvent interrogé sur ce point, avoua-t-il. Peut-être avez-vous raison. Sous son aspect lourdaud, Forsyte est un personnage redoutable. On murmure qu'il n'a pas tué que des lions.

Higgins prenait des notes sur son carnet noir, d'une écriture calme et régulière. Le « dossier » de chacun des acteurs du drame commençait à s'enrichir.

– Inspecteur…

Le baron Breakstone avait adopté le ton de la confidence.

– Inspecteur, je dois vous avouer… je crois que ma vie est menacée.

– D'où provient cette horrible impression, baron ?

– Puisque le malheureux Aldebert nous a quittés, je deviens forcément héritier de la fortune de Lord James. Une immense fortune. Chacun des objets conservés dans cette maison possède une valeur marchande considérable. J'étais le cousin préféré de feu James et je ne doute pas qu'il m'ait situé en bonne place sur le testament que Maître Root nous communiquera bientôt. Malheureusement…

Higgins n'interrompit pas le monologue. Le baron reprit son souffle.

– Malheureusement, Maître Root est une personne… fort inquiétante. Sa force physique est impressionnante. Et je crois qu'elle ne m'aime pas beaucoup. Je crains même qu'elle ne me déteste. Vous avez le devoir de me protéger, inspecteur.

Un grincement fit sursauter le baron Breakstone. Les yeux de nouveau exorbités, il regarda s'ouvrir très lentement la porte de la chambre verte.

— 19 —

La silhouette menue de Thereza Fitzgerald se glissa dans la chambre verte. Refermant la porte sans bruit, elle adressa un timide sourire au baron Breakstone.

– Bonsoir, madame Fitzgerald, dit Higgins, paisible.

L'Asiatique sursauta, comme si elle avait reçu une décharge électrique.

– Mon Dieu, inspecteur ! Vous... vous étiez là ?

– Puis-je vous demander la raison de cette visite inattendue, madame Fitzgerald ?

Le visage de la petite femme se ferma hermétiquement. Une lueur de haine mal contenue passa dans son regard avant qu'elle ne l'abaisse modestement vers ses pieds, dans une attitude de soumission presque absolue.

– Vous allez me suivre, madame, exigea Higgins sans hausser le ton. Enfermez-vous à double tour, mon cher baron, et n'ouvrez qu'au superintendant et à moi-même.

Higgins emmena Thereza Fitzgerald au salon du Berger hindou. Le salon du Lotus bleu aurait été un cadre trop familier pour elle.

La pièce était faiblement éclairée par deux bougies posées sur la tête de statues représentant le dieu Vishnou.

Thereza Fitzgerald s'assit sur un fauteuil en bois de santal ajouré. Un chef-d'œuvre de légèreté incrusté de nacre et de perles. Juste au-dessus d'elle, un kriss rituel en argent massif. Tout autour du salon courait une frise de joyaux et de colliers qui avaient été offerts à Lord James Rupert par les plus fortunés des maharadjahs. Il flottait encore dans l'air un parfum d'encens et d'orchidée.

Higgins, tournant le dos à Thereza Fitzgerald, commença à déambuler dans cet endroit envoûtant où le défunt Lord avait réussi à recréer une atmosphère indienne.

– Qu'aviez-vous à demander au baron Breakstone, madame Fitzgerald ?

Les yeux baissés, le menton touchant presque la poitrine, Thereza Fitzgerald fixait obstinément une petite croix qu'elle tenait entre le pouce et l'index de la main droite. Dans la main gauche, elle avait une image pieuse représentant l'Immaculée Conception.

Higgins admira un sari ancien d'une infinie délicatesse, déployé sur le mur comme une tenture.

– Vous réfugier dans le mutisme ne constitue qu'une tactique de diversion, dit l'ex-inspecteur-chef avec douceur, comme un maître s'adressant à un élève rétif qu'il ne désespérerait pas éduquer. Si vous refusez de parler, je serai obligé de le faire à votre place et je risque de commettre des erreurs d'interprétation qui pourraient vous placer dans une position délicate. Il vous serait pourtant facile de dissiper quelques incertitudes.

Thereza Fitzgerald, dont les lèvres remuaient à peine, récitait une prière sur sa minuscule croix. Son corps était aussi immobile que celui d'une statue. Higgins avait rarement rencontré une telle manifestation d'indifférence au monde extérieur. Percer les défenses d'une Asiatique ne serait pas aisé. Sans son expérience de l'Orient, Higgins n'aurait eu aucune chance. Et même avec elle, il lui faudrait éviter le faux pas fatal.

– Vous êtes une femme fort mystérieuse, continua-t-il, et vous avez délibérément choisi de vivre à l'ombre de votre mari. Je suppose que sa carrière est votre souci permanent. Carrière qui tarde un peu à s'épanouir, semble-t-il... La médecine légale est un sentier étroit qui contraint à une existence plutôt terne lorsqu'on est ambitieux. C'est pourquoi votre mari passe tant de diplômes. Sans doute se lasse-t-il des cadavres. Il cherche une issue. Un homme dans sa situation a besoin, plus que tout autre, de la magie d'une femme pour se sentir conforté dans sa démarche. Cela me laisse supposer, madame Fitzgerald, que votre mariage est fondé sur un intérêt réciproque autant que sur l'affection.

La petite Asiatique ne commenta pas.

– N'est-ce pas en raison de ce même intérêt que vous êtes venus tous deux à *Lost Manor* et non pour honorer la mémoire du disparu ? Un homme dont vous appréciiez fort peu l'excentricité. Il devait même vous paraître insupportable. Aux yeux d'une croyante, le libertin Lord James était un véritable démon. N'éprouviez-vous pas de la haine à son endroit ?

Thereza Fitzgerald éleva la croix, comme si elle voulait exorciser un vampire.

– Non, répondit-elle d'une toute petite voix aigrelette de jeune communiante.

– Iriez-vous jusqu'à prétendre, madame Fitzgerald, que vous approuviez le comportement de Lord Rupert ?

L'épouse du médecin légiste abaissa la croix et embrassa son image pieuse.

– De quel pays d'Asie êtes-vous originaire ? Voyons, laissez-moi deviner... Vietnam ?

– Non. Corée.

Le petit piège de Higgins avait fonctionné. Aucune Asiatique ne pouvait supporter de confusion sur son pays natal.

– Combien d'années y avez-vous vécu ?

Thereza Fitzgerald s'abîma de nouveau dans la contemplation de sa croix.

Higgins se déplaça de quelques pas pour examiner un jeu d'échecs aux pièces d'ivoire, ciselées avec un art admirable. Le plus vieux jeu du monde n'était guère différent d'une enquête policière comme celle dans laquelle il se trouvait engagé. Tout reposait sur la stratégie de l'ouverture, la méthode du développement des pièces, la nécessité de certains sacrifices, une méthode d'attaque rigoureuse et la vigueur de l'estocade finale.

– Vous avez tort de vous taire, madame. Vos souvenirs appartiennent à l'enquête. Il y a eu deux meurtres et l'assassin est parmi nous. Ou bien vous êtes coupable et vous vous enferrez dans cette attitude irresponsable. Ou bien vous êtes innocente, et vous coopérez. De toute manière, votre tactique est moins habile que vous ne le supposez. Scotland Yard, quel que soit le temps nécessaire, reconstituera votre passé.

Higgins accorda à Thereza Fitzgerald un délai de réflexion. Lui jeter un défi était le moyen le plus sûr de la mettre en porte à faux par rapport à elle-même.

La jolie Asiatique, dont le visage était masqué par une abondante chevelure noire, soupira.

– Je suis arrivée en Angleterre à l'âge de trois ans. Orpheline, j'ai été adoptée par une famille modeste de Southampton. Je me suis mariée très jeune avec Patrick. Nous sommes très heureux.

– On dit que les couples heureux n'ont pas d'histoire, madame Fitzgerald. Mais votre existence ne se résume quand même pas à être la servante dévouée de votre époux ?

– Si, inspecteur, et j'en suis fière. Selon moi, c'est le sort le plus enviable.

Thereza Fitzgerald butait souvent sur les mots.

– Le docteur Fitzgerald est un homme comblé, conclut Higgins. N'y a-t-il jamais eu de dissensions entre vous ?

– Jamais.

– Pas la moindre dispute ?

– Pas la moindre.

– Que pensez-vous d'Adonis Forsyte, l'explorateur ?

– Rien. Mon mari m'interdit d'adresser la parole à ce genre d'homme.

– Pour quelles raisons ?

– C'est un être brutal, qui tue des animaux par cruauté. Patrick et moi sommes végétariens.

– Il me semble pourtant que vous avez goûté de cet excellent sanglier et des délicieux pigeons, il y a quelques heures.

– Par politesse, uniquement.

Higgins, immobile devant un pot à onguent en or, se gratta le menton.

– On m'a communiqué des informations inquiétantes sur le compte d'Adonis Forsyte. Peut-être n'aurait-il pas tué que des animaux. Ces bruits seraient-ils parvenus à votre oreille, madame Fitzgerald ?

– Non. Le respect de la morale enseignée par Dieu Tout Puissant m'interdit de prêter la moindre attention aux ragots. Adonis Forsyte devra justifier sa conduite devant le Créateur.

– Êtes-vous retournée en Orient ?

Surprise par la question, Thereza Fitzgerald, se cramponnant à sa croix, tourna légèrement la tête en direction de Higgins qui avait pris le pot à onguent dans la main gauche.

– Non.

– Et vous n'en éprouvez pas le désir ?

– Non. Ma vie est ici, à présent.

– Votre mari n'aime peut-être pas voyager ?

– Patrick ne pense qu'à son travail. Pendant ses loisirs, il se cultive. Il aime aussi rendre service. Cela ne nous laisse pas le temps de voyager égoïstement.

– Dans ce domaine aussi, vous lui prêtez main-forte ?

– J'assiste les pauvres et les malades. Dieu le veut ainsi.

Higgins posa le pot à onguent et revint vers le jeu d'échecs qui exerçait sur lui une sorte de fascination. Il avança de deux cases le pion du roi, songeant aux différentes ouvertures qu'impliquait ce coup initial.

– Le drame que vit *Lost Manor* doit vous affecter profondément, madame.

– Le monde est mauvais, inspecteur. Mais Dieu accepte de nous sauver. Je prie même pour l'assassin du malheureux Aldebert.

– Pas pour celui de Lord Rupert ?

– Je ne suis pas persuadée qu'il ait été victime d'un meurtre. Son existence ne fut pas, il est vrai, un modèle de charité chrétienne. Mais je crois en l'infinie miséricorde du Seigneur. Lord Rupert, s'il s'est repenti de ses fautes, aura été accueilli en purgatoire. Il y expiera ses péchés.

– Je dois vous avouer, chère madame, que j'ai découvert qu'Aldebert Tilbury était, en réalité, le frère de Lord Rupert.

Thereza Fitzgerald n'eut aucune réaction.

– Aldebert était-il un meilleur chrétien que son frère aîné ?

– Que Dieu lui pardonne son crime, implora l'Asiatique en embrassant l'Immaculée Conception.

— 20 —

Ainsi, l'épouse du médecin légiste accusait formellement de meurtre Aldebert Rupert.

– Votre opinion est-elle étayée sur des faits concrets, madame ?

Thereza Fitzgerald garda le silence.

– Connaissiez-vous l'étendue de la fortune de Lord Rupert ?

– Les biens matériels ne m'intéressent pas. À la maison, c'est mon mari qui tient les comptes. Nous ne serons jamais riches. Donner aux pauvres nous paraît plus important que d'amasser de faux trésors.

– Cela n'empêche pas d'apprécier les objets d'art à leur juste valeur.

– Vanités de ce monde, inspecteur. Ni mon mari ni moi-même n'accordons le moindre intérêt à ce bric-à-brac.

– Maître Root ne vous a pas renseignée sur la fortune que représente ce... bric-à-brac ?

– Kathryn Root et moi-même sommes en froid.

Higgins déplaçait les pièces sur le jeu d'échecs, attaquant avec les blancs et répondant avec les noirs.

– Vous voulez savoir pourquoi, bien sûr : une incompatibilité d'humeur, rien de plus. Nous nous respectons. Mais Maître Root est une incroyante qui n'hésite pas à insulter le nom du Seigneur. Pour mon mari et moi, cela rend tout contact impossible.

– Pendant la confusion qui a régné avant l'assassinat d'Aldebert, avez-vous remarqué quelque chose ?

– Non. Il régnait une obscurité totale.

– Personne ne vous a bousculée ?

– Je ne sais plus. Si, peut-être... Tout s'est passé si vite. J'étais terrorisée. Je suis tombée.

– Vous serez sans doute héritière, madame Fitzgerald.

– Si Dieu en a décidé ainsi, inspecteur, ce sont mes pauvres qui en bénéficieront. Avec son aide, je ferai de *Lost Manor* un hospice.

Higgins entrevit une attaque originale en déplaçant un fou blanc qui mettrait en danger la reine noire. Le coup effectué, il passa mentalement dans le camp des noirs afin de contrer cette stratégie inédite.

– La comtesse Arabella von Rigelstrand est-elle une incroyante, elle aussi ?

Thereza Fitzgerald hésita.

– Ses convictions religieuses pourraient être mieux affirmées, certes, mais Arabella est une grande dame. Sa noblesse naturelle est garante d'une belle âme.

– Saviez-vous, madame Fitzgerald, que la comtesse et le baron étaient mariés depuis plusieurs années ?

Higgins ne trouvait pas de solution pour sauver la reine noire.

– Bien sûr. S'ils n'avaient point été mariés, mon mari et moi-même ne leur aurions plus adressé la parole. Nous ne fréquentons pas les couples illégitimes dont l'union n'a pas été célébrée devant le Seigneur.

– Pourquoi ce secret ?

– À cause de Lord Rupert. Il n'aimait pas Arabella. Pour ne pas le choquer, la comtesse et le baron ne lui ont pas révélé leur mariage. C'est la preuve d'un tact remarquable qui les honore.

L'ex-inspecteur-chef tenta un coup désespéré avec un pion noir. Aux blancs de jouer.

– Aucun membre de la famille n'a donc trahi le baron et la comtesse.

– Si cela avait été le cas, Lord Rupert les aurait déshérités publiquement. Il ne supportait pas que l'on s'opposât à ses décisions.

Une lueur traversa l'esprit de Higgins. Il venait d'entrevoir une possibilité de sauver les noirs. L'entreprise n'avait guère de chance de réussir, mais l'expérience méritait d'être tentée.

– Je suppose que le baron et la comtesse forment un couple aussi parfait que le vôtre, madame Fitzgerald ? Aucune dissension, aucune dispute ?

– La comtesse Arabella est une artiste, le baron Hyeronimus un poète. Des vagues de romantisme traversent leurs âmes. Parfois, ils semblent s'affronter ; mais ce n'est que superficiel. Le baron éprouve un amour profond pour la comtesse.

– Pourriez-vous me décrire l'un de ses tableaux ?

– Eh bien, ce sont des portraits officiels, très... très classiques. Je n'ai aucun talent pour décrire des tableaux. J'espère qu'Arabella se consacrera un jour à des thèmes religieux.

Higgins coucha le roi noir. Son audacieuse stratégie avait échoué.

– Vous pourriez peut-être m'expliquer, à présent, pourquoi vous vous introduisiez si discrètement dans la chambre du baron Breakstone ?

Thereza Fitzgerald, embrassant à nouveau l'Immaculée Conception, leva les yeux et regarda devant elle.

– Je voulais… je voulais lui faire part de mes craintes et de celles de mon mari.

Higgins remit en place les pièces du jeu d'échecs.

– Quelles sont ces craintes, madame Fitzgerald ?

– Je suis sûre que notre vie est en danger.

– A-t-on tenté quelque chose contre vous ?

– Non, mais je voulais obtenir l'avis et la protection de Hyeronimus Breakstone. C'est un homme responsable capable de faire face aux plus graves difficultés.

Higgins abandonna le jeu d'échecs et s'installa sur un pouf en soie du Pendjab. Il fixa du regard son interlocutrice.

– Graves difficultés, dites-vous. Est-ce une allusion à l'assassin qui rôde dans les ténèbres de *Lost Manor ?*

Thereza Fitzgerald rangea nerveusement sa croix et son image pieuse. Ses doigts menus se nouèrent.

Elle leva des yeux éperdus vers l'ex-inspecteur-chef.

– J'ai peur. Protégez-nous, inspecteur.

La voix aigrelette tremblait.

– L'aide du baron Breakstone est-elle insuffisante ?

– Ne vous moquez pas de moi, implora Thereza Fitzgerald. Je n'ai jamais eu affaire à la police. Je cherchais un peu de réconfort auprès d'un ami.

Higgins sourit.

– Je vous raccompagne à votre chambre, madame Fitzgerald. J'ai quelques questions à poser à votre mari.

*

* *

Au pied de l'escalier monumental, Scott Marlow s'était assoupi. Le dos calé contre une marche, les mains croisées sur la poitrine, il émettait même un léger ronflement. Higgins le réveilla avec ménagement.

Scott Marlow sursauta.

– Ah, c'est vous, Higgins !

– Avez-vous sombré dans le sommeil depuis longtemps, mon cher Marlow ?

– Non… juste à l'instant.

– Personne n'est descendu ?

– Personne.

– Continuez à veiller, superintendant. Plus les minutes passent, moins l'assassin possède de marge de manœuvre. Bientôt, il commettra une erreur. Venez, madame Fitzgerald.

La femme du médecin légiste progressa avec une sage lenteur, comme une paroissienne en procession. Higgins la précédait. Il frappa à la porte de la chambre jaune, attribuée aux Fitzgerald.

Personne ne répondit.

L'ex-inspecteur-chef se tourna vers Thereza Fitzgerald. L'Asiatique était crispée, livide.

– Ouvrez vous-même, madame.

La main tremblante, Thereza Fitzgerald ouvrit la porte.

La chambre jaune était vide.

— 21 —

– Mon mari, mon mari, gémit-elle, où est-il ?

La petite Asiatique, égarée, explora nerveusement la chambre, meublée comme les autres.

– Inspecteur, il a disparu !

Thereza Fitzgerald avait des yeux de folle.

– Pas de conclusions hâtives, objecta Higgins. Personne ne peut sortir de *Lost Manor.* Voyons d'abord s'il ne se trouve pas tout simplement dans une autre chambre. Une rapide inspection sera édifiante.

Higgins se dirigea vers la chambre violette. Thereza Fitzgerald, ébahie, le suivit.

– Mais, inspecteur, c'est… c'est votre propre chambre !

– Il ne faut rien négliger, répliqua Higgins.

L'homme du Yard inspecta donc la chambre violette, puis l'indigo, attribuée à Scott Marlow. Elles étaient aussi vides que celle des Fitzgerald. Il en vint à frapper à la porte de la chambre orange, celle de la comtesse Arabella von Rigelstrand.

Un petit cri étouffé lui répondit.

– Arabella ? Tu as besoin d'aide ? interrogea Thereza Fitzgerald d'une voix aigrelette.

Une kyrielle de bruits diffus dura quelques secondes. Puis

ce fut le déclic caractéristique d'une clé tournant dans une serrure.

Apparut le visage mal rasé du docteur Patrick Fitzgerald, dont les épais sourcils semblaient plus broussailleux que jamais.

Son épouse, Thereza, avait retrouvé sa raideur et son immobilité naturelles.

– Que faites-vous ici ? interrogea Higgins.

– La comtesse Arabella vient d'avoir un malaise, expliqua le docteur Fitzgerald, sortant de la chambre orange dont il tenta de repousser discrètement la porte.

– Permettez, s'imposa Higgins, en poussant nettement cette dernière.

Il aperçut la comtesse Arabella von Rigelstrand étendue sur le lit orange. Elle dormait, respirant faiblement.

– Je lui ai administré un sédatif, indiqua Patrick Fitzgerald à voix basse. Comme tous les artistes, la comtesse est très fragile. Le meurtre d'Aldebert l'a beaucoup impressionnée. Il faut la laisser se reposer.

Higgins réfléchit une longue minute, comme s'il était seul.

– Entendu, conclut-il. Madame Fitzgerald, regagnez votre chambre et enfermez-vous. Vous, docteur, suivez-moi.

– Mais pourquoi ?

– Pour vous demander votre témoignage, bien entendu.

*

* *

Higgins emmena le docteur Fitzgerald jusqu'au patio Tetouan, oasis étrange aménagée au cœur de *Lost Manor,* entre la salle à manger africaine et les salons du Lotus bleu et du Berger hindou. Aucune fenêtre, mais une baie vitrée servant de plafond. Encadrée par quatre piliers torsadés d'une grande finesse, une fontaine égrenait une eau argentine qui montait dans une courbe gracieuse, arrosant un parterre d'iris et de coloquintes. Adossés aux murs, des bancs de pierre recouverts de coussins moelleux aux couleurs variées. Sur le sol étaient gravés, en caractères d'arabe littéraire, des versets extraits des *Roubaïates* d'Omar Khayyam, célébrant la toute-puissance du vin et la magnificence de l'ivresse. Sur des plateaux en or repoussé, disposés sur des cubes en bois rares, des dizaines de petits objets, chefs-d'œuvre des arts marocains et tunisiens : lampes, brûle-parfums, vases, coupes, bijoux, pots à onguents, pièces de monnaie… Dans les angles du patio, quatre tapis berbères au décor géométrique, datant du Moyen Âge. Ces pièces, d'une exceptionnelle finition, irradiaient une véritable chaleur qui rappela à Higgins l'exquise douceur des soirées du Proche Orient.

Le docteur Fitzgerald, crispé, s'était assis de la pointe des fesses sur un banc de pierre. Il croisait et décroisait les mains. Ses sourcils broussailleux paraissaient animés d'une vie propre, se haussaient et se déployaient en cadence. Higgins fut de nouveau frappé par la disproportion existant entre la grosseur de la tête, l'étroitesse des épaules et la petitesse des jambes. Il aurait été difficile de faire plus disharmonieux mais ce n'était point là un indice de culpabilité.

– Vous m'interrogez, ou quoi ? Voilà dix minutes que nous sommes ici et vous n'avez pas prononcé un seul mot ! J'ai sommeil, moi. Le Seigneur a créé le jour pour le travail et la nuit pour le sommeil.

Higgins s'abîmait dans la contemplation de la fontaine. Elle évoquait les interminables discussions entre amis, rythmées par les cafés turcs et les narguilés.

– Pourquoi tant d'impatience, docteur ? Éprouvez-vous

un quelconque sentiment de responsabilité dans la mort de Lord Rupert ou dans celle d'Aldebert ?

Le praticien, irrité, haussa les épaules.

– Êtes-vous bien payé, docteur ?

Patrick Fitzgerald leva des yeux étonnés vers Higgins.

– En quoi cela concerne-t-il votre enquête, inspecteur ?

– J'ai entendu dire que les légistes n'étaient guère fortunés. Vos clients ne protestent guère, certes, mais suffisent-ils à satisfaire vos légitimes ambitions ?

– À quoi voulez-vous faire allusion, inspecteur ?

Higgins détaillait une lampe à huile portant une inscription permettant d'éloigner les démons.

– Je ne soigne pas que des cadavres, protesta Patrick Fitzgerald. Je suis également consultant exceptionnel à l'hôpital de Norwich. C'est sur mes avis qu'on décide de certaines opérations graves.

– Une spécialité ?

– Les tumeurs au cerveau. Des analyses lucratives, je vous le garantis. Mon épouse et moi-même ne manquons de rien.

– Votre épouse a pourtant besoin de beaucoup d'argent pour ses œuvres. L'assistance aux pauvres ne connaît pas de fin.

– Par le Saint Nom du Seigneur, voilà une vérité absolue, inspecteur ! Si une quelconque fortune m'échoit un jour, je sais déjà à qui elle sera destinée.

– Ces sentiments vous honorent, docteur. Votre femme m'a dit que vous formiez un couple parfait, uniquement soucieux du bien-être d'autrui.

– Nous n'avons aucun mérite, inspecteur. Le Seigneur nous a confié une mission que nous tentons de remplir de notre mieux. La charité est la plus belle des vertus. Dieu ne nous rendra-t-il pas au centuple ce que nous avons donné à autrui ?

– C'est écrit, admit Higgins, qui ne tenait pas à entamer des débats scripturaires. Avez-vous noté quelque chose d'insolite pendant le tragique banquet qui a précédé l'assassinat d'Aldebert Rupert ?

Patrick Fitzgerald eut un haut-le-corps.

– Aldebert Rupert… Vous avez découvert cela ? Je m'en doutais. J'étais tenu au silence, comme les autres. Respecter les dernières volontés d'un mourant est un devoir sacré.

– Tout à fait d'accord avec vous, docteur. Aussi ne vous ferai-je pas grief de cette discrétion imposée. Pour ce banquet tragique…

– Je n'ai rien remarqué. Tout se passait bien jusqu'à l'incident du pudding. Après, ce fut la confusion totale.

Higgins s'attarda devant une paire de babouches princières dont le cuir était rehaussé d'or et d'argent.

– Ah, cette pénible confusion ! se plaignit-il. Tout s'est passé si vite, en effet. Personne n'a rien pu voir, personne ne pouvait rien voir, personne n'a assassiné Aldebert… Mais si, voyons !

Patrick Fitzgerald sursauta.

– Quelqu'un a pourtant bien planté un couteau dans le dos d'Aldebert.

Higgins, concentré, semblait découvrir un fait capital.

– Certes, certes, inspecteur ! Vous m'avez d'ailleurs beaucoup vexé en me refusant le droit d'examiner le corps.

– S'il y avait eu la moindre chance de sauver le malheureux, docteur, j'aurais sollicité votre aide, mais l'assassin n'avait pas raté son coup. Un acte de professionnel, non ? Et puis, après le frère aîné… Votre deuxième cadavre à *Lost Manor*.

Patrick Fitzgerald fronça les sourcils.

– Justement, je voulais vous dire, à propos de Lord Rupert…

Higgins contemplait à nouveau la fontaine que le défunt lord avait sans doute dérobée dans un vieux village marocain pour la faire remonter dans son palais du froid et des brumes. Sans doute incarnait-elle pour lui des moments heureux de son existence itinérante, un amour passager vécu dans le secret d'une nuit parfumée, derrière des fenêtres fermées donnant sur une cour intérieure et un jardin clos de hauts murs où nul regard indiscret ne pouvait pénétrer. C'était près de la fontaine que les amants se donnaient rendez-vous, échangeant des paroles furtives qu'ils murmuraient à peine. Le patio Tetouan de *Lost Manor* avait presque la magie de ces lieux oubliés du nord de l'Afrique dont le touriste pressé ne soupçonnait même pas l'existence.

– Remettriez-vous en cause votre diagnostic, après dix ans ? interrogea Higgins.

— 22 —

Patrick Fitzgerald semblait embarrassé.

– Non, pas à ce point-là, mais vous avez semé le doute dans mon esprit. Lord Rupert était âgé, malade. Son organisme était délabré, à la suite d'une existence fort peu recommandable. Il n'a pas voulu de prêtre à son chevet. J'espère qu'il aura au moins remis son âme entre les mains de Dieu.

– Auriez-vous constaté quelque chose d'anormal ?

– À vrai dire, non. Mais j'avoue avoir pratiqué un examen très rapide. Comment aurais-je pu soupçonner un crime ? Comment aurais-je pu croire une seconde qu'Aldebert avait été assez féroce, assez cruel pour empoisonner son frère ?

– Empoisonner, dites-vous ?

– Si votre raisonnement s'avère exact, inspecteur, je ne vois pas d'autre solution. Aldebert a sans doute cru qu'il obtiendrait ainsi la fortune de son frère de la manière la plus rapide. Ils se sont toujours détestés. On doit à la vérité de dire que Lord James a persécuté Aldebert pendant les courtes périodes où ils ont vécu ensemble à *Lost Manor.* Aldebert avait un caractère faible, veule. Son rêve était de devenir musicien, mais Lord James lui avait confié la surveillance de la maison. En cas de défaillance, il menaçait de le jeter à la rue. Beaucoup de haine s'était accumulée.

– Votre théorie est fort convaincante, reconnut Higgins,

prenant des notes sur son carnet noir. Aldebert n'aura guère profité de son crime et moins encore de sa fortune. Sitôt milliardaire, sitôt assassiné.

Sa tête trop lourde penchée sur le côté, le médecin légiste paraissait accablé.

– Les voies de Dieu sont impénétrables. Pourquoi nous a-t-il frappés avec autant de sévérité ? Nous sommes tous des pécheurs, inspecteur, et nous ne connaissons ni le jour ni l'heure. Lorsque survient le châtiment, nous sommes étonnés. Pourtant, l'Écriture nous avait prévenus.

– Je n'ai rien lu dans l'Écriture concernant les assassinats des frères Rupert, objecta Higgins. Que pensez-vous d'Adonis Forsyte ?

Un rictus anima le visage du médecin légiste.

– L'explorateur ? Si j'osais…

– Osez donc, docteur.

Patrick Fitzgerald baissa la tête.

– Ce serait manquer de charité chrétienne. Je n'ai pas le droit.

Higgins vint s'asseoir à côté du médecin. Sa profession avait fait de lui une sorte de confesseur laïque qui savait inspirer la confiance.

– Je vous comprends, docteur ; à votre place, j'agirais comme vous. Mais Dieu exige la vérité. Il faut que cette enquête aboutisse pour que le Malin quitte cette demeure. Si vous savez quelque chose de grave concernant Adonis Forsyte, parlez sans crainte ; tel est votre devoir.

– Adonis Forsyte fait partie de ma famille.

– L'assassin d'Aldebert aussi, remarqua Higgins avec gravité.

La lourde tête du légiste se tourna vers l'ex-inspecteur-chef.

– Adonis est un homme violent, emporté. Lui et Lord James se sont souvent querellés, à propos de tout et de rien.

En revanche, il s'entendait très bien avec Aldebert. Un homme qui a voyagé dans le monde entier doit connaître quantité de poisons exotiques qui ne laissent aucune trace dans l'organisme. Adonis aurait été le complice plus ou moins conscient d'Aldebert. Peut-être ce dernier lui a-t-il subtilisé une substance toxique sans même qu'Adonis s'en aperçoive.

– C'est peu probable, analysa Higgins. Si Adonis a bien prêté main-forte à Aldebert afin d'assassiner Lord James, il a gagné la confiance de son complice pour mieux le supprimer au moment opportun.

– Je tiens à souligner le fait que je ne possède aucune preuve, inspecteur. C'est un simple sentiment, rien de plus. Je souhaite de tout cœur me tromper. L'innocence d'Adonis Forsyte me comblerait de joie.

– Votre épouse ne l'aime pas beaucoup.

– Il faut comprendre Thereza. Elle est hypersensible, raffinée. Adonis est un tueur d'animaux. Mon épouse ne supporte pas l'idée de voir exécuter des créatures de Dieu.

– Votre cousin est un être passionné, capable de grands élans mais, comme l'a écrit Harriet J. B. Harrenlittlewoodrof, « une âme sèche peut se cacher derrière un regard mouillé ». Les êtres adoptent parfois des attitudes qui masquent leur véritable nature.

– L'hypocrisie est un péché grave que la Bible condamne sans ambages. Des personnes comme Kathryn Root devraient s'en souvenir plus souvent.

– Pour quelle raison, docteur ?

– J'exige une lecture du testament, inspecteur, devant tous les membres de la famille. Je n'éprouve qu'assez peu de confiance en Me Root. Je crains qu'elle n'ait eu tout le temps nécessaire pour trafiquer ce document.

– Kathryn Root était pourtant la confidente de Lord Rupert.

– Confidente… Un peu trop, à mon sens.

– C'est-à-dire ?

– On ne peut rien affirmer, inspecteur, mais je suis à peu près certain que Lord James éprouvait un goût prononcé pour Kathryn Root. Comme il n'était pas homme à se satisfaire d'un simple désir, je vous laisse imaginer le reste.

Higgins manipula un collier en argent provenant du Haut Atlas. Il était formé d'une succession de mains et d'yeux, autant d'éléments magiques et protecteurs. L'objet n'était guère attrayant, mais il possédait une valeur sacrée.

– Ainsi, selon vous, Kathryn Root aurait été la maîtresse de Lord Rupert.

Très rouge, Patrick Fitzgerald se cabra.

– Je n'ai jamais dit ça ! Vous exagérez, inspecteur !

– Veuillez m'excuser, docteur ; j'ai sans doute outrepassé votre pensée. Rasseyez-vous donc.

Un peu calmé, le légiste s'installa à nouveau sur le bord du banc de pierre. Levant les yeux vers la verrière qui servait de plafond au patio, Higgins nota que le soleil marocain avait été remplacé par une couche de neige opaque.

– C'est seulement lors de la lecture de ce testament que nous pourrons savoir si Kathryn Root a scrupuleusement conservé le document authentique. Mais ce ne sera pas suffisant ! Il faudra faire un inventaire détaillé et précis de tous les objets que contient *Lost Manor.* Apparemment, rien n'a été volé, mais une vérification s'impose.

Higgins lissa sa moustache poivre et sel.

– Je suppose, docteur, que ces exigences sont liées à votre volonté de donner aux pauvres votre éventuel héritage ?

– Bien entendu, inspecteur, répondit Patrick Fitzgerald avec un sourire onctueux.

– Que pensez-vous du baron Breakstone ?

Higgins se leva et s'approcha de la fontaine. L'eau émettait une plainte joyeuse, perpétuellement renouvelée. Elle mettait dans l'oreille le paisible discours des vieux lettrés qui, le soir venant, transmettaient aux jeunes les traditions ancestrales.

– Hyeronimus Breakstone est un excellent homme. Je regrette la tiédeur de sa croyance et aussi… le fait qu'il omette de payer des impôts. Moi, je n'ai qu'un salaire et tout est déclaré !

– Dans son métier, le baron est malheureusement obligé de verser dans une certaine illégalité. Ses clients apprécient la discrétion.

– Le Seigneur aime la justice en toutes choses, inspecteur.

– De quoi souffre la comtesse ?

Patrick Fitzgerald remonta sur son nez ses lunettes à épaisse monture.

– Évanouissement dû au choc émotionnel. Rien de grave. Arabella von Rigelstrand est une personne très remarquable qui saura se montrer à la hauteur de la situation.

– Est-elle coutumière de ce genre d'accident ?

Derrière les verres de lunettes, le regard du légiste devenait inaccessible.

– Je l'ignore. N'oubliez pas qu'une artiste a les nerfs fragiles.

– Auriez-vous l'obligeance de me décrire l'un de ses tableaux ?

– Difficile, inspecteur. Le style d'Arabella est classique, somptueux, elle a réussi le portrait de tous les gens qui comptent dans les plus grandes familles d'Europe.

– Il n'existe pas de reproductions ?

– Elles sont formellement interdites ! Les modèles d'Arabella ne le supporteraient pas. Aucun de ses tableaux n'est passé en vente publique. Leurs propriétaires ne s'en sépareraient à aucun prix.

– La comtesse doit être milliardaire ?

– Je ne m'occupe jamais des affaires d'autrui, répondit sèchement Patrick Fitzgerald.

– Permettez-moi de vous en féliciter, docteur.

Qui n'a pas vécu dans un petit village d'Afrique du Nord, pensait Higgins, ignore tout de la qualité du temps qui passe, s'écoule à peine, sans bruit, et glisse très lentement entre les doigts avec le goût fruité d'une figue mordorée. Lorsque la medina s'enfermait dans le silence paisible du soir, quand les conversations s'estompaient et que les regards se tournaient vers le soleil orange, plus rien d'autre n'existait que la subtile communion entre l'homme et le ciel déployé au-dessus des petites maisons blanches, tassées les unes contre les autres afin de mieux garder leur secret.

– Puis-je rejoindre mon épouse, inspecteur ?

– Bien sûr, docteur.

Patrick Fitzgerald se leva et se dirigea vers la porte du patio Tetouan, d'une démarche saccadée qui mettait en relief son curieux centre de gravité situé trop bas. Il évoquait les gnomes, tantôt agressifs, tantôt facétieux, qui hantaient les gravures gothiques du Moyen Âge écossais.

– Un instant, docteur.

Le légiste s'immobilisa.

– Vous sentez-vous en sécurité, dans cette demeure ?

Patrick Fitzgerald répondit sans se retourner.

– Je n'osais pas vous en parler. Je crois être menacé, en effet. La famille a coutume de me reprocher ma probité et ma rigueur. L'assassin sait que je serais obligé de le dénoncer si j'apprenais quelque chose. Je suis certain que Scotland Yard veille sur les innocents et saura vite identifier le coupable.

– Vous pouvez y compter, docteur.

— 23 —

Higgins, après avoir médité quelques minutes près de la fontaine, reprit le chemin de l'escalier monumental. Scott Marlow, le dos calé contre une marche, avait de nouveau sombré dans le sommeil. Comme la première fois, l'ex-inspecteur-chef réveilla le superintendant avec ménagement.

– Ah, c'est encore vous, Higgins !

– Avez-vous vu passer le docteur Fitzgerald, superintendant ?

– Le docteur Fitzgerald... ah, oui, bien sûr ! Je venais juste de m'assoupir.

– Continuez à monter la garde, recommanda Higgins qui grimpa l'escalier avec de plus en plus de difficultés.

À l'intérieur de la grande bâtisse, la température fraîchissait. L'arthrite de son genou s'aggravait. L'oignon de Higgins marquait deux heures du matin quand il frappa à la porte de la chambre rouge, celle qu'occupait Adonis Forsyte, l'explorateur.

Un « entrez ! » vigoureux lui répondit.

Higgins découvrit l'explorateur en train de graisser le percuteur d'un fusil démonté dont il avait posé les pièces sur le bureau. Adonis Forsyte occupait d'ailleurs la totalité de son territoire. De ses deux valises ouvertes, posées sur le sol, il avait extrait plusieurs fusils, des arcs, une arbalète, des trophées, un album de photographies. Ces dernières le montraient devant des éléphants et des rhinocéros abattus. Sur le lit, une paire de bottes et une boîte de graisse.

– Je dois vous faire un aveu, dit Adonis Forsyte. Je n'aime pas beaucoup les flics ; heureusement, vous et votre copain, vous êtes plutôt sympathiques.

– Merci de cette appréciation, monsieur Forsyte. Pour ma part, je n'aime guère les tueurs d'animaux, mais je vous trouve également plutôt sympathique par rapport aux membres ordinaires de votre profession.

– Chacun son style, inspecteur. Vous vous y connaissez, en armes ?

– Celles qui m'intéressent servent surtout aux criminels. Une fois utilisées, à condition qu'elles soient retrouvées, elles sont étudiées avec beaucoup de compétence par les laboratoires du Yard. L'arme m'intéresse moins que celui qui la manie.

Adonis Forsyte s'empara du fourreau de l'arbalète dont il sortit une bouteille plate contenant du bourbon.

– Vous buvez, inspecteur ?

– Pas si tôt matin, monsieur Forsyte.

– Moi, j'ai besoin de me réchauffer ; ce n'est pas le climat africain, ici.

L'explorateur avala une longue rasade de bourbon et s'essuya les lèvres du revers de la manche.

– Je n'ai rien contre les bêtes, poursuivit-il. Parfois, ce n'est pas facile de tuer. Mais c'est le métier ! Je n'en connais pas d'autre et j'ai des goûts de luxe.

– Aimez-vous cette demeure, monsieur Forsyte ?

– Elle est aussi dingue que Lord James. Une maison de fou pour un vieux fou ! Mais si ça lui plaisait… À chacun sa liberté.

– Vous vous disputiez souvent, paraît-il ?

– Qui vous a dit ça ? s'insurgea l'explorateur.

Higgins le regarda droit dans les yeux sans répondre. Adonis Forsyte se détourna, recommençant à graisser les pièces d'un fusil de chasse.

– D'accord, vous faites votre boulot de flic. C'est vrai, le vieux James et moi, on n'arrêtait pas de s'envoyer des vannes. Il avait son caractère et j'ai le mien.

– Sur quels points achoppiez-vous ? demanda Higgins.

– Tout et rien. Il voulait toujours avoir raison, moi aussi. Et nous n'étions ni l'un ni l'autre disposés à céder ; forcément, le ton montait. C'est ça qui nous plaisait : un jeu de forts en gueule ! Et ça se terminait par une bonne cuite.

– Jamais de discussion sur l'héritage ?

Adonis Forsyte cessa de graisser, éclatant d'un rire sonore.

– Ah si… si ! Une seule fois ! Nous étions complètement saouls. Je lui ai dit que j'espérais bien avoir la plus grosse partie de sa fortune et que je ne raterais pas la lecture du testament en ma faveur. Même si j'étais au fin fond de l'Afrique, l'odeur de l'argent ne manquerait pas de m'attirer jusqu'à *Lost Manor.*

– Quelle fut la réaction de Lord James ?

– Il est resté de marbre, indiqua l'explorateur. Cette déclaration d'ivrogne, je l'ai presque regrettée.

– Pourquoi ?

– Parce que, le lendemain, le vieux James avait passé l'arme à gauche. Et je me demande encore si c'était de façon bien naturelle.

– Auriez-vous surpris un détail insolite ?

– Non, pas vraiment. Je déplore de ne pas avoir revu ce vieux filou. Il était malade, d'accord, mais cette disparition si brutale ! Il avait un cœur en acier. À son âge, il tenait mieux l'alcool que moi. Je crois que vous avez raison, inspecteur ; c'est l'un de ces cloportes qui l'a assassiné.

Higgins examinait avec attention l'album de photographies évoquant les exploits cynégétiques d'Adonis Forsyte. On le voyait, dans de somptueux costumes de chasse, le pied triomphant posé sur de gros mammifères, la langue pendante.

– Par « cloportes », je suppose que vous entendez les membres de votre famille, Aldebert compris ?

– Aldebert ? Vous plaisantez ! C'était le seul type vraiment bien de cette famille pourrie. Même moi, je ne lui arrivais pas à la cheville. Aldebert adorait James. Il le vénérait, exécutait ses quatre volontés sans discuter. Son seul défaut, c'était sa faiblesse de caractère. Et ça lui a gâché la vie.

– Vous ne croyez donc pas qu'il a assassiné Lord James Rupert.

L'explorateur roula des yeux furieux.

– Vous n'allez pas soutenir une telle ineptie ! Aldebert était le plus pacifique des hommes. Porter la main sur son frère ne lui serait jamais venu à l'idée.

Higgins s'attardait sur une photographie représentant Adonis Forsyte, dressé sur un buffle abattu. Au fond, le Kilimandjaro aux pentes neigeuses.

– Belle bête et beau pays. Quand avez-vous effectué cette chasse ?

– Cinq ans, six peut-être. Je ne me souviens plus très bien.

– Si ce n'est pas Aldebert Rupert qui a tué son frère, l'auteur de cet acte est forcément l'un des… cloportes.

Adonis Forsyte s'offrit une nouvelle rasade de bourbon.

– Vous avez le choix, inspecteur. Une belle brochette d'hypocrites et de lâches. Moi, je suis venu ici pour l'héritage et je n'hésite pas à le dire. Eux, ils font semblant d'honorer la mémoire du vieux James qu'ils haïssaient. Il le leur rendait bien. L'un d'entre eux l'a supprimé pour obtenir la fortune. Il ne se doutait pas de l'astuce utilisée par Lord Rupert : dix ans d'attente et le pactole pour Aldebert ! Alors, le même salopard a exécuté mon copain Aldebert.

– Il fallait être sûr du contenu du dernier testament, indiqua Higgins.

– Comment faire confiance à cette virago de notaire ? Elle n'a jamais importuné un homme, celle-là ! En revanche, avec la sainte nitouche de Thereza Fitzgerald, elles ont dû s'amuser plus d'une fois !

– Vous me surprenez beaucoup, s'étonna Higgins. Thereza Fitzgerald est une croyante fervente, dont l'existence entière est consacrée aux bonnes œuvres.

L'explorateur s'étrangla.

– Vous êtes devenus aveugles, à Scotland Yard ! Du baratin, de la poudre aux yeux ! Thereza Fitzgerald est une vraie vipère qui se moque du bon Dieu comme de son premier mensonge ! Elle est obsédée par l'argent... et par le baron Breakstone. Une ambivalente, votre croyante !

– Moi qui croyais que les Fitzgerald formaient un couple parfait.

– Et vous n'êtes pas au fond du gouffre, continua l'explorateur. Côté relations avec le baron, j'avoue que je m'avance un peu... mais côté couple parfait, il y a de quoi tomber raide ! Patrick Fitzgerald est le toubib le plus nul de la planète. Comme escroc et maître-chanteur, en revanche, il en remontrerait à Breakstone qui est pourtant un rude rapace. Ses diplômes, il les a obtenus sans trop se fatiguer. Il suivait ses professeurs, identifiait leurs maîtresses, prenait des photos et les leur vendait en échange de sa réussite aux examens. Heureusement, il ne soigne que des cadavres. Les vrais médecins, les guérisseurs, je les ai rencontrés dans la brousse africaine. Ils vous font boire les pires poisons et vous remettent sur pied. Ils ne sont pas confits en bondieuseries, mais soignent les hommes et les bêtes. Vous connaissez le loisir préféré de cette ordure de Fitzgerald ? Torturer des chats ! Moi, inspecteur, je tue, je ne torture pas !

– Grâce vous soit rendue, reconnut Higgins.

– Et vous savez qui lui donne les chats ? La tendre et délicieuse comtesse von Rigelstrand ! Elle s'en réjouit, cette traînée !

Adonis Forsyte commença à cirer vigoureusement ses bottes de chasse.

– À votre avis, existe-t-il une liaison entre la comtesse et le docteur ?

L'explorateur cracha sur le cuir pour se faciliter la tâche.

– Pas au courant. De la part de la comtesse, ça m'étonnerait. Exceptées ses fantaisies avec la fausse bonne sœur, elle est froide comme un glaçon. Elle ne déteste rien tant que les hommes.

Higgins, déambulant dans la chambre rouge, examinait la panoplie d'armes déployées par l'explorateur.

– Aucun membre de cette honorable famille ne semble trouver grâce à vos yeux, monsieur Forsyte.

– Je dis la vérité, inspecteur. La vérité toute simple : ils m'écœurent. S'il n'y avait pas la fortune du vieux, je n'aurais pas remis les pieds à *Lost Manor*. À présent, cette fortune aura un goût de sang... Celui d'Aldebert.

– Je suis persuadé, dit Higgins avec douceur, que vous avez une opinion précise sur l'identité de l'assassin de votre ami Aldebert.

Adonis Forsyte cessa d'astiquer ses bottes.

– Négatif, inspecteur. Si j'en avais une, je réglerais moi-même son compte au criminel. Je ne suis pas homme à faire des cachotteries. J'ai pensé un instant qu'ils étaient tous d'accord, qu'ils avaient fomenté un complot, mais cette théorie est idiote. Ils se détestent les uns les autres et n'ont qu'une seule foi : « chacun pour soi ». La concurrence va être féroce, à présent. Ça ne m'étonnerait pas que d'autres cadavres s'accumulent sur la route de l'héritage.

– Craignez-vous pour votre vie, monsieur Forsyte ?

– Je suis un dangereux candidat à éliminer, inspecteur ! Mais avec moi, le tueur va tomber sur un os. Je suis armé jusqu'aux dents et je saurai me défendre. Le premier qui tente quelque chose contre moi, je le…

– Prévenez-moi d'abord, recommanda Higgins, si vous ne souhaitez pas être accusé de meurtre avec préméditation.

– Moi ? explosa l'explorateur. Moi, accusé de meurtre ?

Il lâcha la botte qu'il cirait.

– Certains prétendent que vous n'auriez pas tué que des bêtes sauvages, monsieur Forsyte.

– Mensonges ! Ragots ! La petite Thereza a déversé son fiel contre moi, hein ? Elle ne l'emportera pas dans son paradis, croyez-moi !

– Calmez-vous, monsieur Forsyte.

– Me calmer ? Me calmer, avec une bande d'assassins sous le même toit et des policiers qui n'y voient que du feu ? Me calmer, alors qu'Aldebert a été massacré sous mes yeux ? Vous ne connaissez pas Adonis Forsyte ! Quand il se déchaîne, il est pire qu'un typhon ! Pire qu'un ouragan ! Pire qu'un… hep ! Vous m'écoutez ?

L'explorateur demeura la bouche ouverte. Higgins venait de quitter la chambre rouge.

— 24 —

Higgins frappa doucement à la porte de la chambre orange, occupée par la comtesse Arabella von Rigelstrand. Il crut percevoir une voix plaintive lui donnant l'autorisation d'entrer. Illusion ou réalité ? Higgins prit le risque.

Il découvrit l'artiste étendue sur son lit, les bras le long du corps.

– Vous dormiez, comtesse ?

– Non, inspecteur.

La réponse avait été formulée sur un ton sec et cassant, prouvant que la comtesse avait recouvré l'intégralité de ses moyens.

Arabella von Rigelstrand se leva. Elle avait passé un pantalon noir très moulant et un pull-over orange. Ses longs cheveux dénoués lui pendaient dans le dos, tombant jusqu'au bas des reins qu'elle avait charnus.

– Passez-moi immédiatement les menottes, si telle est votre intention cachée ! Inutile de perdre du temps.

Très droite, la moue dédaigneuse, la comtesse toisait l'ex-inspecteur-chef du haut de sa dignité.

– Auriez-vous l'obligeance, comtesse, de me suivre jusqu'à la chapelle de *Lost Manor ?* Nous y serions tranquilles pour bavarder.

– La chapelle ? Qu'est-ce que vous manigancez ?

Higgins ne répondit pas, mais regarda l'aristocrate d'une manière si impérative que cette dernière ne résista pas davantage.

– Eh bien allons-y ! Sortez le premier, je vous suis.

Arabella von Rigelstrand claqua la porte derrière elle.

– Acceptez-vous mon bras, comtesse ?

Boudeuse, l'artiste se résigna. Ce fut un couple très digne que vit passer le superintendant Marlow qui résistait avec peine au froid mordant envahissant la demeure.

D'un pas régulier, sur le rythme solennel d'une procession arpentant la nef d'une église, Higgins et la comtesse allèrent au-delà de la salle à manger africaine, empruntèrent un corridor aux murs aveugles qui débouchait brutalement sur une sorte d'esplanade précédant un portail gothique, creusé d'une centaine de niches, toutes remplies de statuettes médiévales polychromes représentant des saints.

Higgins quitta le bras de la comtesse avec un sourire poli.

– Pardonnez-moi, dit-il, mais je ne résiste pas au charme de ces œuvres. Ces statuettes sont aussi rares qu'authentiques. Aucun musée ne possède une collection aussi complète. De véritables bijoux...

– Si l'on veut, admit la comtesse, indifférente.

Ils étaient tous là saint Thomas, saint Mercure, saint Sébastien, saint Georges, avec leurs lances, leurs équerres, leurs dragons... Lord James avait organisé la plus éblouissante exposition de sainteté en miniature.

Higgins poussa la porte de la chapelle.

L'espace intérieur était rythmé par quatre piliers surmontés de chapiteaux romans provenant, à l'évidence, d'abbayes espagnoles. Lord James Rupert les avait choisis avec un goût très sûr. Chacun d'eux possédait une immense valeur artistique et marchande.

À la place qu'aurait dû occuper l'autel, il y avait un bar irlandais. Ses plaques en cuivre rouge, parfaitement astiquées, brillaient d'un éclat quelque peu ténébreux. Deux cierges de Pâques géants éclairaient le calcaire poli des murs constitués de bloc inégaux.

La comtesse von Rigelstrand s'assit sur l'un des hauts tabourets fixés dans la pierre devant le bar.

Higgins nota que son allure n'avait rien de nobiliaire, évoquant davantage une femme habituée aux soirées de cabaret qu'une madone en prière.

– Un verre, inspecteur ?

– Merci.

– Tant pis pour vous. Boire dans une église est un plaisir rare.

La comtesse se servit un verre de gin tandis que l'ex-inspecteur-chef découvrait des plaques émaillées carolingiennes encastrées dans les soubassements.

– Votre enquête, inspecteur, est aussi stupide qu'inutile.

– Pourquoi donc, comtesse ?

– Parce que chacun sait qu'Aldebert a tué son frère James et qu'Adonis a exécuté Aldebert pour obtenir une part d'héritage substantielle

Higgins consulta son carnet noir.

– Possédez-vous des preuves, comtesse ?

– L'évidence n'a pas besoin de preuves. Scotland Yard serait-il devenu sourd et aveugle ?

– Scotland Yard a la prudence des chats, déclara Higgins, énigmatique. J'ai appris que vous étiez secrètement mariée au baron Breakstone.

Arabella von Rigelstrand rejeta en arrière une mèche folle. Elle ne parvenait pas à rendre gracieux ses gestes trop énergiques.

– C'est exact. Quelle importance ? Nous avons été obligés d'agir ainsi à cause de ce vieil Harpagon de Lord Rupert. Il n'aurait jamais accepté cette union. Il me détestait.

– Vous le lui rendiez bien.

– C'est assez juste, inspecteur, mais qui aimait Lord Rupert ? Qui aurait pu l'aimer ?

– Son frère, par exemple.

– Vous plaisantez ? ironisa la comtesse, acide. Les deux frères se haïssaient. Aldebert ne rêvait que de supprimer James qui voulait anéantir son cadet à petit feu. Aldebert est arrivé au but le premier.

– Un succès cher payé, ne trouvez-vous pas ?

– Aldebert était un criminel, inspecteur. Le destin s'est retourné contre lui. Un tueur a tué le tueur. Ce n'est que justice. Je ne devrais peut-être pas parler ainsi, mais je ne regrette pas les frères Rupert. Ils étaient butés, conformistes, égoïstes. Une artiste, pour eux, c'était moins que rien. Lord James a toujours méprisé mon talent. Si une part d'héritage me revient, elle me paiera à peine des sarcasmes que j'ai dû supporter.

La comtesse fit jouer sa longue chevelure qui se dispersa en volutes inégales sur ses épaules.

Higgins déambulait dans l'espace plutôt restreint de la fausse chapelle.

– Pourquoi accusez-vous Adonis Forsyte de manière aussi péremptoire ?

– Parce que cet explorateur est un boucher et une bête sanguinaire. Il tue par plaisir. Je n'ai jamais rencontré d'être plus brutal. Il a été expulsé de plusieurs pays d'Afrique pour avoir violenté des fillettes. Il a même tenté de me… J'ai dû le repousser avec le plus extrême dégoût ! Vous devriez l'arrêter immédiatement. Il a planté un couteau dans le dos de celui qu'il prétendait être son ami. Aldebert, son ami ! Ils se méprisaient. Je ne suis même pas certaine qu'ils se soient jamais adressé la parole. Forsyte est un danger public. Il nous menace tous. Si vous ne le jetez pas immédiatement en prison, vous porterez la responsabilité du prochain crime !

La fureur emportait Arabella von Rigelstrand. Son visage, très pâle, était parcouru de soubresauts d'indignation.

– Auriez-vous vu Adonis Forsyte agresser Aldebert Rupert ?

La comtesse eut une moue hautaine.

– Bien sûr que non. Sinon, je vous l'aurais dit immédiatement ! Il suffit de réfléchir dix secondes pour conclure à la culpabilité de ce monstre. J'exige d'être protégée. Je tiens à toucher ma part d'héritage.

Higgins considéra avec intérêt un prie-dieu en chêne massif marqué au nom de Lord James Rupert, gravé sur une plaque en or.

– Vous êtes une femme richissime, comtesse. Pourquoi cet argent vous intéresse-t-il tellement ?

Le petit front d'Arabella von Rigelstrand se plissa.

– L'argent m'indiffère, pas le principe moral. Il faut que ce dernier soit respecté. La morale est ce qui compte le plus dans l'existence, inspecteur.

– C'est également l'avis du baron Breakstone ?

– Hyeronimus est un être tout à fait désintéressé, inspecteur. Il ne se passionne que pour l'érudition, le passé chevaleresque, l'archéologie. Notre couple, chacun le sait, est fondé sur le culte de l'art et de la beauté.

– J'ai apprécié l'honnêteté foncière du baron Breakstone, intervint Higgins. Dans le milieu où il évolue, ce n'est pas si facile d'adopter une attitude de rigueur.

– C'est pourquoi le baron est le numismate le plus

estimé sur la place de Londres. Aucune grande transaction ne s'opère sans son accord. Hyeronimus Breakstone est la plus haute autorité morale de la profession et l'un des fleurons de la vieille noblesse britannique. C'est un homme courageux qui ne transige jamais sur les principes. Quand il aura publié sa grande étude sur l'origine et l'évolution des gantelets de chevaliers, à laquelle il travaille depuis de nombreuses années, il deviendra une sommité internationale. Je ne vous cache pas que ses quartiers de noblesse ont été un élément décisif pour nos épousailles.

– Êtes-vous tout à fait certaine, comtesse, que votre mari n'a pas fait l'objet de pressions de la part de personnes indélicates ?

— 25 —

Arabella von Rigelstrand se mua en furie.

– Inspecteur ! Je vous interdis de colporter de tels ragots ! Je refuse de savoir par qui ils ont été propagés ! Soyez certain qu'ils n'ont aucune valeur !

Le bar, à part quelques médiocres flacons de gin, se composait d'une centaine de bouteilles de sherry millésimées. Une superbe collection.

– Pensez-vous, comtesse, que Maître Root a préservé le secret testamentaire avec tout le soin nécessaire ?

– Kathryn Root est une femme austère et indépendante. Personne ne peut l'influencer. Elle jouit d'une excellente réputation dans notre milieu. Bien qu'elle soit surchargée de travail, elle a veillé avec zèle à ce que les dernières volontés de lord Rupert fussent scrupuleusement respectées.

– Donc, d'après vous, personne ne connaîtrait encore le véritable testament du feu lord ?

– Non, à moins que...

– À moins que, comtesse ?

– À moins que Kathryn Root ait dû céder à une menace, à un chantage. Mais je ne peux imaginer...

– Vous avez raison, approuva Higgins. Dans une affaire de meurtre, il ne faut jamais rien imaginer. Seuls comptent l'ordre et la méthode. Êtes-vous fréquemment sujette à des malaises ?

– Fréquemment, non. Cette fois, l'émotion a été trop forte. Par bonheur, le docteur Fitzgerald est intervenu avec promptitude.

– Vous lui faites entière confiance ?

– C'est un homme discret, mais remarquable. Il est devenu médecin légiste un peu par hasard. Sa vocation, c'est la chirurgie. Sa passion, l'histoire de la médecine. Il a tellement de dons qu'il finira bien par se faire reconnaître comme la grande personnalité qu'il est.

– Sa foi très affirmée ne vous gêne pas ?

– Un peu, parfois, mais les hommes de conviction ne sont-ils pas préférables aux tièdes et aux mous ?

Brandissant une longue aiguille en nacre, Arabella von Rigelstrand commença à se confectionner un chignon compliqué. Les bras levés au-dessus de sa tête, un sourire charmeur aux lèvres, elle regardait fixement l'ex-inspecteur-chef.

– Sa femme, Thereza, a la même conviction que vous, exposa Higgins. Elle fait le maximum pour aider son mari.

– Je n'en suis pas si sûre, objecta Arabella von Rigelstrand. Peut-être Thereza n'est-elle pas l'épouse qui convient à un scientifique brillant, un érudit comme Patrick Fitzgerald. Elle est un peu trop… effacée.

– Et un peu trop… étrangère ? suggéra Higgins.

Une lueur de contrariété traversa le regard de la comtesse.

– Appelez ça comme vous voudrez. Disons que c'est un couple mal assorti. Thereza est douce, gentille, affectueuse, très travailleuse. Elle se dévoue sans compter pour les pauvres et les malades mais, dans le domaine intellectuel, elle est un peu… limitée. Il est impossible, pour son mari, de la laisser figurer dans des dîners où les interventions des convives doivent posséder pertinence et brillant. Nous sommes de grandes amies, inspecteur. Vous adresser ces confidences est une marque de confiance à votre égard. Mais je sais que Patrick est conscient du problème.

– Au point de… divorcer ?

– Hors de question, inspecteur ! Patrick et Thereza sont de fervents croyants, ne l'oubliez pas ! Non, il faut aider Thereza à se cultiver, à s'améliorer. Je m'y emploie, autant que possible.

Le ton d'Arabella von Rigelstrand devenait plus doux, presque tendre. Elle tentait de nouer délicatement son chignon, de rendre ses gestes moins saccadés.

– Cette attitude vous honore, comtesse. Avec votre aide, Thereza Fitzgerald réussira certainement à devenir une personne digne de la meilleure société. Savez-vous que je suis amateur de peinture ?

– Je m'en doutais, susurra Arabella von Rigelstrand qui rapprocha son siège de Higgins.

Mains croisées derrière le dos, le visage inexpressif, l'ex-inspecteur-chef ne sembla pas attacher d'importance à ce déploiement de séduction.

– Vos toiles sont célèbres dans l'Europe entière, comtesse. Malheureusement, je n'ai jamais eu le privilège d'en contempler une.

– C'est normal, inspecteur. Les grands de ce monde acceptent de poser pour moi, mais ils veulent garder l'exclusivité absolue de leur portrait. Toute reproduction est strictement interdite. Règle sévère, je le reconnais, mais qu'y puis-je ? Et ne peut-on les comprendre ? Moi-même, je regrette souvent de ne pouvoir admirer mon œuvre passée.

Le chignon était presque terminé. Il demeurait encore deux ou trois mèches rebelles.

– Pourriez-vous m'aider, inspecteur ?

La comtesse tourna le dos à l'ex-inspecteur-chef de sorte qu'il découvrît le fragile édifice capillaire.

– C'est parfait, estima Higgins. Un souvenir me revient : d'excellents amis, le duc et la duchesse de Warburton, qui habitent un château dans la région de Whitesand, ont dû me parler de vous… mais oui ! Anne de Warburton a même évoqué un portrait exceptionnel pour lequel elle avait posé pendant plus de deux mois. C'est votre nom qu'elle a mentionné, j'en suis certain à présent. Elle n'a pas accepté de me montrer le tableau. Car vous-même, n'est-il pas vrai, exigez que le propriétaire du portrait ne le dévoile pas à autrui ?

Arabella von Rigelstrand fit à nouveau face à Higgins. Un large sourire, qui se voulait chaleureux, animait son visage.

– C'est bien la vérité, inspecteur, car je ne souhaite pas que mes œuvres soient galvaudées. Un portrait est la relation la plus intime possible entre l'artiste et son modèle. Me permettez-vous d'exprimer un désir caché ?

– Je vous en prie, comtesse.

– J'aimerais beaucoup faire votre portrait, inspecteur. Votre regard est si mystérieux, si attirant…

Arabella von Rigelstrand tendit le cou pour venir frôler la joue de l'homme du Yard.

– C'est cette demeure qui est mystérieuse et envoûtante. Un assassin joue avec nos vies, comme vous l'avez souligné vous-même ; permettez-moi de lui accorder la priorité.

– C'est bien naturel, inspecteur. Quand nous serons sortis de ce drame, je vous attendrai.

Câline, la comtesse s'écarta, comme pour mieux attirer à nouveau sa proie. Higgins demeura impassible.

– Comment est née votre vocation, comtesse ?

Étonnée par la question, Arabella parut hésiter pour répondre.

– Par hasard, comme toutes les grandes vocations. Jeune fille, je m'admirais dans la glace et j'eus envie de faire mon portrait. Dès le premier coup de pinceau, ce fut une réussite. L'une de mes amies, une princesse autrichienne, vit cette première toile et fut émerveillée. Puis ce fut le bouche à oreille. Aujourd'hui, je n'ai plus une minute à moi et je refuse d'innombrables propositions.

L'ex-inspecteur-chef se dirigea vers la porte de la chapelle.

– La famille von Rigelstrand appartient à la vieille noblesse autrichienne. Son blason est un léopard de gueules[1] sur champ d'azur, si je ne m'abuse ?

La comtesse descendit du tabouret de bar.

– Exactement.

– Je crois que je vais vous faire plaisir, comtesse.

– Ah oui… Et de quelle manière, inspecteur ?

– En demandant la lecture du testament.

1. Terme désignant la couleur rouge en héraldique.

— 26 —

– C'est scandaleux, protesta Adonis Forsyte, l'explorateur. Nous réunir dans cette salle à manger où a eu lieu le crime et nous retrouver en présence du cadavre d'Aldebert ! Vous exagérez, inspecteur !

– Vous êtes bien délicat, tout à coup, ironisa la comtesse Arabella, vous qui avez l'habitude de fréquenter des dépouilles d'animaux.

– Cette fois, rugit Adonis Forsyte, vous méritez une bonne fessée !

Le superintendant Scott Marlow s'interposa, empêchant l'explorateur d'agresser Arabella von Rigelstrand.

– Maîtrisez-vous, monsieur Forsyte !

L'explorateur, furibond, retourna s'asseoir.

Higgins, qui avait pris place à l'une des extrémités de la table du banquet, avait demandé à Scott Marlow de disposer une rangée de sièges près de l'entrée de la salle à manger indienne. Les deux policiers avaient pris soin à ce que l'on ne touchât à rien.

Le décor, dévasté, rendait sinistre la vaste pièce où le froid s'était accentué. Personne n'osait regarder le cadavre d'Aldebert Rupert.

– Je vous ai tous conviés ici, expliqua Higgins, afin que soit officiellement donnée lecture du dernier testament de feu Lord James Rupert.

Un épais silence succéda à ces paroles. À droite de Higgins, sur une chaise aux formes lourdes provenant du Pendjab, Kathryn Root tenait d'une main ferme une liasse de documents. À sa gauche, le superintendant Marlow, qui ne quittait pas des yeux les cousins et les cousines des Rupert : Patrick et Thereza Fitzgerald, se tenant par la main ; Adonis Forsyte, légèrement en retrait ; la comtesse Arabella von Rigelstrand, regardant le plafond ; le baron Hyeronimus Breakstone, observant la comtesse.

– J'aimerais, continua l'ex-inspecteur-chef, que Me Root rappelle les circonstances juridiques du drame.

– C'est inutile, estima le baron Breakstone. Nous sommes tous au courant. Abrégeons les formalités.

– C'est moi qui mène cette enquête, l'interrompit Higgins, aimable mais ferme. Nous croyons parfois tout savoir, baron, et nous nous leurrons. Qui de nous serait capable, à cet instant, de désigner avec certitude le criminel ? Se hâter est diabolique, disait le Moyen Âge que vous appréciez tant. Mieux vaut partir sur des bases solides. Nous vous écoutons, maître Root.

Kathryn Root se leva. Les dents en avant, le front bas, le faciès viril, le notaire n'ôta pas le cigare éteint fiché entre ses lèvres.

La voix nasillarde s'éleva.

– Voilà exactement dix ans, alors que les mêmes personnes ici présentes se trouvaient à *Lost Manor* pour fêter *Christmas* sur l'invitation de Lord James Rupert, ce dernier m'a convoquée, à cinq heures du matin.

– Comment vous est parvenue cette convocation ? demanda Higgins. Il n'y a pas de téléphone, ici.

– Par l'intermédiaire du docteur Fitzgerald.

– Est-ce bien exact, docteur ?

– En effet, répondit ce dernier. Lord James s'était

réveillé au milieu de la nuit. Ses hurlements de douleur avaient alerté toute la maisonnée. Il m'a ordonné, avec sa sécheresse naturelle, de me rendre chez Maître Root qui était la seule d'entre nous à ne pas résider à *Lost Manor*. Cette année-là, il n'y avait pas de neige. Le baron Breakstone m'a conduit jusqu'à chez elle et nous l'avons ramenée ici. Maître Root est montée auprès de Lord James et elle est restée dans sa chambre plus d'une heure.

– Que vous a dit Lord Rupert ? interrogea Higgins, se tournant vers Kathryn Root.

– Il avait décidé d'annuler son précédent testament où il privilégiait son frère Aldebert de manière presque absolue. Il était persuadé que ce dernier voulait le tuer et que sa récente maladie était due à un empoisonnement. Il se croyait perdu. Il m'a indiqué de nouvelles dispositions testamentaires. D'abord lire, aussitôt après son décès, un document obligeant Aldebert à servir comme majordome à *Lost Manor,* sous un nom d'emprunt, pendant dix ans. Ce serait son châtiment, m'a-t-il confié. Au terme de ces dix années, ayant expié sa faute, il redeviendrait l'héritier principal de la fortune de Lord James, à condition qu'aucun objet n'ait disparu de *Lost Manor* et que l'ensemble de la famille constate que la demeure ait été parfaitement entretenue. De plus, Lord James m'a remis ce document. Celui que nous devons dévoiler aujourd'hui.

Kathryn Root exhiba une enveloppe fermée de sept sceaux et portant sept signatures.

– Ces sept sceaux, expliqua-t-elle, ont été déposés par les personnes ici présentes, plus… Aldebert. Nous avons tous signés et nous pouvons tous authentifier cette enveloppe que j'ai conservée par devers moi pendant dix ans.

– Vous m'avez joué une petite comédie, maître, observa Higgins, lorsque vous m'avez laissé croire que vous connaissiez le contenu de cet ultime testament que je tentais moi-même de deviner.

Kathryn Root alluma son cigare.

– Un jeu bien innocent, inspecteur. À présent, je vais faire circuler cette enveloppe pour que chacun puisse vérifier que tout est en règle.

Chacun des membres de la famille examina son cachet et sa signature. Personne ne décela d'anomalie.

– Décachetez vous-même, inspecteur, proposa Kathryn Root.

Higgins donna le document au superintendant.

– Pourriez-vous vous charger de cette tâche, mon cher Marlow, et nous lire le testament ?

– Vous ne préférez pas, Higgins, que…

– Cela nous permettra, à tous, d'être plus attentifs.

Scott Marlow, assez fier d'être l'instrument du destin, se racla la gorge. Sa main trembla un peu quand il parvint à extraire d'un silence de dix années le document rédigé de la main de Lord Rupert. Le froid, le manque de lumière, la nappe dévastée, les assiettes brisées, les couverts éparpillés et le cadavre d'Aldebert, témoin muet mais ô combien présent ! Il fallait passer outre. Le superintendant fit le vide dans son esprit et commença la lecture.

Moi, James, Marcus Antonius Rupert, Lord de l'Empire britannique, sain de corps et d'esprit, désire coucher sur le présent testament mes dernières et impératives volontés concernant l'ensemble de mes biens.

Si mon frère Aldebert est encore vivant, qu'il me pardonne pour le châtiment que je lui ai infligé et pour les dix années de travail obscur que je lui ai ordonnées d'accomplir. Dix ans de travaux forcés pour un crime, c'est une juste et sage mesure. Car Aldebert m'a empoisonné. Qu'il ait décidé de m'assassiner n'a rien de surprenant. Je suis un vieux bonhomme très riche et très insupportable. Deux bonnes raisons de me faire partir avant l'heure. Mais Aldebert, qui m'aime bien à sa façon, s'y est mal pris. L'incompétence est inexcusable. J'ai toujours détesté les sous-fifres et les incapables. Puisqu'il a payé sa dette à ma mémoire, qu'il soit aujourd'hui récompensé, comme je le lui ai promis avant de mourir. Qu'il jouisse de la totalité de mes biens.

Scott Marlow reprit son souffle. Un silence absolu régnait dans la salle à manger africaine.

La totalité de mes biens, reprit le superintendant, *c'est-à-dire mes avoirs financiers et surtout les objets qu'abrite* Lost Manor. *Si, contrairement aux impératifs que je lui ai indiqués, Aldebert s'est marié ou a révélé la vérité à l'extérieur de la famille, qu'il soit déshérité et maudit. Si Aldebert a été fidèle à sa parole, qu'il soit riche et heureux. Qu'il quitte* Lost Manor *et abandonne la maison à mes chers cousins et cousines qui sauront en faire le meilleur usage. Je souhaite qu'ils y vivent et qu'ils y forment une vraie famille dont les membres seront étroitement unis. Je sais d'avance qu'ils apprécieront à sa juste mesure ce merveilleux cadeau.*

Si Aldebert a quitté ce monde, paix à son âme. Nous nous rejoindrons dans un purgatoire quelconque. Ma fortune, en ce cas, reviendra en parts égales aux cousins et cousines survivants. S'ils avaient tous disparu, que mes biens reviennent à mon club de cricket qui en assurera la gestion et fera de Lost Manor *le plus beau musée du Royaume Uni.*

Qu'il soit fait selon ma volonté.

Un second exemplaire autographe de ce même texte à été confié à l'étude Sidwick and Harrowford, à Londres.

— 27 —

– Magnifique, conclut Adonis Forsyte. Nous sommes riches.

– Ce n'est que justice, estima Patrick Fitzgerald que sa femme approuva d'un hochement de tête. Grâce soit rendue au Seigneur.

– Voilà la première fois que nous ne sommes pas venus pour rien à *Lost Manor,* souligna la comtesse Arabella von Rigelstrand.

– Lord Rupert a toujours été un homme équitable, apprécia le baron Hyeronimus Breakstone.

– Il n'y a rien à ajouter, conclut le notaire.

– Je crains que si, objecta Higgins, empêchant les sourires de s'épanouir davantage sur les visages des heureux héritiers. Saviez-vous, maître Root, que Lord Rupert avait déposé à Londres une copie de ce testament ? Aurait-il manqué de confiance en vous ?

– Pas du tout, protesta énergiquement Kathryn Root. C'est moi qui lui avais demandé d'agir ici. Nous autres, notaires, aimons bien recourir à ce genre de procédure pour que l'on ne conteste point les dernières volontés d'un défunt. Avec ce qui s'est passé, je me félicite encore davantage de cette précaution.

Higgins parut ennuyé.

– Aucun d'entre vous, affirma-t-il, ne bénéficiera de la moindre parcelle de fortune tant que l'assassin d'Aldebert Rupert n'aura pas été identifié.

– C'est illégal ! objecta Kathryn Root. Rien ne peut s'opposer au partage de la fortune de Lord Rupert. Au petit matin, je quitterai cette demeure. Chacun d'entre nous pourra agir librement.

– Il faudrait effectuer le partage, précisa Adonis Forsyte.

– Nous l'effectuerons pièce par pièce et tous ensemble, ajouta le docteur Fitzgerald.

– Quant à cette horrible demeure, qu'elle retourne à l'oubli et se transforme en ruine le plus vite possible ! déclara, hautaine, la comtesse von Rigelstrand.

– L'âme de Lord James sera fort déçue, estima Higgins. Il espérait que vous formeriez ici une vraie famille.

– Ne perdons pas de temps, recommanda le baron Breakstone. Il y a des milliers d'objets, ici.

– Vous ne toucherez à rien, affirma Higgins en se levant.

– Mais... commença le baron Breakstone.

Higgins souleva le drap qui recouvrait le cadavre d'Aldebert. Ses traits semblaient apaisés.

– Je crois savoir pourquoi Lord Rupert a fait appel à moi, indiqua l'ex-inspecteur-chef. Ce n'était pas seulement mon appartenance au Yard qui l'intéressait.

Scott Marlow ne comprit pas à quoi Higgins faisait allusion. À sa connaissance, toute la carrière de son collègue s'était déroulée au Yard.

– Inspecteur, vos états d'âme ne nous intéressent pas ! protesta le notaire Kathryn Root.

Higgins ne quittait pas Aldebert des yeux.

– Je le comprends fort bien, maître, et je ne me serais pas permis de vous les infliger. Il ne s'agit pas d'états d'âme mais de faits tangibles qui se dévoilent les uns après les autres… grâce à vos mensonges.

Kathryn Root, choquée, avala un morceau de cigare qu'elle avait cisaillé de ses dents tranchantes, déglutit avec peine et zézaya davantage.

– De quel droit m'insultez-vous ainsi ?

– Vous n'êtes pas la seule à mentir, maître Root. Tous les membres de la famille vous imitent avec plus ou moins de talent.

Le baron Breakstone se leva et vint se placer derrière Higgins.

– Cette accusation est intolérable, inspecteur ! Ma réputation et celle de la comtesse von Rigelstrand plaident assez en faveur de notre honorabilité.

– Les plaidoiries ne sont pas à l'ordre du jour, baron. Il est trois heures du matin et nous sommes au cœur de la nuit. Quand le soleil se lèvera sur l'océan de neige dont nous sommes prisonniers, je souhaite qu'il révèle le nom de l'assassin.

Higgins ne précisa pas qu'il avait emprunté l'expression « océan de neige » au recueil de poésie de Harriet J. B. Harrenlittlewoodrof intitulé *Pas de danse en hiver*.

– Voilà des phrases grandiloquentes pour ne rien dire, jugea le baron Breakstone, rajustant sa lavallière. Vous nous avez interrogés. Vous avez constaté qu'aucun d'entre nous n'aurait pu assassiner Aldebert Rupert. Nous ne sommes pas des monstres, inspecteur.

– D'après vous, Aldebert Rupert se serait suicidé en se plantant un couteau dans le dos ? intervint sèchement le superintendant Marlow que la morgue méprisante du baron irritait de plus en plus.

– Non, évidemment, mais je suis persuadé qu'aucun membre de notre famille n'a accompli un acte aussi horrible. Imaginez-vous, messieurs ? Ce grand couteau, le dos sans défense du malheureux Aldebert, la violence nécessaire pour frapper… Non, c'est trop horrible !

Le baron Breakstone se voila la face, impressionné par sa propre description du crime.

– Hyeronimus a raison, approuva la comtesse. Quelle cruauté a-t-il fallu pour frapper ainsi un être sans défense !

– Ôter la vie est le plus abominable des crimes, approuva le docteur Fitzgerald. Dieu seul peut pardonner.

Higgins consulta son carnet noir. Scott Marlow lui trouvait un air étrange ; s'il n'avait connu le caractère égal de son collègue, sa capacité à garder son calme dans les circonstances les plus délicates, le superintendant aurait juré que Higgins était en colère.

– J'ai effectivement interrogé tous les protagonistes de cette affaire, dit Higgins. Mais il y a eu trop de dissimulations et d'omissions de la part des uns et des autres pour pouvoir tirer des conclusions valables. Vous êtes bien silencieuse, madame Fitzgerald. À votre avis, qui a poignardé Aldebert Rupert ?

La petite Asiatique, qui s'était levée pour se cacher derrière la chaise de son mari, fit « non » de la tête.

– Pourquoi importuner ma femme, inspecteur ? protesta Patrick Fitzgerald. Laissez-la à l'écart de ces horreurs.

– J'y consentirais volontiers, docteur, si toutes les personnes présentes n'étaient suspectes à mes yeux.

– Ridicule ! explosa la comtesse von Rigelstrand. Nous n'allons quand même pas tourner en rond jusqu'à la fin de la nuit ! Nous ferions mieux d'aller nous coucher.

– Ça vous arrangerait de ne pas répondre aux questions de la police, grinça Adonis Forsyte. Moi, je suis prêt, je n'ai rien à cacher. Ce n'est pas votre cas, mes chers parents.

– Cessez immédiatement vos insinuations, Adonis, menaça le baron Breakstone.

– Et si je refuse, l'antiquaire, qu'est-ce que vous allez me faire ? Me planter un couteau dans le dos ?

Une fois de plus, Scott Marlow fut obligé de s'interposer pour empêcher les deux hommes d'en venir aux mains. Effrayée, Thereza Fitzgerald se pressa contre son mari qui fit un signe de croix en récitant quelques passages d'une prière d'actions de grâce. La comtesse von Rigelstrand, excédée, poussait des soupirs d'exaspération. Kathryn Root fumait avec obstination, empuantissant l'atmosphère.

– Inspecteur, intervint le baron Breakstone d'une voix angoissée, il n'y a qu'une seule solution… une solution qui ne me réjouit pas plus que vous.

Le teint jaune du baron Hyeronimus s'était encore accentué. Ses yeux exorbités et son nez de vautour le rendaient de plus en plus semblable à un oiseau de proie. Il frottait sa chevalière et tirait sur sa lavallière avec nervosité.

– Quelle est cette angoissante solution, baron ? interrogea Higgins.

– Si, comme c'est évident, aucun d'entre nous n'a voulu ni pu assassiner Aldebert, c'est que… c'est qu'il existe quelqu'un d'autre. Quelqu'un d'autre qui se cache dans cette maison et qui est prêt à nous tuer tous.

— 28 —

– Quelqu'un d'autre ? s'étonna Scott Marlow, contaminé par la panique évidente du baron Breakstone. Quelqu'un qui se serait caché dans cette maison ? Un complice d'Aldebert ?

Chacun regardait le baron avec une attention inquiète.

– Oui, superintendant, un complice d'Aldebert... Il s'est débarrassé de lui et, à présent, il nous menace tous !

Thereza Fitzgerald poussa un petit cri. Arabella von Rigelstrand considérait son mari avec stupéfaction.

– Cela change tout, admit Scott Marlow. Il faut fouiller cette maison de fond en comble ! Nous ne pouvons pas admettre pareil danger au-dessus de nos têtes ! Qu'en pensez-vous, Higgins ?

– Excellente idée, superintendant. La présence de cet assassin encore inconnu expliquerait beaucoup de points délicats, en effet.

– Comment allons-nous nous protéger ? s'inquiéta Patrick Fitzgerald. Cette maison est immense ! Le tueur peut se dissimuler n'importe où, nous agresser par surprise !

Higgins lissa sa moustache poivre et sel avec lenteur et précision.

– Nous voilà effectivement confrontés à un subtil problème de stratégie. Comment agir au mieux ?

Scott Marlow, malgré sa qualité de superintendant du Yard, n'ignorait pas la peur. Mais elle ne le paralysait pas au point de le faire manquer de courage. Placé au cœur d'une tempête, il savait trouver les ressources nécessaires pour y faire face.

– Ne nous dispersons pas, décida-t-il. Je suis armé, M. Forsyte également. Que M. et Mme Fitzgerald explorent le rez-de-chaussée en compagnie d'Adonis Forsyte. La comtesse von Rigelstrand et maître Root inspecteront les chambres avec moi. Le baron Breakstone et mon collègue Higgins se chargeront du grenier.

– Je peux vous prêter une arme, proposa l'explorateur à Higgins.

– Bonne initiative, approuva le baron Breakstone, nerveux.

– Ce ne sera pas nécessaire, répondit Higgins. Votre plan me paraît excellent, superintendant. Ne perdons pas un instant. Au matin, l'homme pourrait s'échapper. Pour le moment, il est obligé, comme nous, de demeurer à *Lost Manor.*

Chacun se munit d'un bougeoir. On attendit qu'Adonis Forsyte grimpât jusqu'à sa chambre pour en revenir avec un fusil à deux coups que Scott Marlow vérifia.

Puis les trois groupes partirent vers leurs destinations respectives.

*

* *

– Mesdames, dit le superintendant Marlow à la comtesse von Rigelstrand et au notaire Kathryn Root, il nous faut adopter un plan de combat. Ou bien nous fouillons ensemble les chambres une à une, ou bien nous nous isolons afin de progresser plus rapidement.

Les deux femmes parurent perplexes.

– Vous êtes armé, dit la comtesse von Rigelstrand. Nous ne risquons rien. Séparons-nous. Au moindre incident, nous appelons.

– Trop dangereux, estima Kathryn Root. Je crois que le baron Breakstone a raison. Quelqu'un se dissimule dans cette demeure. Quelqu'un dont nous ne connaissons pas les intentions réelles mais dont nous savons qu'il est capable de tuer. Si nous nous séparons, la comtesse et moi-même serons des proies faciles.

– Ridicule, objecta Arabella von Rigelstrand. Je ne crois pas à l'existence de cet inconnu.

– Pourtant, insista Scott Marlow, Aldebert Rupert a été poignardé. Ne feriez-vous pas confiance au baron Breakstone, comtesse ?

Arabella von Rigelstrand tourna la tête, ulcérée.

Le superintendant sentit son autorité en péril. Il lui fallait trancher dans le vif sans perdre de vue l'intérêt de l'enquête et la sécurité des personnes.

– Nous resterons ensemble, annonça-t-il, péremptoire. Nous explorerons les chambres l'une après l'autre. N'oublions pas de regarder sous les lits et d'ouvrir les armoires.

– Je refuse d'accomplir des actes aussi dégradants, déclara très sèchement la comtesse. Débrouillez-vous sans moi.

– Il faut bien aider la police, ma chère, proposa Kathryn Root, conciliante. Je suis une sportive. Regarder sous un lit ne me fait pas peur. Vous vous contenterez de faire le guet sur le palier, Arabella. Êtes vous d'accord, superintendant ?

Pris entre les tendances contradictoires exprimées par deux femmes au caractère si prononcé, Scott Marlow s'accommoda de cette solution.

Le superintendant décida de commencer par l'examen de la chambre bleue, celle de Kathryn Root. Allumant un nouveau cigare, le notaire adopta une expression contrariée.

– Puisqu'il s'agit de ma chambre, superintendant, vous préférez sans doute la fouiller vous-même... Cela évitera toute contestation.

Scott Marlow regretta profondément d'avoir abandonné son bureau londonien et sa logistique informatique, susceptible de résoudre mille et un problèmes sans avoir besoin de se traîner par terre et d'abîmer un pantalon. Contraint de s'accroupir, le superintendant ne constata rien d'anormal ni sous le lit ni dans l'armoire. Il en fut de même dans la chambre rouge de l'explorateur où le policier et le notaire s'attardèrent pourtant. La chambre verte, celle du baron Breakstone, et la chambre orange, celle de la comtesse von Rigelstrand, se révélèrent tout aussi vides d'indices et d'intrus.

L'incident se produisit alors que Scott Marlow refermait le placard de la chambre jaune, celle du couple Fitzgerald, au moment où Kathryn Root en sortait.

– Monsieur Marlow ! s'exclama-t-elle. La comtesse a disparu !

– Ne bougez pas, j'arrive !

Avec la prudence qui s'imposait, son arme réglementaire à la main, le superintendant avança sur le palier.

– Mettez-vous derrière moi, ordonna-t-il à Kathryn Root. N'ayez pas peur.

Le palier n'était éclairé que par la faible lueur d'une lampe à huile. De larges zones d'obscurité empêchaient de voir à plus d'un mètre. Un silence sépulcral faisait résonner le moindre pas.

– Elle ne peut être loin, avançons sans précipitation. Avez-vous entendu un cri étouffé, une plainte ?

– Absolument rien, répondit Kathryn Root.

Le superintendant ouvrit avec précaution la porte de sa propre chambre, encore inexplorée. La couleur indigo lui déplaisait toujours autant.

Une porte claqua.

– Ne bougez pas, maître, recommanda Scott Marlow qui ressortit sur le palier pour voir la comtesse venir vers lui.

– D'où sortez-vous ?

– De ma chambre, monsieur Marlow. J'y ai pris le foulard que vous voyez autour de mon cou. J'avais froid.

– Vous nous avez fait une belle peur, Arabella, souligna Kathryn Root.

Arabella von Rigelstrand haussa les épaules.

– Nous ferions mieux de terminer au plus vite ce travail inutile. Cela nous permettra d'aller nous réchauffer.

Il ne restait plus qu'une chambre à examiner, celle de Higgins. Le superintendant éprouva quelque scrupule. Mais l'ex-inspecteur-chef n'avait pas posé d'interdit. Sa chambre, de plus, n'aurait-elle pas offert une excellente cachette à l'assassin ?

Scott Marlow ne trouva pas ce dernier mais, sous le lit de Higgins, fit une découverte des plus surprenantes.

Un document officiel maculé de sang séché.

— 29 —

Le baron Breakstone tremblait, telle une feuille balayée par le vent. Il se tenait près d'une grosse poutre pendant que Higgins furetait parmi un enchevêtrement de malles, de colis, de paquets et de meubles. Lord Rupert avait relégué au grenier de *Lost Manor* des centaines d'objets qu'il jugeait secondaires et qui se trouvaient entassés pêle-mêle, statuettes grecques et romaines, lots de terres cuites plus ou moins ébréchées, estampes orientales jaunies, bois gravés africains attaqués par les termites... Bien des musées auraient volontiers exposé ces petites merveilles.

– Quel superbe pied de lampe alexandrin ! apprécia Higgins, fouillant dans une grande malle en osier. N'est-ce pas votre grand-oncle, baron, qui a rédigé une thèse de plus de deux mille pages sur l'évolution stylistique de ce type de pied de lampe ?

– C'est bien lui, en effet, répondit Hyeronimus Breakstone. Ne devrions-nous pas explorer le reste du grenier ? Il y a cent possibilités de se dissimuler, ici.

Higgins se redressa, attentif, pour humer l'atmosphère ambiante.

– Faites-moi confiance, baron. Au fil des années, j'ai fini par acquérir une sorte de flair, comme un chien de chasse. Je ne ressens pas de présence étrangère à proximité.

Mais vous avez raison : il vaut mieux vérifier. Je pensais au fameux château des Breakstone dont la presse a tant parlé voilà dix ans. Avez-vous réussi à le conserver ?

– Hélas non. Trop coûteux à entretenir. Je l'ai.... Je l'ai légué à l'État. Grâce à l'héritage, je pourrai peut-être le racheter.

Higgins reposa le pied de lampe et continua ses fouilles avec délicatesse.

– Comme c'est bizarre...

– Quoi donc, inspecteur ?

– Votre épouse, la comtesse von Rigelstrand, doit être milliardaire. Sa fortune ne vous a-t-elle pas permis de sauver votre demeure ancestrale ?

Hyeronimus Breakstone s'assit sur un fauteuil Empire dont l'état de conservation était remarquable mais dont le cachet napoléonien lui interdisait de figurer dans les salons de *Lost Manor.*

– C'est difficile à comprendre, je l'admets, mais je mets un point d'honneur à ne rien demander à Arabella. Elle me donne sa beauté, son amour, mais elle mène sa carrière et moi la mienne. Nous avons toujours respecté ce pacte et je n'ai pas voulu le briser pour sauver mon château.

– Un héritage historique est lourd à porter, reconnut Higgins. Notre époque est bien cruelle à l'encontre de grandes familles comme les Breakstone. Vos parents sont-ils encore de ce monde, baron ?

– Malheureusement non, inspecteur. Ma mère est morte à ma naissance et mon père s'est éteint au seuil de mon adolescence.

– Étaient-ils liés à la famille von Rigelstrand ?

– Oui, depuis plusieurs générations. Arabella et moi sommes des amis d'enfance.

– Je suppose, baron, que vous avez eu de nombreuses

occasions de vous rendre en Autriche, chez vos beaux-parents, et de découvrir ce pays fascinant ?

– Hélas non, inspecteur. Après notre mariage, qui fut célébré à Londres, mes beaux-parents sont partis pour l'Amérique du Sud où ils possédaient de vastes domaines. Ils sont décédés dans l'accident de leur avion personnel, survenu voici plus de dix ans.

Higgins admirait une minuscule statuette étrusque représentant une jeune danseuse, vêtue d'une sorte de voile transparent.

– Je crois, baron, que vous me cachez des renseignements importants.

– Moi ? s'indigna Hyeronimus Breakstone, grattant le tissu du fauteuil de l'ongle long de son index droit. Sur quel point, grands dieux ?

– Sur le personnage qui se cache à *Lost Manor* et qui aurait assassiné Aldebert Rupert. Je suppose qu'il n'est pas sorti de votre imagination. Pourquoi avoir révélé si tard son existence ? Et surtout, qui est-il ?

Le baron tira à nouveau sur la lavallière qui avait tendance à se détendre et à s'affaisser.

– Je n'en ai pas la moindre idée. Cette hypothèse m'est venue par simple raisonnement logique, vous pouvez me croire. Je sais qu'aucun d'entre nous n'a eu le désir de poignarder dans le dos le malheureux Aldebert et encore moins la possibilité d'accomplir un acte aussi monstrueux. Pourtant, il est bien étendu, mort, dans la salle à manger africaine. L'assassin n'était donc pas assis à la table du banquet. Comme il est certain qu'Aldebert était trop lâche et trop faible de caractère pour projeter seul l'assassinat de son frère, j'ai songé à l'existence d'un complice que je croyais être Adonis Forsyte. Peut-être ce dernier a-t-il fourni le poison qui a tué Lord James, mais il n'était sans doute pas l'âme du complot.

Higgins rangea avec soin la fragile statuette dans l'écrin qui lui était réservé. Il souleva ce dernier et découvrit de modestes poteries mexicaines.

– Complot est le mot juste, estima Higgins. Au moins deux personnes pour assassiner un vieillard incapable de se défendre...

– Lord Rupert a été vigoureux jusqu'à son dernier souffle, objecta le baron. Il ne fallait pas se fier à son apparente maigreur. On murmurait qu'il avait touché de près, de trop près, au milieu de l'espionnage et qu'il y touchait peut-être encore. Sa mort n'est peut-être pas un crime banal. Et si l'on avait voulu le faire taire définitivement ? Si celui que nous cherchons était une sorte d'agent secret prêt à tout pour détruire certains documents ?

Higgins épousseta une poterie.

– Une affaire de cette ampleur ne relèverait pas de ma compétence, baron. J'ai bien envie de demander au superintendant de rédiger un rapport et de le remettre au contre-espionnage.

– Ce serait prudent. On peut craindre que cet homme soit très dangereux, il a exécuté Aldebert avec une férocité incroyable. Le pauvre garçon a dû essayer de le faire chanter ou de l'éloigner, que sais-je ! Il vaudrait mieux nous regrouper en attendant le lever du jour. Il n'osera pas nous attaquer et préférera s'enfuir.

Il y avait bien là une dizaine de minuscules pots rituels qui avaient contenu des onguents dont il restait des traces noirâtres. Ces modestes vestiges d'une civilisation oubliée étaient aussi émouvants que certains grands monuments.

– Voilà des mesures de prudence dont le caractère raisonnable est manifeste, baron, mais...

– Mais ?

– Si vous m'aviez menti, si cet agent secret n'existait pas, si vous l'aviez inventé afin de détourner les soupçons du véritable assassin ?

Higgins crut que le baron Breakstone allait défaillir.

– Mon foie, se plaignit-il en portant la main droite sur son flanc et la main gauche sur sa bouche. Je crois que je vais vomir.

– Reprenez-vous, baron, lui recommanda Higgins. Simple hypothèse de ma part.

Hyeronimus Breakstone, vert, se détourna pour émettre quelques bruits incongrus.

– Ça va mieux ! Vous m'avez beaucoup inquiété, inspecteur. J'ai vraiment cru que vous me soupçonniez de mensonge. Mon foie ne supporte aucune contrariété.

Higgins fit quelques pas dans le grenier, déplaçant des malles, éclairant les zones d'ombre à la lueur de son chandelier.

– Personne, constata-t-il, déçu. Notre homme ne s'est pas réfugié ici. Les maladies de foie sont rarement reconnues comme telles par la médecine, baron. Pourtant, elles empoisonnent la vie. Vous devriez aller voir le patron de la pharmacie Nelson's. C'est un excellent ami. Il vous conseillera des remèdes simples et naturels. L'homéopathie fait des merveilles pour les hépatiques.

Hyeronimus Breakstone émit un grognement qui pouvait passer pour une approbation.

– Aimez-vous les chats, baron ?

– Pardon ?

Les rares cheveux de Hyeronimus Breakstone se redressèrent sur sa tête.

– Les chats, oui, les chats, je les adore, bien sûr.

– La comtesse Arabella également ?

– Arabella ne jure que par les chats, inspecteur ! Ce sont ses animaux préférés.

– Voilà un élément décisif, baron.

Les yeux exorbités de Hyeronimus Breakstone lui sortirent davantage encore de la tête.

– Pourquoi, inspecteur ?

– Pour comprendre le mécanisme d'une machination criminelle, baron, il n'y a pas de grands et de petits indices. Tous ont leur importance, même si elle n'est pas d'égale signification. Rejoignons les autres.

– Un instant, inspecteur, j'aimerais vous parler d'homme à homme. À présent que tout nuage est dissipé entre nous, pourriez-vous me dire… aviez-vous soupçonné l'un d'entre nous ?

Higgins médita longuement avant de répondre.

– Grâce à vous, baron, mon intuition première s'est trouvée confortée. Pour l'un des deux crimes, je n'ai plus guère de doute… Mais la solution est loin de me satisfaire.

Toujours aussi vert, le baron suivit l'ex-inspecteur-chef qui abandonna à regret le grenier de *Lost Manor.*

*
* *

Les trois groupes se retrouvèrent dans le grand hall, à quatre heures du matin.

– Rien d'anormal, déclara Adonis Forsyte, l'explorateur, approuvé par le docteur Fitzgerald contre lequel se serrait son épouse, Thereza.

– Même constatation, dit Higgins, flanqué du baron Breakstone.

– Nous, nous avons trouvé quelque chose, annonça fièrement Scott Marlow, donnant à Higgins une carte plastifiée, maculée de taches qui rendaient illisible le nom qui y avait été inscrit. La photographie avait été arrachée.

– On dirait du sang, expliqua le superintendant. C'est un document officiel de l'Intelligence Service qui date de plusieurs années. J'ai peur… que nous ne soyons en présence d'une affaire d'espionnage.

– Intéressant, reconnut Higgins. D'où provient cet indice ?

– Eh bien, je l'ai découvert dans votre chambre, sous votre lit, avoua Scott Marlow, gêné.

– Voilà qui rend cette affaire encore plus étrange, constata l'ex-inspecteur-chef, très calme.

– Maître Root, murmura le superintendant à l'oreille de Higgins, aimerait vous parler en particulier.

Higgins regarda longuement la carte plastifiée comme s'il pouvait, par la pensée, y replacer la photographie manquante et découvrir l'identité de son propriétaire.

– Le superintendant, déclara-t-il, doit vous interroger tous à propos de cet objet. Quand vous en aurez terminé avec maître Root, mon cher Marlow, vous la prierez de me rejoindre dans le patio Tetouan. J'ai d'autres questions à lui poser sur le testament.

— 30 —

Higgins appréciait le calme presque absolu du patio Tetouan. Il lui rappelait l'intimité feutrée, hors du temps, des demeures anciennes du Proche Orient qui, seule, pouvait rivaliser avec celle de son cottage. Lord James Rupert avait réussi à créer un havre de paix au cœur de *Lost Manor*, un poumon qui faisait respirer l'oppressante bâtisse.

L'ex-inspecteur-chef piétinait. Il lui manquait encore beaucoup trop d'éléments pour reconstituer un puzzle d'une grande complexité. Tous les membres de la famille Rupert n'avaient pas la même force de caractère. Certains finiraient par se confesser, d'autres par mentir davantage encore. À moins que Higgins se fût fourvoyé depuis le début. Il ne lui restait plus que quelques heures pour faire éclater la vérité. La seule certitude était que la clé de l'énigme se trouvait bien dans cette demeure presque inhumaine, vivant de sa propre existence, ignorant superbement ses habitants. À moins qu'elle ne se préparât à les faire disparaître dans le froid glacial du néant.

La lourde démarche de Kathryn Root annonça la venue du notaire, laissant derrière elle un nuage de fumée malodorant. Elle s'assit sur un banc de pierre, évitant de regarder Higgins en face.

– Pardonnez-moi mon petit stratagème, maître. Le superintendant m'a dit que vous souhaitiez me parler en particulier. En faisant passer cet entretien pour un interrogatoire, nous préserverons les exigences de la discrétion vis-à-vis des autres membres de votre famille.

– Merci, inspecteur, dit Kathryn Root d'une voix plus nasillarde qu'à l'ordinaire. J'ai deux confidences à vous faire. Pour la première, ce sera facile. Mais pour la seconde…

Higgins ouvrit son carnet noir. Armé de son crayon, il était prêt à tout entendre.

– Eh bien, maître, commençons par la première.

Kathryn Root coupa de ses dents en avant un morceau de cigare, l'avala et redressa ses épaules carrées.

– J'ai dû inspecter *Lost Manor* plusieurs fois par an pour vérifier que la demeure était correctement entretenue, qu'aucun objet ne manquait et qu'Aldebert remplissait bien ses fonctions. À chaque fois, j'ai éprouvé un sentiment de malaise. C'est le baron Breakstone qui m'a ouvert les yeux. On m'épiait, inspecteur. Aldebert ne vivait pas seul, ici. On observait mes moindres faits et gestes. À présent, j'en suis certaine.

– Vous voulez dire qu'Aldebert Rupert cachait quelqu'un à *Lost Manor* ?

– J'en suis persuadée.

– Sans doute un allié ou un complice, mais cette amitié s'est retournée contre lui de la manière la plus radicale. Auriez-vous une présomption sur l'identité de cette personne, maître Root ?

– Hélas, aucune. C'est d'autant plus mystérieux que, dans une région comme celle-ci, tout finit par se savoir.

Higgins continuait à prendre des notes d'une écriture fine et rapide.

– Et la seconde confidence, maître Root ?

Le notaire hésita.

– Quand nous avons inspecté les chambres, en compagnie du superintendant et de la comtesse, il s'est produit un incident curieux. Arabella a disparu pendant quelques instants. Elle a prétendu avoir besoin d'un foulard qu'elle avait pris dans sa chambre. Une porte avait claqué, en effet. Mais laquelle ?

– Laquelle, en effet. Soupçonneriez-vous la comtesse d'avoir menti ?

– Loin de moi cette idée, inspecteur. Mais j'ai été troublée, je l'avoue, sans trop comprendre pourquoi. Et si Arabella était en danger, d'une manière ou d'une autre ? Si on l'obligeait à agir contre son gré ?

Higgins parut songeur, vérifia quelques détails dans son carnet noir, prit trois lignes de notes et regarda son interlocutrice.

– Merci pour cette précieuse collaboration, maître Root.

*

* *

Le superintendant Marlow était navré. Personne ne savait rien sur le document découvert dans la chambre de Higgins. Un indice, mais pas la moindre piste pour éclairer sa signification.

– Je suis persuadé, dit-il à son collègue revenu dans la salle à manger africaine en compagnie de Kathryn Root, que cette carte plastifiée est la clé de l'énigme. Si nous parvenons à identifier son propriétaire, nous saurons qui a tué.

– C'est selon, estima Higgins, qui déchira une page de son carnet noir, la posa sur la table et tendit son crayon à la comtesse von Rigelstrand qui, surprise, l'accepta mécaniquement.

– J'ai besoin de vos services, comtesse. Sans un plan précis de cette maison, nous n'arriverons à rien de sérieux. Grâce aux uns et aux autres, nous allons pouvoir en tracer un. Commençons par…

Arabella von Rigelstrand jeta le crayon sur la table.

– Ne me prenez pas pour votre domestique, inspecteur ! Je ne m'abaisse pas à ce genre de travail. Je suis une artiste, pas une dessinatrice de magazine.

Le baron Breakstone fut affreusement gêné par la véhémente intervention de sa compagne.

– Ma chère, ne pourriez-vous pas…

– Hors de question, dit-elle en le repoussant.

Le docteur Fitzgerald intervint auprès de Higgins.

– Inspecteur, mon épouse Thereza tombe de sommeil. Elle n'a pas l'habitude de veiller. Vous devriez l'autoriser à aller se coucher.

Scott Marlow connaissait d'avance la réponse de Higgins. En raison des nécessités de l'enquête, jamais il n'accepterait pareille supplique.

– Comme vous voudrez, acquiesça l'ex-inspecteur-chef. Superintendant, voulez-vous conduire Mme Fitzgerald jusqu'à sa chambre ?

– Je peux parfaitement le faire moi-même ! protesta violemment Patrick Fitzgerald.

Higgins observa son interlocuteur quelques instants, laissant un silence s'établir. Les lèvres du médecin légiste tremblaient.

– Œuvrons ensemble pour préserver nos vies, docteur, recommanda l'homme du Yard. Une agression vous laisserait impuissant. Le superintendant Marlow s'assurera qu'il n'y a personne dans votre chambre et enfermera à clé votre épouse qui sera ainsi en sécurité. Ne pensez-vous pas qu'il s'agit de la solution la plus raisonnable ?

Patrick Fitzgerald se calma.

– Si vous voulez.

La petite Asiatique semblait déjà endormie. Elle marmonna un « bonsoir » indistinct et se laissa accompagner sans protester.

– Je me demande comment on peut avoir sommeil une nuit pareille, dit Kathryn Root, bougonne.

– Tout le monde n'a pas votre santé, ma chère, remarqua le baron Breakstone.

– Je suis inquiet pour Thereza, ajouta, sombre, le docteur Fitzgerald, égrenant son chapelet. Elle est si fragile, si sensible. Elle redoutait ce déplacement à *Lost Manor.*

– Pour quelles raisons ? demanda Higgins, intrigué.

La lourde et volumineuse tête du médecin légiste dodelina.

– Parfois, quand elle est en prière, Thereza entend des voix. Les saintes du paradis lui parlent. D'ordinaire, elle garde leurs secrets dans la pureté de son cœur. Cette fois, elle m'a confié qu'on l'avait prévenue d'un grave danger planant sur les croyants.

– Votre épouse a-t-elle précisé la nature et l'origine de ce danger ?

– Non, inspecteur.

– Higgins !

Le cri poussé par le superintendant Marlow fit se tourner vers lui tous les regards.

— 31 —

Le policier, plus mort que vif, avança vers son collègue.

– Regardez, Higgins... regardez ce que j'ai déniché au bas de l'escalier !

Scott Marlow ouvrit la main droite. S'y trouvait une minuscule statuette en cire, représentant, de manière grossière, un homme de forte corpulence sur le ventre duquel était inscrit le mot « YARD » en lettres tremblées.

Deux épingles à tête noire lui transperçaient le corps.

– Qu'est-ce que ça signifie, Higgins ?

– C'est une statuette d'envoûtement, indiqua le notaire. Très grossièrement fabriquée, si vous voulez mon avis.

– Quelle horreur ! s'exclama le docteur Fitzgerald qui se détourna et se signa.

– Qui a pu imaginer pareille atrocité ? s'indigna le baron Breakstone. Un esprit malade, sans aucun doute !

– Je crois, indiqua l'explorateur, qu'on vient de jeter une malédiction à Scotland Yard. On aimerait voir partir d'ici ses représentants.

Cette conclusion augmenta le sentiment de malaise. Scott Marlow ne croyait pas aux effets de la magie noire mais la voir se manifester ainsi sous ses yeux le faisait vaciller dans ses convictions.

– Peut-on… peut-on agir d'une manière ou d'une autre ? s'enquit-il.

– Prenons une mesure de sécurité indispensable, admit Higgins, retirant les deux épingles qu'il brisa en plusieurs morceaux.

Un frisson parcourut l'échine de Scott Marlow.

– Nous devrions boire quelque chose de chaud, Higgins.

L'ex-inspecteur-chef accorda un regard déférent au cadavre du malheureux Aldebert.

– Je m'en occupe, annonça Higgins à la stupéfaction de son collègue. Comtesse Arabella, accepteriez-vous de m'aider ?

À l'ébahissement général, Arabella von Rigelstrand sourit, tentant même de se rendre gracieuse.

– Bien volontiers, inspecteur.

Scott Marlow n'en crut pas ses oreilles.

– Mon cher Marlow, soyez aimable d'emmener nos hôtes dans le salon du Lotus bleu. Ils y seront plus à l'aise.

Comme s'il était pressé, Higgins quitta aussitôt la salle à manger africaine, suivi d'Arabella von Rigelstrand, très raide, se moquant visiblement de ce que l'on pensait d'elle.

*

* *

Higgins apprécia à sa juste valeur l'aspect archaïque de la gigantesque cuisine de *Lost Manor* dans laquelle Lord James Rupert avait fait dresser une cheminée gothique aux sculptures tarabiscotées. Une superbe batterie de cuisine ornait les murs de pierre nue. Parfaitement entretenues par Aldebert, les casseroles en cuivre et les plats en étain rayonnaient de leurs feux discrets. Deux grandes cuisinières à bois n'attendaient plus qu'un talentueux cuisinier pour faire chanter leurs fourneaux. Sur de solides étagères en chêne, des pots de porcelaine contenant épices et aromates.

– Voyons, dit Higgins, furetant partout, il doit bien y avoir ici de la verveine ou du thym.

Arabella von Rigelstrand se tenait immobile au centre de la cuisine, bien décidée à ne pas prêter main-forte à l'homme du Yard.

– Ah ! espéra Higgins. Peut-être ici…

Il souleva le couvercle d'un pot en faïence, espérant y découvrir de quoi préparer une tisane. Malheureusement, il ne trouva que des raisins secs.

– Si j'ai bien interprété votre regard, comtesse, vous souhaitiez un entretien privé ?

– Vous ne vous êtes pas trompé, inspecteur, dit Arabella von Rigelstrand, offrant un nouveau sourire à l'homme du Yard. Cet entretien me paraissait utile, en effet.

– Pour quelles raisons ?

– Parce que, l'année dernière, j'ai éprouvé ici même l'une des plus belles frayeurs de ma vie.

– Vous m'étonnez, comtesse. Je ne vous croyais pas capable d'avoir peur.

C'est dans le pot à thé que Higgins découvrit du tilleul. Il alluma le feu, fit chauffer de l'eau. Il lui faudrait attendre l'ébullition pour jeter dans la casserole les feuilles séchées.

– Avez-vous l'habitude de faire la cuisine, inspecteur ?

– Uniquement pour mon chat, Trafalgar. Il a le foie délicat et les intestins fragiles. De plus, il ne supporte que des plats assez finement préparés. Vous me comprenez, j'espère ?

Arabella von Rigelstrand émit un soupir qu'elle voulait distingué, signifiant ainsi qu'elle n'avait pas de temps à perdre.

– Nous parlerons gastronomie une autre nuit, inspecteur. Regardez donc derrière cette cheminée, sur la droite.

Docile, Higgins s'exécuta. Il découvrit une moulure bizarre, fendue par plusieurs lézardes et décorée d'une sorte de serpent semblant sorti du ciseau d'un sculpteur aztèque.

– Curieux, n'est-ce pas ? Cette sculpture m'a intriguée. Je me suis appuyée, par hasard et... faites-le vous-même, inspecteur. Posez la main sur la queue du serpent et enfoncez-la. Vous ne risquez rien.

Higgins suivit les instructions de la comtesse. Sous la pression de sa main, la queue du serpent disparut, déclenchant un mécanisme qui fit pivoter un pan de mur.

Apparut un réduit sombre et profond. La comtesse tendit un bougeoir à Higgins, lui permettant de découvrir un macabre spectacle.

Une corde, accrochée à une poutre, se terminait par un nœud coulant, à plus de deux mètres du sol. Au fond du réduit, un tabouret.

– Rien n'a bougé depuis un an, expliqua la comtesse. Je me demande à quoi peut bien correspondre cette mise en scène.

– Sans doute les préparatifs d'un suicide, supposa Higgins. Mais qui, dans cette demeure, songeait à se supprimer ? Aldebert Rupert avait-il des tendances suicidaires ?

La comtesse sembla soudain contrariée.

– Ce serait excessif de le prétendre, mais...

– Mais ?

– Aldebert a longuement parlé au baron, voici deux ans. Il lui a ouvert son cœur. Cette vie commençait à lui devenir insupportable. Il n'a pas parlé de suicide pour autant, je le reconnais, mais il amorçait le dangereux virage d'une dépression.

Higgins, qui avait pénétré dans le réduit, monta sur le tabouret, tira sur le nœud coulant, le tâta. La corde était solidement accrochée.

– Cet endroit est des plus significatifs, conclut-il. Il apporte un éclairage différent sur l'assassinat du frère de Lord Rupert.

Des questions brûlaient les lèvres de la comtesse qui n'osa pas les poser. Higgins referma le réduit. Le mécanisme joua à la perfection pour remettre la moulure en place.

– Avez-vous parlé de cet endroit au baron ?

– Ni au baron, ni à personne d'autre, répondit Arabella von Rigelstrand. Cette corde de pendu me fait trop peur, je vous l'ai dit.

Le bruit d'une course précipitée interrompit la comtesse. La porte de la cuisine s'ouvrit avec fracas. Une forme humaine roula à terre.

— 32 —

– Sauvez-moi, inspecteur ! implora Adonis Forsyte en se relevant. Cette furie veut me tuer !

Kathryn Root fit presque aussitôt son apparition, armée d'un casse-tête africain.

– Vous devez me protéger, exigea-t-elle tonitruante. Cet ignoble personnage m'a agressée !

Levant le casse-tête, elle l'abaissa violemment dans la direction de l'explorateur qui esquiva le coup en se protégeant le crâne avec une casserole qu'il avait décrochée.

– Vous êtes devenus fous ! hurla la comtesse, s'interposant entre le notaire et l'explorateur.

La fureur des deux combattants s'apaisa, mais leurs regards restaient chargés de haine.

– Pourrais-je m'enquérir de la nature de votre différend ? demanda Higgins avec calme.

– Cette virago m'a traité d'assassin ! affirma Adonis Forsyte, outré. Elle veut me supprimer !

Kathryn Root brandit son arme.

– Si vous continuez à mentir, Adonis, je me défendrai !

– Allons jusqu'au salon du Lotus bleu, exigea Higgins. Nous y serons plus tranquilles pour vider cette querelle et en éclaircir les causes.

Ce fut au tour du superintendant Marlow, essoufflé, de pénétrer dans la cuisine.

– Je n'ai pas pu les retenir, expliqua-t-il à Higgins. Ils ont commencé par se battre à coups de poing après s'être insultés et mutuellement traités de criminels, puis Forsyte a rompu le combat.

– Je refuse de frapper une femme, indiqua ce dernier, j'ai préféré prendre la fuite.

Higgins fit deux pas en direction du notaire qui contenait à grand-peine sa colère.

– Remettez-moi votre arme, maître Root. Tâchons d'éviter un regrettable accident.

Kathryn Root jeta le casse-tête sur le dallage de la cuisine. Les résonances du choc durèrent d'interminables secondes.

– Ne nous attardons pas ici, recommanda Scott Marlow. Le docteur Fitzgerald et le baron Breakstone sont restés seuls. À deux, ils sont capables de se défendre. Mais si l'homme que nous recherchons est un professionnel, il pourrait leur jouer un mauvais tour.

La prédiction du superintendant ne fut pas longue à se réaliser. Alors que les deux policiers, accompagnés de Kathryn Root, d'Arabella von Rigelstrand et d'Adonis Forsyte se trouvaient à mi-chemin du salon du Lotus bleu, un souffle violent éteignit la flamme des bougies que tenaient Scott Marlow et la comtesse.

Un cri de panique déchira les ténèbres.

*

* *

Ce fut le baron Breakstone qui éclaira le couloir quelques instants après l'incident. Paniqué, il courait de droite et de gauche. La flamme de sa bougie vacillait, risquant de s'éteindre à chaque instant.

– La comtesse ! La comtesse est morte !

Arabella von Rigelstrand était étendue de tout son long sur le dallage du couloir. À côté d'elle, un poignard malais ensanglanté.

– Laissez-moi passer ! exigea le docteur Fitzgerald, bousculant Scott Marlow et l'explorateur.

Il s'agenouilla aussitôt, examinant le corps de la malheureuse. Le baron, haletant, se pencha pour l'éclairer. Près de la jambe droite d'Arabella von Rigelstrand, sa bougie écrasée. Scott Marlow, abasourdi, constata qu'on lui avait dérobé la sienne.

– Grâce à Dieu, conclut Patrick Fitzgerald, Arabella n'est pas morte. Choquée… et blessée. Une éraflure à l'épaule. L'assassin l'a manquée de peu.

– Donnez-lui ça, proposa Adonis Forsyte, sortant de sa poche un flacon contenant un liquide jaunâtre. Ce sont des sels africains qui réveilleraient un mort.

– Gardez ça pour vous ! intervint le baron Breakstone, cassant.

Higgins s'était placé un peu en retrait, de manière à pouvoir observer l'ensemble de la scène et les réactions des personnes présentes.

– Que se passe-t-il ? demanda Thereza Fitzgerald, affolée.

– Mais… d'où sortez-vous ! s'étonna le superintendant. J'avais fermé votre porte à clé !

– Elle était ouverte.

– La comtesse revient à elle ! annonça le baron Breakstone.

Effectivement, Arabella von Rigelstrand avait ouvert les yeux. Patrick Fitzgerald lui souleva doucement la tête, puis l'aida à se redresser sur le côté et à se mettre debout.

– Comment vous sentez-vous, Arabella ?

– Étourdie, répondit-elle d'une petite voix.

– Qui vous a agressée, comtesse ? demanda Higgins.

– Je l'ignore. Brusquement, ce fut le noir total. Quelqu'un m'a frappée, j'ai ressenti une brûlure à l'épaule, ma tête a violemment heurté le mur et je me suis évanouie. Rien de plus.

Le baron Hyeronimus Breakstone prit Higgins à partie.

– Il faut arrêter cet assassin, inspecteur ! Il va nous tuer tous, si nous ne faisons rien !

Higgins demeura de marbre. Scott Marlow réagit à sa place.

– Ne nous séparons plus et attendons le lever du jour. Il n'y a pas d'autre solution.

Thereza Fitzgerald s'était réfugiée dans les bras de son mari. Elle lui marmonna quelques mots à l'oreille. Patrick Fitzgerald, abasourdi, la repoussa.

– Thereza a raison, dit-il, articulant avec peine. Où est Kathryn Root ? Où est-elle ?

Chacun regarda autour de lui. Maître Root avait effectivement disparu.

– Il faut la retrouver, tout de suite ! exigea le baron Breakstone. Elle était ici, voilà un instant ! Elle ne peut pas être loin.

– Il doit y avoir des passages secrets dans cette maison, indiqua le docteur Fitzgerald.

– Le seul à les connaître, ironisa Adonis Forsyte, c'était Aldebert. Sans lui, on est aveugles.

— 33 —

– Il faut quand même essayer, estima Scott Marlow.

– Nous n'allons pas fouiller une nouvelle fois cette maison, gémit la comtesse.

– C'est indispensable, poursuivit le superintendant. Qui d'entre nous admettrait l'idée d'abandonner maître Root aux mains d'un criminel ?

Aucune voix ne s'éleva pour rompre le silence.

– Il existe des risques, je le reconnais, mais nous avons le devoir de les prendre, dit avec gravité le superintendant. Nous savons déjà que l'assassin se cache au rez-de-chaussée, puisqu'il a fait disparaître Kathryn Root en utilisant un passage secret tout près d'ici. Baron, emmenez la comtesse dans le salon du Lotus bleu et restez auprès d'elle.

– Venez, ma chère, intervint aussitôt Hyeronimus Breakstone, prévenant. Ne restez pas debout. Vous allez défaillir.

Prenant son épouse par le bras, Hyeronimus Breakstone l'entraîna vers le salon chinois.

– Ne souhaitez-vous pas retourner dans votre chambre ? suggéra le superintendant à Thereza Fitzgerald.

– Non, répondit-elle d'une voix acidulée et pointue. Je préfère demeurer aux côtés de la comtesse. Je n'ai plus sommeil. Je la rejoins.

– Désirez-vous boire un peu de tisane avant de partir en chasse ? demanda Higgins.

– Non, répondit héroïquement Scott Marlow. Ne perdons pas une seconde, la vie d'un otage est en jeu.

– Sans un peu de liquide chaud, insista Higgins, je me sens incapable de continuer. Commencez les recherches avec le docteur Fitzgerald, superintendant. Examinez chaque pierre de ce couloir. M. Forsyte et moi-même vous rejoindrons dès que j'aurai repris des forces.

Scott Marlow se mit aussitôt au travail, aidé du médecin légiste.

– Venez, ordonna Higgins à l'explorateur.

Au sortir du couloir mystérieux où Kathryn Root avait disparu, l'ex-inspecteur-chef bifurqua brusquement.

– Mais… vous n'allez pas vers la cuisine ! s'étonna Adonis Forsyte.

Higgins atteignit le hall d'entrée, de plus en plus faiblement éclairé. Au-dehors, la neige continuait à tomber. On ne discernait plus les marches du perron. Suivi de l'explorateur, Higgins grimpa une nouvelle fois l'escalier monumental.

Il parvint devant la porte de la chambre jaune, celle des Fitzgerald.

– Éclairez-moi, demanda-t-il à l'explorateur qui tenait un bougeoir.

Higgins enfonça une clé dans la serrure, la fit fonctionner plusieurs fois.

– Que vérifiez-vous ? interrogea Adonis Forsyte, intrigué.

– Un détail que vous connaissez parfaitement, répondit l'homme du Yard.

– Moi ! Lequel ?

– Ne faites pas l'âne, monsieur Forsyte. Je me doutais bien que les clés des chambres étaient interchangeables.

Chacune d'elles ouvre toutes les portes. La famille entière était au courant, bien entendu.

L'explorateur, gêné, baissa la tête.

– Bien entendu, avoua-t-il. Mais quelle importance ?

– Celle d'une simple pièce du puzzle, monsieur Forsyte, ni plus ni moins. Où avez-vous laissé votre fusil ?

– Dans la salle à manger africaine. Quand cette harpie de notaire m'a agressé, je n'ai pas eu le temps de m'en emparer pour me défendre. Mais je suis quand même armé. Un revolver de brousse. Je ne crains personne. Inspecteur, je voudrais vous dire…

– Oui, monsieur Forsyte ?

– Vous êtes plus énigmatique qu'un sphinx.

– J'essaye simplement de garder mon calme au cœur d'une tempête qui, je le crains, n'est pas encore terminée. Aimez-vous les jeux d'ombre, monsieur Forsyte ?

– Eh bien, je n'ai pas eu l'occasion d'approfondir la question.

– Dommage, le sujet est fort instructif. Les Asiatiques sont passés maîtres dans l'art du théâtre d'ombres. Vous croyez voir des personnages réels et vous ne percevez que des apparences. Les ténèbres et la lumière s'entrecroisent, abusant vos sens.

– Et… qu'en concluez-vous ?

– Rien encore, monsieur Forsyte. Dans une enquête criminelle, se hâter est la pire des erreurs. Descendons aider le superintendant.

Alors qu'Adonis apparaissait au sommet de l'escalier monumental, un coup de feu éclata.

La balle frôla l'oreille gauche de l'explorateur. Hurlant de terreur, il se plaqua au sol. En bas, quelqu'un détala à toutes jambes.

– Blessé ? s'enquit Higgins, relevant l'explorateur.

– Non… je me suis cogné le front, mais ça ira. Il faut rattraper le fou qui a tiré !

– Ce sera difficile, estima l'ex-inspecteur-chef. Allons plutôt voir si votre fusil est toujours au même endroit.

La salle à manger africaine n'était plus qu'un caveau funéraire abritant le cadavre d'Aldebert Rupert. Adonis Forsyte se précipita vers lui, comme s'il le voyait pour la première fois.

– Pourquoi ils t'ont fait ça, ces salauds, pourquoi ? Tu étais le seul type bien de la famille, Aldebert. C'est injuste, injuste !

L'explorateur semblait être au bord des larmes.

Higgins n'eut pas à chercher longtemps le fusil. Il était posé sur la table, en évidence.

– Le canon est encore chaud, constata-t-il. C'est bien avec cette arme qu'on a tiré sur vous, monsieur Forsyte.

L'explorateur, indifférent aux propos de l'homme du Yard, se recueillait sur la dépouille mortelle d'Aldebert Rupert. Sa méditation fut interrompue par l'intrusion bruyante de Scott Marlow.

– Qui a tiré ? demanda le superintendant, haletant.

– Nous l'ignorons, répondit Higgins. C'est M. Forsyte qui était visé.

L'explorateur se détourna du cadavre et fit face au superintendant.

– On a tenté de m'assassiner, avec mon propre fusil !

La comtesse von Rigelstrand et le baron Breakstone pénétrèrent à leur tour dans la salle à manger africaine.

– Nous avons entendu un coup de feu. Y a-t-il un blessé ? s'enquit, bredouillant, le baron Breakstone.

– Heureusement non, répondit Scott Marlow. Adonis Forsyte a échappé de peu à un attentat.

Très agité, le docteur Fitzgerald prit le baron par le bras.

– Où est ma femme ?

– Thereza s'est endormie, expliqua Hyeronimus Breakstone, changeant de visage.

Son teint grisâtre annonçait une crise de foie imminente.

– Mon Dieu ! gémit-il. Il ne fallait pas la laisser seule !

Le baron Breakstone prit la tête du cortège précipité qui sortit en hâte de la salle à manger africaine pour se ruer vers le salon du Lotus bleu.

Quand Higgins, le dernier, entra dans le salon chinois sur les talons de ceux qui le précédaient, il aperçut, dans la pénombre, deux corps allongés.

Ceux de Thereza Fitzgerald et de Kathryn Root.

— 34 —

Kathryn Root, étourdie, avait le front orné d'une superbe bosse prenant déjà une teinte violacée. Thereza Fitzgerald gémissait en se tenant le côté droit. À côté de la première, une potiche chinoise brisée en plusieurs morceaux. À côté de la seconde, une sagaie africaine. Le baron Breakstone, assisté du docteur Fitzgerald, releva la petite Asiatique qui poussa un gémissement de douleur. Le superintendant Marlow aida le notaire, au corps lourd et épais, à se relever.

– Elle a voulu me tuer avec cette sagaie, accusa Thereza Fitzgerald d'une voix acide.

– C'est faux, protesta Kathryn Root, pâteuse. C'est elle qui a tenté de me supprimer !

– Menteuse ! Tu m'as attaquée avec la sagaie ! Si je ne t'avais pas jeté une potiche à la tête, je serais morte !

– Absurde, protesta le notaire. J'ai été assommée, je me suis réveillée ici. J'étais encore à moitié inconsciente quand j'ai vu Thereza s'approcher de moi et tenter de m'écraser la tête avec une potiche. Je me suis jetée par terre, j'ai eu la chance de trouver une arme et de m'opposer tant bien que mal à son assaut.

Thereza Fitzgerald reprenait pied beaucoup plus vite que Kathryn Root.

– Elle ment, elle ment ! Elle a voulu me tuer pendant que je dormais !

– Calmez-vous, ma chère, recommanda son mari, la serrant dans ses bras. Dieu vous a protégée.

– Superintendant, intervint Higgins, veuillez faire sortir tout le monde de cette pièce, à l'exception de maître Root. Rassemblez nos hôtes dans la salle à manger africaine. Nous vous rejoindrons dès que j'aurai résolu quelques petits problèmes.

Les ordres de Higgins furent promptement exécutés. Le salon du Lotus bleu faisait horreur à ceux qui s'y trouvaient.

– Le malheur rôde dans cette demeure, marmonna le baron Breakstone, très sombre.

Higgins consulta longuement son carnet. Kathryn Root, qui tardait à recouvrer son énergie coutumière, se tenait la tête à deux mains. Elle s'était assise sur un siège laqué, devant un canapé.

– Comment vous sentez-vous, maître ?

– Ça ira, inspecteur. Je n'aurais jamais cru que ce petit bout de femme avait autant de force. Elle a bien failli m'assassiner.

– Étrange, en effet, mais la chance vous a servie. Nous étions très inquiets, après votre disparition. Comment s'est-elle produite ?

Le notaire se concentra, allumant un cigare plus malodorant que les précédents. Elle le téta plusieurs fois de suite, comme si elle aspirait des bouffées d'oxygène.

– Aucun souvenir précis, l'événement a été très soudain. Je crois qu'on m'a agrippée par-derrière et qu'on m'a fait respirer un soporifique. J'ai tenté de lutter, mais je me suis immédiatement évanouie. Quand je me suis réveillée, j'ai dû faire appel à mes ultimes ressources pour me défendre contre Thereza Fitzgerald. Je ne peux rien vous dire de plus.

– Vous n'avez donc pas aperçu votre premier agresseur ?

– Hélas non !

– Impossible de dire s'il s'agissait d'un homme ou d'une femme ?

– Impossible.

– D'où provient cette sagaie africaine ?

– Je ne sais pas, répondit Kathryn Root. Je suppose que Thereza voulait s'en servir pour me tuer.

– Aviez-vous le sentiment qu'elle vous haïssait à ce point ?

– Certes pas. Sinon, je me serais méfiée. J'avoue être tout à fait intriguée par son attitude.

– Pensez-vous qu'elle a tenté de vous supprimer pour augmenter sa part d'héritage ?

Kathryn Root se frotta la tête.

– Ce serait surprenant, inspecteur. Thereza n'est pas une femme d'argent. Peut-être nous sommes-nous trompés sur son compte depuis longtemps. En ce cas, quelle formidable dissimulatrice !

– Formidable, en effet, apprécia Higgins, pensif. Venez, Maître. Rejoignons les autres.

– Inspecteur...

Kathryn Root ôta le cigare de sa bouche. Ses lèvres tremblaient.

– Inspecteur, je ne suis pas très rassurée. Si elle recommençait...

Higgins, à nouveau plongé dans ses notes, posa son diagnostic.

– Soyez sans crainte, maître Root. Scotland Yard veille.

*

* *

Dans la salle à manger africaine, le climat était glacial. Pourtant, Higgins avait servi lui-même une tisane. Thereza Fitzgerald avait refusé d'en boire, la comtesse dédaignait cette boisson chaude. Scott Marlow apporta quelques bougies, offrant davantage de lumière à la vaste pièce. Adonis Forsyte plaça l'une d'elles à la tête du cadavre d'Aldebert.

Personne n'osait parler. Les Fitzgerald se tenaient dans un coin obscur. Le baron Breakstone dévorait des yeux la comtesse Arabella, indifférente. Kathryn Root, tournant le dos aux Fitzgerald, fumait. Adonis Forsyte, l'explorateur, examinait une collection de sagaies.

– Il y a quelqu'un dehors, dit soudain Higgins, se précipitant vers la fenêtre devant laquelle se tenaient le baron Breakstone et la comtesse Arabella.

D'un geste vif, l'ex-inspecteur-chef tenta de tourner la poignée.

– Je n'y arrive pas.

Arabella von Rigelstrand vint en aide à l'homme du Yard. Elle parvint facilement à ouvrir la fenêtre. La branche de houx décorative tomba sur le parquet.

– Là-bas, j'ai vu quelqu'un s'enfuir, maintint Higgins.

Scott Marlow s'était placé aux côtés de son collègue. Il observait désespérément le brouillard blanc.

– Je ne vois rien.

– Trop tard, superintendant, mais il doit rester des traces dans la neige.

– Impossible de s'aventurer dans une telle tourmente, Higgins !

– Pourtant, quelqu'un a bien tenté l'aventure.

– On retrouvera son cadavre gelé demain, estima l'explorateur qui scrutait le paysage depuis une autre fenêtre. La neige a déjà recouvert les traces. Le mieux à faire est de préparer un bon breakfast.

– Ignoble personnage ! intervint la comtesse von Rigelstrand. Il y a un mort dans cette pièce et vous ne pensez qu'à manger !

– Chacun sa manière de pleurer un ami, rétorqua l'explorateur, acide.

– Vous n'êtes qu'un goujat, laissa tomber le baron Breakstone, méprisant.

Higgins referma la fenêtre avec peine. Thereza Fitzgerald se signa, son mari continua à égrener un chapelet. L'explorateur se tourna vers Higgins.

– Que pensez-vous de mon projet, inspecteur ? Ai-je le droit d'aller à la cuisine ?

Adonis Forsyte défiait Higgins.

– Bien entendu, monsieur Forsyte. Mes craintes ont disparu, l'homme qui nous menaçait a préféré s'enfuir. Personne ne risque plus rien. Je vous conseille de solliciter l'aide du superintendant Marlow, il fait les meilleurs œufs au bacon du Royaume-Uni.

– Avec plaisir, inspecteur.

Scott Marlow était éberlué. Il prenait dans son bureau du Yard la quasi-totalité de ses repas que lui montait le patron d'un pub dont il était l'ami d'enfance. Le superintendant ignorait le premier mot de l'art culinaire. Pressentant une stratégie cachée, il n'émit aucune protestation et accompagna Adonis Forsyte. Le plus difficile serait de donner le change, mais Scott Marlow se montrerait digne de cette mission secrète.

– J'aimerais monter dans ma chambre et me reposer, sollicita Kathryn Root. Je souffre d'une migraine épouvantable.

– Cela me paraît raisonnable, estima Higgins avec un léger sourire. Enfermez-vous à clé. On ne sait jamais.

– Entendu, inspecteur, assura le notaire, jetant un coup d'œil agressif en direction de Thereza Fitzgerald.

Kathryn Root, de sa lourde et pesante démarche, sortit de la salle à manger africaine. Dès que le bruit de son pas se fut éloigné, le couple Fitzgerald quitta l'angle sombre où il se trouvait et se présenta devant Higgins. Thereza était collée contre son mari qui prit la parole.

– Inspecteur, cette situation est intolérable. Les accusations qui pèsent sur mon épouse sont grotesques.

– Qui a prétendu le contraire, docteur ?

– J'aime mieux ça, rétorqua le médecin légiste, hargneux. Le mensonge est un péché grave. Dieu punira Kathryn Root pour avoir calomnié une innocente.

– Remettons-nous à Lui, accepta Higgins, afin de tenter d'y voir clair dans les affaires des hommes.

– Thereza est épuisée, inspecteur. Se reposer dans sa chambre est une nécessité.

Higgins sembla ennuyé.

– Je le comprends fort bien, docteur, mais j'aimerais mieux que votre épouse demeure éloignée de Kathryn Root. Cette dernière pourrait avoir des réactions... incontrôlées.

L'argument impressionna Patrick Fitzgerald.

– Par le Saint Nom du Seigneur. Que proposez-vous ?

– Le patio Tetouan est un endroit calme et paisible. Votre femme pourra y dormir sous votre protection.

– En effet, admit le médecin légiste. L'idée est excellente.

Soutenant sa femme comme si elle était sur le point de tomber, Patrick Fitzgerald sortit à son tour de la salle à manger.

Du coin de l'œil, Higgins surprit un curieux événement. Le baron Hyeronimus Breakstone tenta de se lever, mais la comtesse Arabella von Rigelstrand le retint. Il tourna vers elle un regard de chien battu, mais n'outrepassa pas cette interdiction muette. Higgins s'approcha du couple.

– Que souhaitez-vous faire ? leur demanda-t-il. Rester ici ou aller vous coucher ?

– Je n'ai pas sommeil, répondit la comtesse.

– Moi non plus, surenchérit le baron.

– Je monte à l'étage, précisa Higgins.

— 35 —

Abandonnant le couple, Higgins gravit une fois de plus l'escalier monumental, mettant son genou à rude épreuve.

L'ex-inspecteur-chef avait besoin de solitude pour faire le point. De nombreuses hypothèses lui traversaient l'esprit, mais aucune n'emportait sa conviction. Aucune ne tenait compte du tissu de petits faits qui s'était tramé devant lui. Mensonges ? Dissimulations ? Calomnies ? Il y avait eu tout cela, bien sûr. On avait multiplié les fausses pistes et les pièges, espérant décourager et égarer Scotland Yard. La tactique n'était pas absurde et la manière de l'appliquer n'avait pas été malhabile.

Higgins piétinait, car il lui manquait un élément essentiel dont il ignorait la nature. Il demeurait persuadé, à la lecture de ses notes, que l'assassinat d'Aldebert Rupert n'était pas dissociable de celui de son frère, Lord James Rupert. Mais quel était le lien précis entre ces deux crimes, commis à dix ans de distance ? Le premier expliquait-il vraiment le second ? Et surtout, l'assassin pouvait-il être le même ?

Higgins croyait savoir qui avait tué Aldebert Rupert. Mais, en supposant que sa déduction fût exacte, elle n'éclairait en rien la disparition du vieux lord. Et cette faille dans le raisonnement faisait s'écrouler la théorie entière.

Parvenu au palier desservant les chambres, Higgins avait l'intention de se rendre jusqu'à la sienne pour y classer ses notes. Mais une inspiration soudaine lui fit modifier son projet initial. Il pénétra dans la chambre de Lord James Rupert.

La chambre noire n'était éclairée que par un pâle rayon blanchâtre provenant de la fenêtre par laquelle passait la clarté glacée d'une nuit d'hiver. Higgins resta quelques instants immobile sur le seuil pour s'habituer à l'obscurité.

Higgins s'aperçut très vite que l'esprit de Lord Rupert n'avait pas quitté les lieux. Puisqu'il y rôdait, l'ex-inspecteur-chef devait tenter de le percevoir. Higgins savait, comme tout policier expérimenté, que les âmes des victimes ne trouvaient pas le repos éternel tant que l'assassin n'avait pas été identifié. Le vieux lord marquait encore de sa présence les murs de *Lost Manor.* Il fallait faire parler cette chambre mortuaire. Elle connaissait la vérité.

L'homme du Yard fit les cent pas, très lentement. Il se laissa imprégner par une atmosphère vieille de dix ans, par des scènes tragiques qu'il pouvait ressentir en se mettant sur la bonne longueur d'ondes. Higgins quitta l'heure présente pour se plonger dans le passé.

Malgré ses efforts, il n'obtint aucun résultat tangible. La chambre de Lord Rupert restait obstinément muette.

Higgins s'était approché du lit. Le seul endroit de la pièce qu'il n'ait pas complètement exploré. Le lit où Lord James Rupert avait vécu ses derniers instants. Il tira le couvre-lit et, à sa grande surprise, découvrit un désordre plutôt insolite. Les couvertures et les draps étaient chiffonnés, tirebouchonnés comme si une véritable bataille avait été livrée sur cette couche. On s'était contenté de recouvrir l'ensemble sans rien arranger. Oubli ? Pièce à conviction ? Montage ?

Higgins grimpa sur le lit et s'étendit à la place qui, voici dix ans, avait été celle de Lord James Rupert. L'ex-inspecteur-chef prit ses aises, allongea les jambes et ferma les yeux.

Que restait-il à un homme âgé, sans doute immobilisé, sur le point de mourir ? Ses bras et ses mains. Higgins supposa que Lord James Rupert était droitier, personne ne lui ayant signalé le contraire. Il laissa donc sa main droite s'aventurer vers la tête du lit, ses doigts progressant centimètre par centimètre. Ils touchèrent soudain quelque chose de rêche.

Higgins se mit sur le côté et regarda.

Deux longs cheveux noirs s'étaient enfoncés dans l'épaisseur du lin, comme momifiés. Il aurait fallu découper le drap pour les en extraire sans les briser.

L'ex-inspecteur-chef s'allongea à nouveau dans sa position initiale. Il continua son exploration de la tête du lit, mais ne découvrit aucun autre indice. Tendant le bras droit le long du corps, il laissa tomber la main et tâta les boiseries avec la plus extrême méticulosité, persuadé que l'intuition qui venait de jaillir n'allait pas tarder à se concrétiser.

Higgins retint son souffle.

Gravés dans le bois, des signes. Lord James Rupert s'était sans doute servi de ses ongles pour inscrire un ultime message. Higgins devait répertorier ces marques dans l'ordre où elles avaient été conçues, les redessiner depuis la place du mort où il se trouvait. Il lui fallait donc progresser avec la plus extrême lenteur.

L'ex-inspecteur-chef identifia d'abord des lettres :

P… A… R… D… O… N. PARDON. La lettre N était beaucoup moins bien gravée que les précédentes, comme si les forces du vieux lord avaient décliné de manière inéluctable. Il avait pourtant trouvé la force de tracer un dernier signe, un cercle au contour vague et tremblant.

Rien d'autre. Higgins vérifia deux fois de suite, au même rythme, pour être certain de ne pas omettre la moindre inscription, fut-elle superficielle.

Convaincu que Lord James Rupert avait formulé ses dernières pensées par cet étrange « pardon » et ce non moins étrange cercle, Higgins ferma à nouveau les yeux pour mieux se concentrer.

C'est alors que la lumière jaillit dans l'esprit de l'homme du Yard.

Higgins savait qui avait commis les deux crimes de Noël.

— 36 —

Adonis Forsyte avait exploré la cuisine de fond en comble pour y découvrir un reste de porridge, quelques galettes de blé, du lard séché et une douzaine d'œufs. Scott Marlow, qui avait compris que Higgins lui attribuait une mission de surveillance d'une importance particulière, ne perdait pas le moindre geste de l'explorateur. Aux questions culinaires de ce dernier, le superintendant se contenta de répondre par des onomatopées.

– On doit manger chaud, indiqua Adonis Forsyte. Sinon, c'est désastreux pour la digestion. Mais il faudrait quand même savoir combien nous serons à table. Ça vous ennuierait, superintendant, de vous renseigner ?

Scott Marlow prit un air soupçonneux.

– Chercheriez-vous à m'éloigner, monsieur Forsyte ?

L'explorateur ouvrit des yeux étonnés.

– Pas le moins du monde ! Pourquoi essayerais-je ?

– Vous pourriez avoir vos raisons, insinua Scott Marlow, interrogateur.

– Lesquelles, par tous les dieux d'Afrique ?

– Nous verrons cela plus tard, monsieur Forsyte.

Un bruit sourd et profond fit sursauter les deux hommes.

– On dirait que ça vient de…

– De la salle à manger ! compléta le superintendant Marlow. Allons-y !

Abandonnant la cuisine et le breakfast, le policier et l'explorateur coururent jusqu'à la salle à manger où régnait un profond désordre. Des statuettes d'envoûtement, brisées en mille morceaux, gisaient sur le parquet à côté d'un tambour déchiré et d'une sagaie au manche brisé.

Scott Marlow s'interrogeait sur les raisons de ces déprédations quand Adonis Forsyte poussa un cri d'effroi, se collant au mur.

– Là, regardez ! Le cadavre d'Aldebert ! Il a... il a bougé !

Scott Marlow tourna lentement les yeux vers la dépouille mortelle du frère de Lord Rupert. Force lui fut de se rendre à l'évidence. Le malheureux s'était bien déplacé de deux bons mètres.

– Qui a fait ça ? Mais qui a pu faire ça ? Et où sont-ils passés ? Il faut les retrouver, tout de suite ! Et votre collègue ? Pourquoi n'accourt-il pas ?

Scott Marlow se sentit un peu perdu. Il ne devait pas laisser seul Adonis Forsyte, mais comment faire autrement pour partir à la recherche des hôtes de *Lost Manor* ?

– Vous allez rester ici et veiller sur Aldebert Rupert, ordonna-t-il à l'explorateur. Je reviens.

Colère et peur se mélangeaient dans l'esprit de Scott Marlow. L'aide de Higgins s'avérait indispensable. Le superintendant se souvint que son collègue était monté à l'étage. Aussi travers a-t-il rapidement le grand hall pour grimper quatre à quatre l'escalier.

Il s'arrêta devant la porte de la chambre noire, entrebâillée.

– Higgins ? appela-t-il d'une voix douce, un peu tremblante.

Aucune réponse. Un grincement de plancher attira l'attention du policier. Tentant de le localiser, Scott Marlow fut aussitôt persuadé que ce bruit insolite provenait de la chambre jaune, celle du couple Fitzgerald. Collant son oreille contre la porte, le superintendant fut édifié.

Il y avait bien quelqu'un à l'intérieur. Quelqu'un qui se livrait à une fouille illicite. Scott Marlow respira profondément et sortit son arme réglementaire. Puis, d'une brusque poussée, il entra.

– Haut les mains !

L'homme, qui était accroupi au pied du lit, continua ses investigations.

– Fermez la porte, mon cher Marlow, dit-il sans se retourner, et rangez votre arme. Ces engins sont dangereux, vous pourriez blesser quelqu'un.

– Higgins ! s'exclama le superintendant. Qu'est-ce que vous faites ici ?

– Je cherche, mon cher Marlow, je cherche.

– Serait-il indiscret de vous demander si vous avez... trouvé ?

– Vous avez l'air inquiet, dit Higgins en se relevant. Un incident quelconque vous aurait-il perturbé ?

– C'est le moins que l'on puisse dire ! Le cadavre d'Aldebert Rupert a été déplacé. Et la salle à manger était vide.

Higgins glissa dans sa poche un minuscule objet ressemblant à un flacon de parfum.

– Adonis Forsyte était bien avec vous ?

– Oui. Mais la comtesse et le baron ont disparu.

– Vous êtes-vous rendu dans le patio où Patrick Fitzgerald et son épouse devaient se réfugier ?

– Pas encore.

– Voyons si Me Root est bien dans sa chambre.

Higgins frappa à la porte de la chambre bleue.

N'obtenant pas de réponse, il recommença. Un sommier gémit. Puis un pas lourd brisa le silence. La voix embrumée du notaire s'éleva.

– Qui est-ce ?

– Scotland Yard. Vous pouvez ouvrir sans crainte.

Kathryn Root s'exécuta.

– Je dormais profondément, inspecteur. Que se passe-t-il ?

– Pardonnez-moi de vous avoir réveillée. Vous pouvez vous rendormir.

Kathryn Root referma sa porte alors que s'ouvrait celle de la chambre orange, laissant apparaître la silhouette de la comtesse Arabella von Rigelstrand.

– Vous me cherchiez, inspecteur ?

Higgins se tourna vers elle.

– Ne vous trouviez-vous pas dans la salle à manger, en compagnie du baron Breakstone ?

– En effet, mais j'avais froid, et je suis montée chercher un vêtement. Une veste que j'ai dû oublier ou un foulard. Voilà un quart d'heure que je fouille partout, c'est insupportable.

– Saviez-vous, demanda Scott Marlow, que le baron Breakstone avait quitté la salle à manger ?

– Non, il y était quand je suis sortie.

– Restez dans votre chambre, ordonna Higgins, et enfermez-vous à clé. Attendez que je vienne vous y chercher.

Arabella von Rigelstrand se dressa sur ses ergots.

– Inspecteur ! Je ne vous permets pas de me donner des ordres ! Je ne...

– C'est pour l'intérêt de l'enquête, comtesse, et pour votre sécurité. Vous êtes bien décidée à m'aider ?

Le sourire de l'ex-inspecteur-chef désarma Arabella von Rigelstrand. Elle n'insista pas et se conforma aux instructions de l'homme du Yard. Ce dernier frappa aux portes des autres chambres puis y pénétra, constatant qu'elles étaient vides. Celle du baron Breakstone étant fermée, il l'ouvrit à l'aide d'une clé.

– Vous avez la clé de cette chambre ? s'étonna Scott Marlow.

– Non. C'est la mienne, mais elle convient aux autres serrures.

Cette rapide inspection terminée, les deux policiers descendirent au rez-de-chaussée. La neige tombait avec régularité.

Dans la salle à manger, l'explorateur s'était agenouillé aux pieds du cadavre d'Aldebert Rupert. Adonis Forsyte priait. Il se leva précipitamment en voyant Higgins et Scott Marlow.

– Vous avez à nouveau déplacé le corps ! s'indigna ce dernier.

– Quelle importance ? protesta l'explorateur. On s'est assez moqué d'Aldebert. Je m'occupe de lui, à présent. Personne n'y touchera.

– Allons jusqu'au patio Tetouan, recommanda Higgins.

L'endroit était toujours aussi calme et reposant.

Thereza Fitzgerald, couchée en chien de fusil sur un banc de pierre, dormait à poings fermés. Son mari, veillant sur elle, récitait son chapelet.

– Rien à signaler ? demanda Higgins d'une voix douce, pour ne pas réveiller la petite Asiatique.

– Rien du tout, répondit le docteur Fitzgerald, étonné.

– Personne n'est venu vous importuner ?

– Personne. Se passe-t-il quelque chose de grave ?

Higgins ne répondit pas, préférant faire quelques pas dans le patio.

– Vous n'avez pas froid, docteur Fitzgerald ?

– Grâce à Dieu, non. Ce n'est pas le cas de Thereza, malheureusement.

– C'est pourquoi vous l'avez enveloppée dans ce grand châle de laine rouge.

– Exactement.

– Votre épouse dort toujours aussi profondément, docteur ?

– Lorsqu'elle est épuisée, oui.

Scott Marlow ne tenait pas en place. Les questions posées par Higgins lui semblaient bien inutiles alors que subsistait un problème de taille. Il ne se contint plus.

– Savez-vous où se trouve le baron Breakstone ?

– Aucune idée, répondit le médecin légiste.

– Soyez aimable de ne pas quitter cet endroit, docteur, recommanda Higgins.

— 37 —

Les deux policiers s'engagèrent à nouveau dans le couloir menant au salon du Lotus bleu.

Ce dernier était vide et silencieux.

Même constat dans le salon du Berger hindou et dans la chapelle.

Le baron Breakstone s'était volatilisé.

De retour dans la salle à manger africaine, les deux policiers constatèrent une autre disparition : celle de l'explorateur, Adonis Forsyte.

– Ces gens se moquent de nous, dit Scott Marlow, ulcéré. Où est-il parti, à votre avis ? Disparu, lui aussi ?

L'incertitude concernant l'explorateur fut de courte durée. Adonis Forsyte fit son entrée dans la salle à manger, porteur d'un plateau lourdement chargé de biscuits secs, de marmelade, de raisins de Corinthe, d'une théière et d'une bouteille de whisky.

– À table ! annonça-t-il d'une voix forte. Je meurs de faim. Pas vous ?

Higgins observa longuement l'explorateur pendant qu'il disposait les mets. Scott Marlow était indigné par le comportement de Forsyte, bien qu'il ressentît un creux certain à l'estomac.

– Superintendant, auriez-vous l'obligeance d'aller chercher nos hôtes ?

Bougonnant, Scott Marlow accepta. L'explorateur, utilisant les quelques assiettes qui n'avaient pas été brisées, mit la table avec soin, tel un cordon bleu s'apprêtant à faire savourer un chef-d'œuvre à ses invités.

– Aimez-vous faire la cuisine, monsieur Forsyte ? demanda Higgins.

– Plus ou moins, mais il faut bien s'occuper, dans cette triste baraque ! La cuisine, c'était le seul plaisir d'Aldebert. Il aimait préparer des petits plats. Autant lui rendre un ultime hommage en mangeant de bon appétit.

– Êtes-vous croyant, monsieur Forsyte ?

L'explorateur interrompit sa besogne.

– Ça ne vous regarde pas, inspecteur. Je garde mes convictions pour moi. N'espérez pas les connaître un jour.

Higgins n'indiqua point que cette connaissance-là faisait pourtant partie des éléments déterminants de l'enquête. Comment résoudre une affaire criminelle sans pénétrer l'âme de ceux qui s'y trouvaient mêlés ? Comment analyser le moindre des actes commis par eux sans avoir percé les convictions les plus intimes des innocents comme des coupables ? C'était dans cet entrecroisement de désirs, de dissimulations et de mensonges, à soi-même comme à autrui, que surgissait la vérité.

Patrick et Thereza Fitzgerald entrèrent en silence dans la salle à manger africaine. Si Higgins, par habitude, n'avait pas eu un œil partout, il n'aurait pas remarqué leur présence. Tapis dans un angle de la pièce, ils regardaient fixement la table du breakfast.

Vint ensuite la comtesse von Rigelstrand, vêtue à la garçonne d'un pantalon fauve en cuir et d'un pull mauve délavé. Elle laissa tomber un regard dédaigneux sur l'assistance et prit place sur le premier siège confortable.

La suivit de peu Kathryn Root, aux côtés de Scott Marlow. Le notaire avait revêtu une sorte de cape noire qui, au lieu d'effacer la lourdeur de ses formes, l'accentuait davantage.

– On va manger ? dit-elle, gourmande, en découvrant les nourritures et en tendant la main vers un biscuit.

– Ne touchez à rien, intervint Higgins.

Un froid plus glacial encore serra les cœurs. Les regards apeurés convergèrent vers l'ex-inspecteur-chef.

– Qu'est-ce que ça signifie ? demanda l'explorateur, livide. Qu'est-ce que vous insinuez contre moi ?

Scott Marlow, déçu, se détourna de la bouteille de whisky.

– Simple mesure de précaution, indiqua Higgins.

– Précaution contre qui ou contre quoi ? interrogea la comtesse von Rigelstrand, très intriguée, voire anxieuse.

– Mieux vaut ne pas prendre le moindre risque dans une demeure telle que celle-ci, dit Higgins, énigmatique.

Adonis Forsyte défia l'ex-inspecteur-chef.

– M'accusez-vous d'avoir empoisonné ces aliments ?

– Ce n'est pas à vous de poser des questions, s'opposa le superintendant Marlow que l'attitude agressive de l'explorateur irritait.

– Il faudrait quand même éclaircir cette situation, exigea le notaire Kathryn Root.

– Je suis prêt à analyser les solides et les liquides, proposa le docteur Fitzgerald. Il faudra nous contenter de quelques réactions chimiques simples, mais elles pourraient être instructives.

– Merci de votre collaboration, docteur, dit Higgins, examinant la marmelade et les biscuits. Nous n'aurons pas besoin de chimie pour découvrir la vérité.

La comtesse Arabella s'approcha de l'homme du Yard. Une ride creusait son front.

– Où est le baron Breakstone ?

La question demeura sans réponse. Chacun paraissait fort embarrassé.

– Il n'a tout de même pas disparu ! Il était ici, lorsque je l'ai quitté pour monter dans ma chambre. Où a-t-il pu passer ?

Personne ne répondit.

– Cette vaste demeure offre un nombre considérable de cachettes, précisa Higgins.

– Mais pourquoi le baron se serait-il caché ? s'étonna le docteur Fitzgerald tandis que son épouse, effrayée, se serrait contre lui.

– Peut-être pour échapper à un danger, supposa Scott Marlow.

– Je suis certaine que Hyeronimus connaissait l'identité de l'assassin qui rôde dans ces murs, dit Kathryn Root. Il était toujours au courant de tout. Il a voulu résoudre cette affaire seul et s'est attaqué à un trop gros gibier.

– C'est bien possible, en effet, admit le docteur Fitzgerald, et cela correspond au caractère de Hyeronimus.

L'explorateur éclata d'un rire sonore.

– Le baron, se lancer seul sur la piste des Indiens ? Vous plaisantez ! C'était le plus grand froussard que j'ai connu ! Le dernier des lâches !

– Espèce de menteur ! rugit la comtesse von Rigelstrand. Le seul lâche, ici, c'est vous ! Tuer des animaux sans défense, c'est facile, mais…

– Mais quoi, espèce de pimbêche ?

Scott Marlow, une fois de plus, fut obligé de s'interposer pour éviter un pugilat.

– Nous entre-déchirer ne servira à rien, remarqua le docteur Fitzgerald. Ne cédons pas à la colère, qui est un péché grave. Plaçons-nous sous la protection du Seigneur qui nous demande de nous aimer les uns les autres.

– Amour ou pas, observa le notaire Kathryn Root, nous sommes tous placés sous la menace d'un tueur invisible et incapables d'y faire face !

– Je croyais qu'il s'était enfui, ironisa l'explorateur.

Arabella von Rigelstrand, folle furieuse, essayait de contourner la masse tranquille de Scott Marlow pour mieux agresser l'explorateur Adonis Forsyte. En reculant, elle heurta la table.

Le hurlement qu'elle poussa glaça le sang de toutes les personnes présentes.

Portant les mains à son visage, presque incapable de respirer, elle se tourna très lentement.

– Là, sous la table… Quelque chose a heurté ma jambe !

Higgins se pencha vers l'endroit désigné par la comtesse. De fait, il y avait bien une protubérance anormale sous la nappe. Il la souleva avec précaution, chacun suivant son geste dans le plus profond silence.

C'est ainsi que l'ex-inspecteur-chef retrouva le baron Breakstone, dont le cadavre, le bras droit levé, avait été dissimulé sous la table du banquet de Noël.

— 38 —

– Il… il est mort ? demanda la comtesse Arabella d’une voix blanche.

– Je le crains, dit Higgins. D’après son attitude, il s’est débattu avant de succomber.

La cause du décès ne fut pas difficile à découvrir. Le baron Hyeronimus portait une profonde marque violette autour du cou.

Le numismate avait été étranglé d’une manière sauvage et brutale. Higgins examina les ongles longs de la main droite du baron. Sous celui de l’index, il nota la présence d’une parcelle de tissu. Le mort avait la bouche grande ouverte et les yeux exorbités. Un dernier cri, étouffé, une dernière frayeur. L’ex-inspecteur-chef vit, coincé entre les incisives supérieures, un petit morceau de fil.

Il rabattit la nappe, abandonnant la dépouille de Hyeronimus Breakstone à son étrange linceul.

– Le troisième crime de Noël, murmura Higgins.

Par réflexe professionnel, le superintendant Marlow surveillait les témoins de cette scène dramatique. Il attendait une réaction, un comportement significatif. Il fut déçu. Patrick Fitzgerald, son épouse, Adonis Forsyte, Arabella von Rigelstrand et Kathryn Root semblaient statufiés.

– Qu'allons-nous faire ? demanda Kathryn Root. Deux morts déjà, cette nuit !

Higgins, mains croisées derrière le dos, mit fin au désarroi général.

– Vous allez tous sortir d'ici et vous réfugier dans le patio Tetouan. Les chambres sont trop dangereuses. En restant ensemble, vous ne risquerez rien. Ne commettez pas l'erreur de vous lancer sur la piste du criminel comme le malheureux baron. Je dois m'entretenir avec le superintendant Marlow. Ensuite, nous ferons le point.

Adonis Forsyte, l'explorateur, s'avança.

– Pas question pour moi de rester avec cette bande-là !

Higgins s'adressa à l'explorateur sur un ton ferme.

– Pas question de vous singulariser, monsieur Forsyte. Vous irez dans le patio Tetouan et vous m'y attendrez.

Adonis Forsyte se plia aux exigences de l'ex-inspecteur-chef. Les cinq héritiers de Lord Rupert quittèrent la salle à manger africaine à la manière d'une procession funèbre.

Scott Marlow hésitait à briser la méditation dans laquelle Higgins était plongé.

– Quelle est votre hypothèse sur les trois crimes de Noël, mon cher Marlow ?

La question fit sursauter le superintendant ; Higgins n'avait pas coutume de le consulter ainsi. Fallait-il qu'il fût perdu dans ses propres raisonnements pour prendre un avis extérieur ! Cette fois, la fameuse méthode, fondée sur l'ordre, l'intuition, un carnet de notes et un crayon, avait échoué.

– Mon hypothèse, commença Scott Marlow en s'éclaircissant la voix, est qu'un espion de nationalité encore inconnue est en train de liquider les traces d'un passé gênant. Lord Rupert a été mêlé de si près à une affaire louche qu'il a dû être supprimé par cet agent secret, lequel a ensuite vécu à *Lost Manor* grâce à la complicité d'Aldebert. Ce dernier avait décidé de tout révéler cette nuit avant de devenir milliardaire. L'espion a été obligé de se débarrasser de lui. Le baron Breakstone avait découvert un indice menant au criminel. Peut-être même le connaissait-il depuis un certain temps. Lui aussi était devenu trop dangereux.

– Brillante reconstitution, mon cher Marlow. Ne la trouvez-vous pas un peu… romanesque ?

Le superintendant fut assailli d'un doute profond.

– En toute honnêteté, si. Mais en refusant l'existence de cet assassin de l'ombre, à quelle théorie se rattacher ? À moins que…

– À moins que ?

– À moins qu'ils ne soient tous coupables. Ils se seraient ligués pour fomenter un complot.

Higgins se retourna, un sourire amical aux lèvres. Le superintendant comprit qu'il s'égarait sur une fausse piste.

– Je reconnais que cette hypothèse est encore plus romanesque que l'autre et ne résiste pas à l'épreuve des faits. Il ne me reste donc qu'un assassin, Aldebert Tilbury, assassiné à son tour… et un baron qui a subi le même sort. J'avoue que je tourne en rond, Higgins. L'espion a au moins l'avantage d'expliquer rationnellement la totalité des événements.

Higgins laissait errer son regard sur le breakfast abandonné.

– Rationnellement, dites-vous.. Il n'y a pourtant aucun crime rationnel, mon cher Marlow. Les criminels sont esclaves de leur propre logique qu'ils croient conforme à celle des autres et qu'ils tentent de rendre impénétrable. C'est sur ce point qu'ils se trompent. À un moment ou à un autre, ils commettent une faute relevant le plus généralement de la vanité. En tuant, ils croient devenir des créateurs. Chez eux, les valeurs les plus sacrées sont inversées. Et nous avons ici, dans cette vaste demeure silencieuse, un magnifique exemple d'inversion des valeurs.

Scott Marlow se demandait parfois comment l'ex-inspecteur-chef, avec des idées aussi abstraites, réussissait à identifier des assassins.

– Et vous, Higgins, s'aventura le superintendant, quelle est votre hypothèse ?

L'ex-inspecteur-chef lissa sa moustache poivre et sel avec application.

– Trois crimes de Noël, mon cher Marlow... Trois crimes et Noël, voilà le nœud de l'affaire. Voilà le point crucial sur lequel nous devons nous concentrer. Nous allons bientôt réunir les suspects, je vous demanderai d'être particulièrement vigilant. Je n'aime guère les armes, vous le savez. Cette fois, je crains que votre revolver soit indispensable.

Le superintendant blêmit.

– Vous croyez que l'assassin va intervenir de nouveau ?

Higgins hésita.

– Impossible d'exclure cette éventualité.

– En ce cas, arrêtons-le d'abord !

Higgins prit cette allure énigmatique qui intriguait tant son collègue : l'œil vif, mais impénétrable, le front pensif, la moustache à l'ordonnancement impeccable, un recueillement tranquille. Un félin dont l'apparente immobilité cachait le coup de griffe instantané qui ne laisserait aucune chance à sa proie.

– Peut-être pas, mon cher Marlow, peut-être pas.

– Mais pourquoi donc, Higgins ? Vous mettriez nos vies en danger ?

– Que pensez-vous du baron Breakstone, superintendant ?

Scott Marlow, étonné, fronça les sourcils.

– Vous voulez dire… de la victime ? Je ne le trouvais pas très sympathique. Autoritaire, méprisant, plutôt mal élevé. Il devait avoir un bon nombre d'ennemis. Mais de là à finir étranglé !

– Et la comtesse Arabella von Rigelstrand ? La jugez-vous de manière aussi défavorable ?

Le superintendant baissa le menton, embarrassé.

– Ça me gêne un peu de l'avouer, mais je la trouve encore plus désagréable que le baron. Quelle pimbêche ! Elle a du mépris pour l'humanité entière. On croirait presque qu'elle se force à jouer un rôle, un personnage odieux.

Higgins relisait les pages de son carnet noir consacrées à la comtesse.

– Intéressant. Quelle serait votre conclusion : simulatrice ou non ?

– En définitive, je crois que non. Arabella von Rigelstrand est une aristocrate impossible, d'une prétention absolue.

Higgins écrivit quelques mots, comme s'il enregistrait les déclarations de son collègue.

– Et le notaire, Kathryn Root, comment vous apparaît-elle ?

Le superintendant commençait à être inquiet. Pourquoi Higgins lui posait-il toutes ces questions ? Cela non plus n'était pas dans ses habitudes.

– Une femme bien étrange, rustaude, agressive, capable de tout pour satisfaire ses ambitions. Elle a autant de force qu'un homme. Je m'en suis méfié dès que je l'ai vue. Et puis elle a une détestable habitude : celle de postillonner en parlant.

– Le docteur Fitzgerald trouve-t-il grâce à vos yeux, superintendant ?

– Désolé de vous décevoir, Higgins, mais je ne l'aime pas davantage que les autres. Je ne critique pas les croyants, mais celui-là met le Seigneur à toutes les sauces. Une véritable indigestion. À se demander s'il est sincère.

– Prenez des risques, mon cher Marlow ! Sincère ou non ?

Le superintendant n'hésita pas longtemps.

– Sincère. Sucré, mielleux, confit en bondieuseries, mais sincère.

– En diriez-vous autant de son épouse, Thereza ?

– Peut-être pas, Higgins. Elle me semble… louche et me ferait presque peur. Si silencieuse, si effacée… elle se dissimule derrière son mari. Pourquoi ? Est-elle réellement humble et fragile ? Je serais porté à le croire, mais il subsiste une impression de malaise.

– En est-il de même pour Adonis Forsyte ?

– Difficile de se prononcer. Peut-être le plus hypocrite et le plus dissimulateur de tous. Un caractère fluctuant, incertain, grossier.

– Fort bien, mon cher Marlow, fort bien. Vos observations me sont des plus précieuses. Une simple remarque permet parfois d'éclairer le mystère le plus épais.

Scott Marlow estimait malséant de questionner Higgins à son tour. Mais il ne résista pas à l'envie de lui demander s'il pensait avoir résolu l'énigme des trois crimes de Noël.

– Sans être superstitieux, superintendant, j'aimerais mieux vous répondre quand nous aurons effectué quelques vérifications.

– Lesquelles ?

– Il faudra démonter le mécanisme soigneusement établi par le coupable. Un mécanisme d'autant plus compliqué qu'il s'y est mêlé une part d'improvisation. C'est cette dernière qui m'a longtemps intrigué. Je vous remets cette liste, superintendant. Elle comprend les noms des cinq suspects. Vous me les enverrez l'un après l'autre, dans l'ordre indiqué. Après quoi, nous les réunirons. Méfiez-vous d'eux et n'hésitez pas à faire usage de votre arme en cas de danger.

– Comptez sur moi, Higgins.

Scott Marlow se sentait animé d'un nouveau courage. Il était prêt à remplir sa mission sans la moindre faiblesse. C'est avec beaucoup de détermination qu'il partit vers le patio Tetouan.

Higgins éteignit plusieurs bougies, ne laissant subsister qu'une faible lumière dans la salle à manger africaine où reposaient les deux cadavres. Il s'approcha de l'une des grandes fenêtres, regarda les flocons tomber. Il songea à la minuscule route qui conduisait à *Lost Manor*, à cet accès à présent interdit par une masse de neige et de glace. Un monde sans échappatoire, sans horizon, sans lendemain. *Lost Manor* s'était figé dans un passé appartenant à un vieux lord qui n'en finissait pas de disparaître.

Les deux candélabres représentant un Africain et une Africaine dans le plus simple appareil continuaient à monter la garde devant cette salle mortuaire improvisée que Lord James Rupert avait consacrée à ses souvenirs d'explorateur. Lord James Rupert… La clé de voûte d'une énigme que Higgins se devait de résoudre avant l'aube, avant que ne se dispersent les témoins des trois crimes de Noël.

Une longue silhouette s'immobilisa sur le seuil de la salle à manger africaine.

La comtesse Arabella von Rigelstrand.

— 39 —

– Que signifie cette convocation, inspecteur ?

– Simple curiosité de ma part, comtesse. J'aurais aimé vous parler du baron Breakstone.

– Vous devriez avoir davantage de tact, inspecteur. Mon compagnon…

– Vous êtes mariée depuis plus de dix ans, comtesse. Donc, avant la mort de Lord James Rupert qui refusait ce mariage.

La comtesse von Rigelstrand, très raide, avança de quelques pas et, tournant le dos à Higgins, contempla les masques grimaçants accrochés aux murs, à peine éclairés par les lueurs vacillantes des rares bougies.

– Pourquoi fait-il si sombre, inspecteur ?

– Pourquoi le baron Breakstone m'a-t-il menti, comtesse ?

La fureur d'Arabella von Rigelstrand fut aussitôt perceptible.

– Je vous interdis d'insulter un homme dont la vie et la conduite furent admirables en tout point ! C'est indigne de Scotland Yard, c'est…

– Permettez-moi de douter de vos affirmations, comtesse. D'après vous, Hyeronimus Breakstone était un être désintéressé, ne se passionnant que pour l'érudition. Vous avez formellement rejeté l'idée qu'il ait pu faire l'objet de pressions de la part de personnes indélicates.

– Et je la rejette toujours avec la même indignation !

Higgins, de l'index, taquinait la flamme d'une bougie placée devant lui.

– Eh bien, comtesse, je regrette d'avoir à vous apprendre que vous avez été abusée. Plusieurs détails m'ont éclairé sur la personnalité réelle du baron Hyeronimus Breakstone.

Arabella von Rigelstrand se tourna vers l'homme du Yard.

– Lesquels, inspecteur ?

Higgins ouvrit son carnet noir à la page qu'il avait consacrée au baron Breakstone.

– J'ai tendu un petit piège au baron en lui parlant de la thèse de son grand-oncle sur l'évolution des pieds de lampes alexandrins. Ni ce grand-oncle ni cette thèse n'ont eu le bonheur d'exister. Ils sortaient tout droit de mon imagination.

– Cela ne prouve rien, inspecteur. Mon mari a pu confondre.

– Admettons, comtesse. Mais vous ne pouvez nier que le baron a omis de payer ses impôts, comme me l'a confirmé le docteur Fitzgerald. Hyeronimus Breakstone m'a lui-même indiqué qu'il ne faisait aucune déclaration d'ordre fiscal et que l'ensemble de ses transactions commerciales était accompli en liquide.

– Ces questions d'argent ne m'intéressent pas, inspecteur. Je ne me vautre pas dans la basse matérialité. Mon mari menait ses affaires comme il l'entendait.

– Admettons encore, concéda Higgins. Il y a plus gênant, comtesse. Vous vous êtes attachée à me présenter le baron comme un grand numismate, un érudit de haut vol, un homme d'une grande rigueur scientifique. Lui-même se définissait comme un spécialiste de notoriété mondiale que l'on venait consulter de partout sur les problèmes de généalogie et d'armoiries. « Le numismate le plus apprécié sur la place de Londres », avez-vous dit. Malheureusement pour le baron, voilà bien longtemps que j'ai l'honneur de fréquenter l'Académie Royale d'Histoire. Aucun Breakstone n'y est connu. Par ailleurs, lorsqu'il m'a précisé, sans doute pour m'impressionner, que la grande période des jetons médiévaux s'étendait de 1112 à 1397, il a commis une grave erreur scientifique. J'ai noté les paroles du baron : « Je n'aime pas le genre compassé de ces académies, elles se consacrent trop à la théorie et pas assez à la pratique. » Votre mari n'avait rien d'un grand savant. Il délivrait de prétendus certificats d'authenticité sous le manteau, hors de toute légalité.

La comtesse se transforma en tigresse.

– Je réfute ces accusations ! Jamais un baron n'aurait consenti à de telles turpitudes !

Higgins, depuis son enfance, était fasciné par la danse aérienne des flammes. À chaque seconde, leur forme se modifiait, permettant pourtant une parfaite concentration de la pensée.

– Vous m'avez dit, comtesse, que les quartiers de noblesse du baron avaient été un élément décisif lors de vos épousailles et qu'il comptait au nombre des plus beaux fleurons de la noblesse britannique. Hélas, le baron Breakstone n'est pas un vrai baron.

Arabella von Rigelstrand recula, se plongeant ainsi dans les ténèbres, échappant au regard de Higgins.

– J'avais tendu un autre piège à Hyeronimus Breakstone en évoquant le fameux château des Breakstone… qui n'a jamais existé, lui non plus. Trop coûteux à entretenir, d'après le faux baron, et légué à l'État ! Il comptait même le racheter grâce à l'héritage. Que de mensonges pour cacher le fait qu'il n'était qu'un noble de pacotille, petit collectionneur et revendeur à la sauvette.

La comtesse von Rigelstrand poussa un long soupir.

– L'amour, inspecteur, l'amour ! Lui seul explique tout. J'adorais Hyeronimus. Je lui pardonnais tout.

Higgins aurait aimé approuver Arabella von Rigelstrand, mais il devait progresser sur le chemin d'une vérité qui remettait en cause la belle déclaration de la comtesse.

– J'ai demandé à votre mari pourquoi vous ne l'aviez pas aidé à racheter son château en lui offrant une partie de votre immense fortune. Il m'a répondu que vos carrières étaient bien séparées. Vous-même prétendez que l'argent vous indiffère.

Higgins consultait son carnet à la bonne page.

– Je le confirme, approuva la comtesse, nerveuse. Seul l'art me fait vibrer.

– Hélas pour vous, comtesse, votre prodigieuse fortune est tout aussi illusoire que le château de Hyeronimus Breakstone. Et vous n'êtes pas plus comtesse qu'il n'était baron.

– Comment… comment osez-vous !

– J'avais noté, lors de notre entrevue dans la chapelle de *Lost Manor*, que votre allure n'avait rien d'aristocratique. L'indice était mince, j'en conviens. J'ai dû vous tendre, à vous aussi, un petit piège en évoquant le blason de votre famille. Un blason que j'ai inventé et dont vous avez approuvé la description. J'ai même ajouté une impardonnable faute d'héraldique en citant émail sur émail. Les von Rigelstrand n'existent pas. Les parents du baron, disait-il, ont disparu très tôt. Les vôtres avaient quitté l'Autriche pour l'Amérique du Sud où ils étaient morts dans un accident d'avion. Tout cela, bien entendu, relève de la plus pure fantaisie. Une vérification rapide permettra de prouver que Breakstone et vous êtes de petits bourgeois qui avez inventé de mirifiques généalogies afin de tromper leurs proches et un monde trop crédule.

Arabella von Rigelstrand tira sur son pull mauve avec un geste de profonde irritation. Son pantalon de cuir fauve brillait dans les ténèbres.

– Tout cela ne serait que vanité puérile, poursuivit Higgins, si vous ne m'aviez menti sur votre activité.

Arabella se raidit.

– Mettriez-vous mon talent en doute ?

– Lorsque je vous ai demandé, madame, de dessiner un plan de *Lost Manor*, vous avez brutalement rejeté le crayon que je vous proposais en prétendant qu'une artiste comme vous ne s'abaissait pas à ce genre de travail. En réalité, vous êtes incapable de dessiner quoi que ce soit. J'ai un excellent ami qui connaît bien la peinture contemporaine. Il me parle de tous les artistes, célèbres et inconnus. Il n'a jamais prononcé votre nom. Par ailleurs, le *Times* ne manque pas de signaler les portraitistes travaillant au service des grandes familles européennes. Là encore, pas de comtesse von Rigelstrand. Intrigué, j'ai demandé aux uns et aux autres des précisions techniques sur vos tableaux. Je n'ai obtenu que des réponses fort vagues. Vos toiles seraient célèbres, mais invisibles en raison de l'interdiction absolue de les reproduire. Pas un seul catalogue, pas un seul tableau passé en vente publique. Et vous-même ne possédez aucun document photographique pour garder le souvenir de vos œuvres… C'est invraisemblable. Vous n'avez peint aucune toile. Vous ne savez même pas tenir un crayon. J'ai constaté votre absence totale de sens artistique dans la chapelle de *Lost Manor* lorsque vous vous êtes montrée totalement indifférente à la beauté et à la rareté des statuettes rassemblées par Lord Rupert. Pour vérifier mes déductions, il ne me restait qu'à ouvrir une dernière trappe sous vos pieds en vous parlant du duc et de la duchesse de Warburton que j'ai le privilège de bien connaître. La duchesse est une charmante vieille dame, grand amateur de tableaux, qui a refusé toute sa vie de se laisser portraiturer. Quand je vous ai dit qu'elle n'avait pas consenti à me montrer son portrait peint par vous, vous n'avez même pas protesté.

Arabella von Rigelstrand, excédée, tourna de nouveau le dos à l'ex-inspecteur-chef.

– Vous n'êtes ni comtesse ni peintre, madame Rigelstrand. Vous ne disposez d'aucune fortune et n'habitez pas dans un château. Avec votre complice, Hyeronimus Breakstone, vous vous livrez à de petits trafics qui, depuis des années, vous permettent de survivre.

Arabella s'empara d'une statuette d'envoûtement en terre cuite qu'elle broya entre ses mains avant de jeter les morceaux sur le parquet.

– Vous n'êtes qu'un misérable fouineur, inspecteur ! À quoi cela vous avance-t-il de déterrer nos secrets ?

– À faire progresser l'enquête.

– Je vous rappelle que mon mari a été assassiné et que je suis une victime.

– Je ne l'avais pas oublié. Retournez dans le patio et ne vous perdez pas en route. Le superintendant vous attend.

Incapable de contenir sa fureur, Arabella von Rigelstrand sortit presque en courant de la salle à manger. Higgins eut le sentiment d'avoir un peu progressé. Il ne s'était pas trompé sur le compte du couple de faux nobles.

– Qu'est-ce que vous me voulez ? déclama quelques instants plus tard la voix tonitruante d'Adonis Forsyte, l'explorateur, se présentant à son tour sur le seuil de la pièce obscure.

— 40 —

– Asseyez-vous, monsieur Forsyte, dit Higgins, aimable.

– Pas nécessaire. Je ne suis pas fatigué.

– Belle énergie.

– Quelle est la raison de cet… entretien ? Et pourquoi cet endroit est-il si obscur ?

– Ne vous énervez pas, recommanda Higgins. Je voudrais simplement faire le point sur votre profession.

Adonis Forsyte ouvrit des yeux inquiets.

– Ma profession ? Chasseur de fauves.

– Exactement, répondit l'ex-inspecteur-chef, ne quittant pas du regard la flamme ondoyante de la bougie. D'après Arabella von Rigelstrand, vous êtes un explorateur passant sa vie dans les pays lointains, peuplés de sauvages. Les Fitzgerald vous considèrent comme un tueur d'animaux, un être sans pitié.

Adonis Forsyte, de nouveau sûr de lui, fit quelques pas dans la salle à manger africaine.

– Je n'y peux rien, inspecteur… Le métier le veut ainsi.

– J'ai entendu des paroles étranges à votre sujet, monsieur Forsyte. La même comtesse von Rigelstrand vous a qualifié de « traîne-savates », comme si votre dangereuse profession ne vous rapportait pas de quoi vivre.

– Ridicule ! Mes chasses sont très lucratives, au contraire. Je ne sais plus quoi faire de mon argent.

Adonis Forsyte s'était presque dissimulé dans un angle de la vaste pièce.

– Bizarre, estima Higgins, consultant son carnet noir à la page qu'il avait consacrée à l'explorateur.

– Pourquoi, bizarre ?

– Parce que vous-même m'avez indiqué que la convocation du notaire vous était parvenue à votre domicile londonien.

– Où je me reposais après un safari mouvementé, précisa l'explorateur, se haussant du col. C'est interdit par la loi ?

– À écouter Kathryn Root, vous passiez plus de temps chez vous ou dans les hôtels de luxe que sur les terrains de chasse. Elle vous a traité d'escroc, de bandit et d'incapable, beaucoup plus préoccupé de riches ladies que de grands fauves.

– Paroles venimeuses d'une vieille fille rancie, inspecteur. Ne perdez pas votre temps à l'écouter.

L'explorateur avait retrouvé une vigueur certaine dans le ton. Sans doute l'évocation de Kathryn Root lui rendait-elle une énergie combative.

– J'avoue pourtant, monsieur Forsyte, que ces paroles, uniquement destinées à vous desservir, ont jeté le doute dans mon esprit. Vous connaissez peut-être ces prétendus grands journalistes qui inventent des aventures dangereuses auxquelles ils n'ont participé qu'en imagination. Je me suis demandé si vous ne faisiez pas partie de ces individus qui rêvent leurs exploits. Certes, vous m'avez impressionné lorsque, dans votre chambre, vous avez pris soin d'étaler un arsenal et de graisser le percuteur d'un fusil. Une mise en scène un peu… excessive.

Adonis Forsyte, piqué au vif, se précipita vers Higgins.

– Une mise en scène ? Que voulez-vous dire ?

– Je crois qu'il s'agit d'un attirail destiné à accréditer la fable que vous propagez depuis de nombreuses années.

L'explorateur prit un air féroce.

– Ah oui ? Et en fonction de quoi affirmez-vous cette ineptie ?

– En raison d'un petit détail qui vous a trahi, monsieur Forsyte. Votre album de photographies. Il n'y en a probablement pas une seule d'authentique. Celle vous représentant, dressé sur un buffle empaillé, le Kilimandjaro en arrière-fond, est l'une des plus vendues par les agences artistiques désireuses de vanter les qualités cynégétiques de riches industriels, adeptes du safari en chambre. Ils peuvent ainsi éblouir leurs invités. Les Français appellent cela jouer au « Tartarin de Tarascon », si je ne m'abuse ?

Adonis Forsyte s'effondrait. La faible lueur de la bougie proche de Higgins éclairait son visage décomposé.

Higgins soupira intérieurement. Ce qu'il fallait bien qualifier de « coup de bluff » avait réussi au-delà de toute espérance. Certes, le comportement du pseudo-explorateur l'avait intrigué depuis la première seconde où il était apparu à *Lost Manor*. Trop d'emphase, trop de démonstrations de virilité, trop d'assurance factice… Higgins, dans sa jeunesse, avait eu l'occasion de rencontrer de véritables chasseurs de fauves. Ils étaient froids comme des banquises et possédaient un peu moins de vocabulaire qu'un bovidé. Les photos de l'album d'Adonis Forsyte lui avaient effectivement rappelé les poses des matamores prétendant être allés au cœur de l'Afrique sauvage en se contentant d'une séance de montage dans un studio londonien.

– Vous… vous allez le révéler aux autres ? s'angoissa Adonis Forsyte.

Higgins admirait une volute bleu orangé qui s'élevait dans les ténèbres de la salle à manger africaine.

– Puisque vous n'êtes pas explorateur et chasseur de fauves, monsieur Forsyte, vous ne tirez donc aucun revenu de ces activités fantômes. Quels sont vos moyens d'existence ?

– Une petite rente… et des amis qui n'hésitent pas à m'aider dans les moments difficiles.

– Des amis… dont vous pourriez citer les noms ?

– Oui, bien sûr.

– Je vous écoute.

Adonis Forsyte se détourna, gêné.

– Eh bien, il y a…

– Ne commettez pas un nouveau mensonge, l'interrompit Higgins. Vous manquez cruellement d'argent, monsieur Forsyte. L'héritage de Lord Rupert serait pour vous l'aubaine tant attendue.

Le visage du faux explorateur devint rouge sang.

– Hé là ! Vous n'allez pas m'accuser de…

– Nous verrons cela plus tard, monsieur Forsyte. Regagnez le patio et demandez au superintendant Marlow de bien vouloir m'envoyer le prochain témoin. Surtout, ne disparaissez pas en chemin.

Adonis Forsyte, voûté, obéit à l'homme du Yard. Higgins savait qu'il faudrait identifier d'autres maillons de la chaîne menant à l'assassin. Il prenait soin de ne pas tomber dans des conclusions hâtives qui lui obstrueraient l'esprit.

— 41 —

Se concentrant à nouveau sur la flamme, Higgins vit apparaître le docteur Patrick Fitzgerald, porté par ses jambes trop courtes. Sa lourde tête dodelinait de droite et de gauche.

– Vous souhaitiez me parler, inspecteur ? demanda-t-il d'une voix suave, en remontant de l'index droit la monture de ses lunettes.

– En effet, docteur.

– À quel sujet ?

– Votre profession.

Patrick Fitzgerald serra les dents.

– Par le Saint Nom du Seigneur, pour quel motif ?

Higgins abandonna un instant la flamme de la bougie et considéra son interlocuteur d'un œil acéré.

– Ce que j'ai entendu sur votre compte m'a troublé, docteur. Votre réputation est des plus flatteuses : remarquable carrière universitaire, nombre incalculable de diplômes, mémoire extraordinaire, passion pour l'histoire de la médecine, initié en un temps record à la science des jetons, des monnaies byzantines et des gantelets de chevalier, consultant exceptionnel à l'hôpital de Norwich, spécialiste des analyses destinées à déceler des troubles du cerveau : quelle carte de visite !

– En quoi mes qualifications vous importunent-elles ?

Higgins consulta son carnet noir, y relut quelques phrases.

– La comtesse Arabella a prononcé d'étranges paroles à votre propos : « sa vocation, a-t-elle dit, c'est la chirurgie ». Avec les multiples dons que vous possédez, pourquoi n'êtes-vous pas devenu chirurgien ? Pourquoi vous contentez-vous d'une médiocre situation de légiste de province ?

La lourde tête de Patrick Fitzgerald s'inclina vers la gauche. Il remonta son pantalon qui s'était un peu affaissé.

– Par… par amour de Dieu.

– Pardonnez-moi, docteur, mais je ne vois pas ce que Dieu aurait à gagner dans cette affaire. Apprécierait-il davantage les cadavres que les êtres vivants ?

– Ne blasphémez pas, inspecteur !

Le visage du légiste s'était enlaidi. Higgins laissa retomber la tension avant de poursuivre.

– Un autre témoignage fait de vous un mauvais médecin, un escroc qui aurait obtenu ses diplômes grâce à divers chantages, plus ignobles les uns que les autres. Sans doute êtes-vous devenu chirurgien en utilisant cette méprisable méthode. Mais le jour où il a fallu exercer, n'auriez-vous pas commis une grave erreur ? Une erreur mortelle pour un patient ? Grâce à vos appuis, vous avez pu demeurer dans le corps médical, mais loin de Londres, à un poste où vous vous faites oublier depuis de longues années. Une occupation qui est loin de correspondre à vos ambitions. Et vous voilà sans doute désargenté au point d'attendre l'héritage de Lord Rupert avec la plus grande impatience.

Les épaules étroites du médecin légiste semblèrent se resserrer encore.

– Vous n'avez aucune preuve de ce que vous avancez, aucune ! J'ai déjà dit que ma part d'héritage reviendrait aux pauvres et à personne d'autre !

Higgins referma son carnet.

– Est-ce bien nécessaire de vous entêter à ce point, docteur ? Une enquête des plus élémentaires suffira à retrouver les traces de votre passé. Je la déclencherai dès demain. Mais votre foi en Dieu ne devrait-elle pas vous interdire le mensonge et la dissimulation ?

La lourde tête du légiste s'inclina sur la droite.

– Chaque homme a droit à de petits secrets, dit-il d'une voix onctueuse. Il faut me comprendre, inspecteur. Ma carrière a été brisée par un accident, c'est vrai. Ma responsabilité a été entièrement dégagée, mais ma conscience m'interdisait de poursuivre le métier de chirurgien. J'ai prié Dieu. Il m'a conseillé d'accomplir un acte de contrition en devenant légiste et en offrant le maximum aux pauvres. Rien de plus, rien de moins.

– Merci de votre sincérité, docteur.

– Je peux… m'en aller ?

– Retournez au patio, je vous prie.

Le médecin ne se fit pas prier. D'une allure précipitée, il sortit de la salle à manger.

Quelques instants plus tard lui succéda la bruyante démarche du notaire, Kathryn Root.

– Pourquoi regardez-vous cette bougie comme ça ! s'exclama-t-elle. On croirait que vous êtes hypnotisé !

– Pas à ce point, maître, répondit Higgins, consultant ses notes relatives au notaire, enveloppée dans son ample cape noire.

– Vous avez besoin de moi, inspecteur ?

– J'aimerais connaître votre avis sur mes conclusions vous concernant.

La dentition proéminente de Kathryn Root se fit agressive. Elle siffla comme un serpent.

– Vous vous moquez de moi ?

– Pas le moins du monde. Vous êtes une sportive, dotée d'une force très supérieure à la moyenne, volontaire, obstinée, ayant les œuvres d'art en horreur. Vous vous êtes enterrée dans cette région presque déserte pour vous mettre au service d'un unique client qui payait largement vos services, Lord Rupert. Vous vous êtes moquée de moi en tentant de me faire croire que vous ignoriez la valeur réelle des trésors de *Lost Manor* et que vous aviez une intense activité professionnelle. Étant une cousine de Lord James Rupert, vous êtes concernée par un héritage que vous appelez de tous vos vœux, puisque vous êtes à présent sans travail. Et il vous semblerait bien pénible de vous remettre au labeur, après tant d'années d'oisiveté, n'est-ce pas ?

– Mes sentiments ne concernent que moi, inspecteur !

– Inexact, maître. Vous m'avez dissimulé des faits précis concernant l'enquête. Et puisque vous m'avez menti sur ces détails-là, vous l'avez peut-être fait sur d'autres...

La réaction de Kathryn Root fut brutale. Se drapant dans sa cape à la manière d'une tragédienne, elle balaya l'air et éteignit la bougie que contemplait Higgins, ne laissant subsister qu'une très faible lueur dans la salle à manger africaine.

– Quand vous aurez quelque chose d'intéressant à me dire, inspecteur, prévenez-moi ! En attendant, je préfère retourner auprès des autres !

– Soyez prudente dans les couloirs.

Les ténèbres avaient envahi la vaste pièce où reposaient Aldebert Rupert, qui avait menti sur son identité réelle, et Hyeronimus Breakstone, un faux baron.

Higgins ne ralluma pas la bougie. Il ne demeurait que la lumière grésillante d'un candélabre et les lueurs blanchâtres de la neige, à travers les fenêtres. L'ex-inspecteur-chef assista à l'arrivée silencieuse de Thereza Fitzgerald.

La petite Asiatique, un chapelet entre ses doigts croisés, se déplaçait sans faire de bruit. D'un pas égal, elle passa entre les statues africaines et pénétra dans la salle à manger. Elle s'immobilisa à la hauteur de la collection de statuettes d'envoûtement, évitant de marcher sur les débris de celle brisée par Arabella von Rigelstrand.

– N'ayez pas peur, madame Fitzgerald, dit Higgins, apaisant. Vous êtes une personne modeste, silencieuse, qui avez choisi de vivre dans l'ombre de votre mari. Un choix délibéré, conscient, qui vous a conduite vers un bonheur tranquille. Mais saviez-vous que Patrick Fitzgerald avait subi un grave revers professionnel compromettant la suite de sa carrière ?

Thereza Fitzgerald s'était raidie, de manière presque imperceptible. D'une rigidité de marbre, elle ne semblait plus animée par la moindre parcelle de vie.

– Cette grave contrariété a dû jeter une ombre sur la paisible vie de famille à laquelle vous aspiriez. L'existence provinciale et terne, à laquelle vous fûtes condamnée, n'a-t-elle pas déçu la jeune étrangère avide de puissance, de fortune, si ambitieuse pour son époux ?

Thereza Fitzgerald, statue de chair, avait fermé les yeux.

– C'est une réflexion de Me Root qui a éveillé mon attention, poursuivit Higgins, lisant ses notes. « Thereza n'est pas une femme d'argent, a-t-elle déclaré. Peut-être nous sommes-nous trompés sur son compte depuis longtemps. En ce cas, quelle formidable dissimulatrice ! »

Higgins laissa le silence s'installer, ce qui ne provoqua aucune réaction de la part de la petite Asiatique.

– J'ai entendu d'autres critiques à votre endroit, madame Fitzgerald. La comtesse von Rigelstrand, qui vous apprécie, craint cependant que vous ne soyez trop effacée pour collaborer de manière efficace à l'ascension sociale de votre époux. Adonis Forsyte a prononcé des paroles encore plus dures. Il vous a qualifiée de « vraie vipère se moquant du bon dieu comme de son premier mensonge ».

Les doigts de Thereza Fitzgerald égrenèrent très lentement son chapelet.

– Vous avez commis au moins un petit mensonge, indiqua Higgins. Vous qui vous prétendiez végétarienne, avez dégusté du sanglier pendant le banquet de Noël. Par politesse, prétendiez-vous. Mais il y aurait beaucoup plus grave, d'après Adonis Forsyte ; vous auriez, paraît-il, éprouvé un penchant coupable pour Kathryn Root, cette incroyante avec laquelle, selon vous, tout contact était impossible. Je n'aurais, bien entendu, attaché aucune importance à cette accusation s'il n'y avait eu, entre Me Root et vous, cette violente altercation où vous vous êtes mutuellement accusées de meurtre. N'auriez-vous pas tenté de la supprimer afin d'effacer toute trace de votre péché ?

Les doigts de la petite Asiatique égrenèrent le chapelet un peu plus vite.

– Je vous remercie pour vos réponses, dit Higgins, refermant son carnet noir.

— 42 —

L'oignon de l'ex-inspecteur-chef marquait six heures du matin. La nuit de Noël tirait à sa fin. Bientôt, l'aube viendrait dissiper les fantômes de *Lost Manor*.

Higgins et Scott Marlow réunirent les cinq survivants dans la chambre noire, celle de Lord James Rupert. Ils n'y étaient entrés qu'avec une réticence certaine, le docteur Fitzgerald émettant même une protestation relative au choix d'un pareil endroit pour une confrontation générale.

Le superintendant et Adonis Forsyte apportèrent des sièges. Près de la grande fenêtre s'assit Arabella von Rigelstrand dont le dédain aristocratique laissait la place à une froideur un peu vulgaire. Près de la cheminée où Higgins avait allumé un feu, le couple Fitzgerald. Devant le secrétaire qui avait contenu le journal intime du vieux lord, Adonis Forsyte. Kathryn Root avait installé son siège près du pied du lit. Scott Marlow se tenait devant la lourde porte de bronze, prêt à utiliser son arme, selon la recommandation de Higgins.

Ce dernier, mains croisées derrière le dos, allait et venait, jetant parfois un œil à l'immense planisphère orange qui occupait la totalité des murs.

– J'ai tenu à vous réunir ici, expliqua-t-il, parce que cette chambre nous servira à faire jaillir la vérité et à désigner la main criminelle qui a frappé trois fois à *Lost Manor.* Puisse l'esprit du défunt lord nous venir en aide.

Scott Marlow n'appréciait pas la manière peu scientifique dont Higgins entrait en matière, mais il ne se permit pas de l'interrompre, espérant que ses conclusions coïncideraient avec les siennes. Pour le superintendant, il n'y avait plus l'ombre d'un doute : tous les héritiers de Lord Rupert avaient partie liée. Ils étaient tous coupables.

– Depuis la mort de Hyeronimus Breakstone, indiqua Higgins, concentré, l'espion ne s'est plus manifesté. Pour être tout à fait franc, cela ne m'étonne pas outre mesure. Certes, mon collègue a découvert, sous mon propre lit, un étrange document, cette carte plastifiée, maculée de taches de sang rendant illisible le nom de son propriétaire, alors même que sa photographie avait été arrachée. Le superintendant a même identifié cet indice comme un document officiel de l'Intelligence Service qui nous ferait donc basculer dans une sombre affaire d'espionnage.

– C'était l'avis du bar... de mon mari Hyeronimus Breakstone, intervint sèchement Arabella von Rigelstrand. Il était persuadé que Lord James avait été lui-même un espion. Je n'y croyais pas, mais l'assassinat de Hyeronimus prouve qu'il avait vu juste. Le complice d'Aldebert Rupert s'est débarrassé de lui et de l'homme qu'il savait capable de l'identifier.

– Cela sous-entend que Hyeronimus Breakstone était lui-même mêlé de très près à cette affaire d'espionnage, souligna Higgins. L'existence d'un tel personnage, en tout cas, nous contraindrait à abandonner une enquête qui outrepasserait nos compétences. C'était bien le but recherché par Hyeronimus Breakstone lorsqu'il a inventé ce criminel insaisissable et déposé lui-même ce document maquillé sous mon lit. Lorsque j'ai envisagé la supercherie, il a aussitôt été victime d'une crise de foie, laquelle traduisait chez lui une violente émotion.

Arabella von Rigelstrand se leva comme une folle, interrompant la déambulation de l'ex-inspecteur-chef.

– Vous osez accuser mon mari de mensonge !

Le regard perçant de Higgins calma la fausse comtesse.

– Tout à fait. Vous aviez raison, madame, en qualifiant de « ridicule » l'existence supposée de cet espion.

– Mais vous l'avez vu vous-même s'enfuir ! s'étonna Adonis Forsyte.

– Je n'ai aperçu qu'une ombre blanche. Un effet magique de la neige, sans nul doute. Abandonnons la piste de cet espion imaginaire, et revenons plutôt au diagnostic médical rendu lors du décès de Lord James Rupert. Le docteur Fitzgerald a délivré un permis d'inhumer en bonne et due forme mais, dix ans après, il avoue avoir pratiqué un examen très rapide du cadavre et ne plus être sûr de lui.

– N'exagérons rien, protesta Patrick Fitzgerald. Mes souvenirs sont un peu brouillés, c'est vrai, mais il est hors de doute que l'organisme de Lord Rupert était fort délabré.

– Complètement faux ! assena Adonis Forsyte, hors de lui.

– D'après Hyeronimus Breakstone, ajouta Higgins, le vieux lord avait le cœur malade.

– Tout aussi faux ! s'indigna Forsyte. Ce vieil ivrogne n'était pas cardiaque. Il tenait l'alcool comme un jeune homme.

– Vous êtes médecin, peut-être ? l'aiguillonna Patrick Fitzgerald.

– Autant que vous, rétorqua Adonis Forsyte. Jamais Lord James n'aurait accepté de mourir dans son lit. Il y a dix ans, j'étais si bouleversé par sa disparition que j'ai accepté vos explications sans sourciller. Aujourd'hui, je les refuse. Non seulement vous êtes un mauvais médecin, mais encore vous mentez pour couvrir quelqu'un et dissimuler les circonstances réelles de la mort de Lord James.

La haine qu'exprimèrent le regard et l'attitude de Patrick Fitzgerald fut si intense que le superintendant en frémit. Impressionné, le faux explorateur battit en retraite.

– Ne recommencez jamais à m'accuser de cette manière, prévint le médecin légiste. Sinon, les foudres divines vous réduiront à néant.

– Gardons notre sang-froid, recommanda Higgins, déambulant dans la chambre noire. Le premier fait nouveau que le superintendant et moi-même avons découvert fut la véritable identité du majordome, le faux Albert Tilbury, en réalité Aldebert Rupert. Le frère cadet du lord avait été réduit à cette condition par les dispositions testamentaires. Et tous l'ont accusé d'avoir assassiné Lord James. Me Root a reçu des confidences de Lord Rupert lui assurant qu'il redoutait d'être la victime d'Aldebert. La comtesse Arabella a désigné ce dernier comme un criminel. Thereza Fitzgerald a supplié Dieu de pardonner son crime à Aldebert. Le docteur Fitzgerald a décrit ce dernier comme un être faible, veule, haïssant Lord James et fort capable de le tuer. Il a même précisé le moyen utilisé : le poison. De là à conclure que le nom de l'assassin écrit sur la page arrachée du journal intime de Lord Rupert est bien celui d'Aldebert, il n'y a qu'un pas à franchir.

– Pourquoi revenir encore sur cette vieille histoire ? protesta le docteur Fitzgerald.

– À cause de vos déclarations contradictoires, docteur. D'un côté, vous confirmez une mort naturelle, de l'autre, vous annoncez un crime par empoisonnement. Incohérent, ne trouvez-vous pas ?

– C'est vous qui le dites, inspecteur ! La vérité, c'est que Lord Rupert savait que son frère allait l'assassiner. Je me suis sans doute trompé. Comment aurais-je pu imaginer pareille horreur, il y a dix ans ?

– Si le vieux a cru ça, intervint Adonis Forsyte, il s'est trompé ! Aldebert était le seul type honnête de la famille. Je vous ai déjà dit qu'il éprouvait une véritable vénération pour son frère aîné. Un faible… oui, peut-être. Un pacifique, sûrement. Un assassin, certainement pas !

– Vous êtes le seul de cet avis, nota Higgins. Hyeronimus Breakstone n'a pas émis d'opinion. Le seul, monsieur Forsyte. Et si vous étiez aussi le seul coupable ?

Adonis Forsyte regarda Higgins comme s'il était le diable.

– Vous… vous êtes devenu fou !

Le faux explorateur, paniqué, se dirigea à reculons vers la porte de bronze. Il se heurta à Scott Marlow qui le retint par les épaules.

– Adonis Forsyte a-t-il assassiné Lord James Rupert ? Voilà la première question à laquelle il me fallait répondre. Adonis Forsyte, qui n'a été ni explorateur, ni chasseur de fauves, était-il un habile empoisonneur ? Curieuse idée, il est vrai, de préparer un breakfast que nous aurions dû tous consommer… tous, sauf le cuisinier.

– Une idée bien naturelle, protesta mollement Adonis Forsyte. J'avais faim, tout simplement.

– N'espériez-vous pas la plus grande partie de la fortune de Lord Rupert ? Vous le lui avez même avoué pendant une beuverie où, de votre propre aveu, vous étiez ivres tous les deux. Lord James et vous vous disputiez volontiers, n'est-ce pas ?

– C'est vrai, mais ce n'était pas une raison pour… pour…

– Le docteur Fitzgerald, précisa Higgins, a souligné le fait que vous êtes un homme violent et emporté. Vous vous entendiez bien avec Aldebert. Ou bien vous l'avez aidé à tuer son frère, ou bien vous avez agi vous-même.

– Non ! hurla Adonis Forsyte, tentant vainement d'échapper à Scott Marlow. Non ! Je n'ai pas tué Lord Rupert !

Higgins s'immobilisa.

– Non, vous n'avez pas tué Lord Rupert. L'accusation formulée par le docteur Fitzgerald tenait compte du fait que vous aviez beaucoup voyagé à l'étranger et que vous auriez ainsi acquis la connaissance de quantités de poisons exotiques. Mais l'information était erronée. Vous n'avez jamais quitté l'Angleterre. Votre exotisme se résumait à *Lost Manor.*

Adonis Forsyte baissa la tête. Marlow relâcha son emprise. Higgins reprit sa marche sans fin, passant à intervalles réguliers devant chacun des suspects.

– Restons sur des bases tangibles. Lord Rupert a commis une erreur fatale : croire que son frère voulait l'assassiner. C'est pourquoi il ne s'est méfié de personne d'autre. Il était pourtant entouré de menteurs et d'hypocrites. Saviez-vous, monsieur Forsyte, qu'Arabella von Rigelstrand n'est ni comtesse ni artiste peintre, que Hyeronimus Breakstone n'était pas baron, que Me Root est un notaire sans clientèle, que Patrick Fitzgerald est un médecin au passé douteux, que Thereza Fitzgerald est une ambitieuse et une calculatrice ?

Adonis Forsyte, égaré, regardait les uns et les autres sans parvenir à croire aux déclarations de l'ex-inspecteur-chef.

– Mais… c'est impossible ! Ça ne tient pas debout ! Hyeronimus un faux baron ? Lui qui ne jurait que par ses quartiers de noblesse ! Arabella une fausse comtesse ? Elle qui méprisait l'humanité entière du haut de ses titres nobiliaires !

– Ne joue pas les innocents, exigea Kathryn Root. Tu as menti, comme nous. Aucune importance.

– Oui, j'ai menti, mais pour moi-même ! En ce qui vous concerne, je ne savais rien, rien ! Je le jure !

Arabella von Rigelstrand, dédaigneuse, haussa les épaules et regarda le plafond.

– Aucune importance ? Vous allez vite en besogne, maître Root, releva Higgins. Vous étiez tous fascinés par la puissante personnalité de Lord James. Elle vous écrasait, vous réduisait à l'impuissance. Alors, vous vous êtes mentis à vous-même. Vous vous êtes inventés d'autres existences plus belles, plus reluisantes. Et vous, maître Root, qui connaissiez, au penny près, l'immense fortune de Lord Rupert, saviez tout sur chacun d'entre vous.

— 43 —

– Aucune importance, répéta Kathryn Root, se drapant dans sa cape et manifestant une indifférence totale à cette accusation.

– Vous avez été la confidente de Lord Rupert, insista Higgins. Se sentant menacé par son frère Aldebert, c'est à vous qu'il a communiqué ses ultimes dispositions testamentaires. Vous avez nié avoir eu connaissance du journal intime du vieux lord, mais comment vous croire ? Si vous l'avez lu, comme je le suppose, vous avez vu le nom de l'assassin inscrit sur la dernière page, la page arrachée. Quel était ce nom, maître Root ?

Un épais silence s'installa dans la chambre noire. Le notaire siffla comme un serpent.

– Afin de vous éviter de mentir, maître, je vais vous donner ce nom. C'est celui d'Aldebert Rupert. L'homme que Lord James a lui-même désigné comme son assassin. Ce feuillet, nous ne le retrouverons jamais. Aldebert, pour des raisons évidentes, l'a détruit.

– Si vous savez tout ça, pourquoi nous importuner davantage ? Jeter un coup d'œil à un journal intime sans intérêt n'est pas un crime.

– En tant que parente de Lord Rupert, poursuivit Higgins, imperturbable, vous espériez avoir votre part d'héritage et, qui sait, toutes les autres.

Kathryn Root perdit toute contenance.

– Mais vous m'accusez de meurtre ! Avec quelles preuves ?

Scott Marlow avança d'un pas. Son attitude martiale tint le notaire à distance.

– Lord Rupert, ajouta Higgins, n'était pas naïf au point de vous faire totalement confiance, puisqu'il avait pris soin de déposer à Londres une copie de son testament. Je ne suis pas certain que vous ayez été à l'origine de cette initiative. Vous vous êtes félicitée de cette précaution, retournant les faits en votre faveur. Ce n'était pas malhabile, pour quelqu'un qui a menti en accréditant la thèse de l'espion mystérieux. Vous vous sentiez épiée par ce personnage imaginaire, avez-vous prétendu, lorsque vous veniez faire des tournées d'inspection à *Lost Manor.* Pourquoi ? Afin de couvrir le véritable assassin de Lord Rupert.

– C'est faux ! Vous faites injure à ma probité !

Higgins n'accorda pas le moindre regard à Kathryn Root.

– Qui haïssait vraiment Lord Rupert ? demanda-t-il. Vous, monsieur Forsyte ?

– Moi ? Mais non !

– Pourtant, vous avez avoué vous être querellé avec lui à propos de son héritage.

– Nous avions bu ! Ce n'était pas sérieux.

– Et dans votre cas, maître Root, lorsque vous avez soutenu que Lord Rupert était mort de maladie, ce n'était pas sérieux non plus ?

Le notaire se détourna. L'homme du Yard, malgré sa bonhomie, commençait à lui faire peur.

– Le docteur Fitzgerald a, lui aussi, tenté d'accréditer la thèse d'une maladie grave conduisant inéluctablement Lord Rupert à la mort. Pour un médecin, croyant de surcroît, un tel mensonge est une faute grave. Dans son journal,

Lord Rupert précise bien qu'il jouait au malade. Il avait adopté la ruse afin de mieux observer son entourage. Et Patrick Fitzgerald est tombé dans le piège, révélant sa duplicité.

Le petit docteur serrait les poignets de sa femme à les briser. Ses lèvres blanchissaient.

Higgins admirait le planisphère. Il songeait aux grands voyages qu'avait accompli le vieux lord avant de venir mourir dans sa chambre de *Lost Manor.*

– Hyeronimus Breakstone, reprit-il, avait également tenté de jeter le discrédit sur la personne de Lord James. Il l'a qualifié d'excentrique, laissant supposer qu'il avait plus ou moins perdu l'esprit. Il a insisté sur son manque de culture qu'il a tenté de combler, inversant ainsi les rôles. Lord Rupert était, lui, un noble véritable, sans aucune mesure avec un petit escroc prétentieux. Mensonge plus énorme encore, Breakstone a tenté de me faire croire que lui et son épouse Arabella avaient accordé une importante aide financière à Lord Rupert ! Ils suggéraient ainsi l'idée qu'ils n'avaient nul besoin de convoiter l'héritage. Et vous, madame Fitzgerald, imaginiez-vous vraiment l'immensité de la fortune qui vous attendait ?

La petite Asiatique baissa les yeux, se serrant davantage contre son mari.

– C'est votre époux qui tient les comptes, m'avez-vous confié. Il devait accomplir ce travail avec une précision toute scientifique. Vous et le docteur Fitzgerald détestiez ce libertin de Lord James qui n'avait aucune religion et le proclamait bien haut. Que ses richesses vous revinssent apparaissait comme une conséquence normale de la justice divine. Encore fallait-il aider un peu cette dernière.

La lourde tête du légiste se mit en mouvement.

– Vos insinuations ne me touchent pas, inspecteur.

– Arabella von Rigelstrand ne portait pas non plus Lord Rupert dans son cœur, avança l'ex-inspecteur-chef. Il méprisait son talent de peintre, m'a-t-elle affirmé, elle qui n'a jamais peint le moindre tableau.

– Qu'est-ce que vous racontez ? explosa Adonis Forsyte. Mais qu'est-ce qui se passe, ici ? Arabella n'est pas peintre ? Ils ont tous menti, ma parole !

– Vous compris, monsieur Forsyte, rappela Higgins. La fausse comtesse, il est vrai, n'a pas été avare de fausses informations. Avoir prétendu que Me Root était surchargée de travail fut une des nombreuses erreurs qu'elle et ses amis ont commis. Arabella a sans doute entendu, sur son compte, des paroles très dures de la part de Lord Rupert dont le sens artistique était, lui, bien réel. Elle a été profondément vexée. Elle a inventé une fausse carrière d'artiste pour se valoriser à ses propres yeux, se persuader qu'elle était capable, elle aussi, d'être un grand personnage. Lord Rupert méprisait Arabella, elle m'a avoué qu'elle le lui rendait bien.

La fausse comtesse fulminait, mais préféra se taire. Higgins s'arrêta un instant pour consulter son carnet noir.

Puis il s'approcha d'elle, la considérant avec gravité.

– Vous avez manifesté une grande angoisse, madame, lorsqu'il a été question d'ingérer quelques aliments. Vous saviez bien qu'Adonis Forsyte n'était pas un empoisonneur, mais vous redoutiez pourtant que la véritable main criminelle eût glissé une substance mortelle dans la nourriture ou dans la boisson pour se débarrasser à la fois des autres héritiers et... de ses complices. Quelle était cette main criminelle ?

Les traits crispés de la fausse comtesse étaient devenus cruels.

– Trouvez vous-même, inspecteur.

– Lorsque j'ai servi la tisane, une autre personne eut une réaction significative : Thereza Fitzgerald. Elle a refusé d'en boire. Le docteur Fitzgerald, de son côté, s'est bien vite proposé pour analyser le breakfast préparé par Adonis Forsyte. Je suppose qu'il avait l'intention de truquer son expérimentation afin de faire accuser l'explorateur.

– Ridicule ! Avec quel produit aurais-je pu effectuer pareille manipulation ?

– Avec celui-ci, répondit Higgins, sortant un petit flacon de sa poche. Je l'ai découvert sous votre lit, dans votre chambre. Le superintendant Marlow, qui est un spécialiste des poisons, n'a pas mis longtemps à identifier une substance rare, hautement toxique.

Scott Marlow découvrait ainsi un talent qu'il ne croyait pas posséder, mais ne réagit pas.

Patrick Fitzgerald n'eut pas le même self-control.

Il gifla sa femme avec violence. Elle ne hurla pas.

– Petite imbécile ! glapit-il, furieux. Je t'avais ordonné de jeter ce produit ! Je t'avais interdit de le rapporter ici !

– Mais... je t'ai obéi, comme toujours ! sanglota Thereza Fitzgerald.

Son mari la gifla à nouveau.

– Cette fois, indiqua Higgins, madame Fitzgerald ne ment pas. Ce flacon m'appartient. Vous me pardonnerez d'avoir utilisé une méthode peu orthodoxe mais efficace.

Le médecin légiste agrippa sa femme par les poignets et regarda Higgins avec des yeux injectés de sang. Scott Marlow sortit son arme, dont la vue apaisa les ardeurs du médecin légiste.

L'ex-inspecteur-chef se plaça au pied du lit, comme s'il regardait un être invisible couché là.

– Il est possible, à présent, de décrire la manière dont a été perpétré le premier crime de Noël, voici dix ans. Lord

James Rupert a commis une erreur fatale en croyant que son frère allait l'assassiner. Certes, ils ne s'entendaient pas, mais Aldebert était dévoué à son aîné qu'il admirait et craignait, comme tout un chacun. Lord Rupert a pris des dispositions testamentaires pour le punir. C'est lorsqu'il a vu entrer dans sa chambre les assassins qu'il a pris conscience de sa terrible méprise. Me Root avait décidé de fermer les yeux sur ce qui se passerait. Elle assista au meurtre ou fit le guet pour empêcher Aldebert et Adonis Forsyte d'entrer, s'ils en avaient eu l'intention. Thereza Fitzgerald, qui avait fourni le poison, dut se réjouir du spectacle, aux côtés de son mari qui avait préparé un permis d'inhumer en bonne et due forme. Il fallait faire boire une dose mortelle au vieil homme dont la résistance semblait être à toute épreuve. Ce sont le faux baron et la fausse comtesse qui s'en sont chargés. Je me trompe peut-être sur quelques détails, mais l'ensemble doit être à peu près correct.

– Facile d'accuser un mort ! protesta Arabella von Rigelstrand. Et vous n'avez aucune preuve pour justifier cette fable !

– C'est Lord James Rupert lui-même qui m'a révélé la vérité, dit Higgins. D'abord, il s'est débattu. Son lit n'était plus qu'un champ de bataille qu'Aldebert a laissé tel quel ou a reconstitué afin de laisser un indice sur le chemin de la vérité qu'il avait entrevue. En livrant combat, le vieux lord a tiré les cheveux d'Arabella. Avant de mourir, il en a incrusté deux dans un drap qui est demeuré en place. Une analyse nous prouvera qu'ils vous appartiennent bien, madame von Rigelstrand.

La fausse comtesse défia l'homme du Yard.

– Et si cela était ? J'aimais témoigner de mon affection à Lord Rupert. Je l'ai embrassé plusieurs fois dans son lit.

J'y ai peut-être perdu deux cheveux. Cela ne fait pas de moi une criminelle.

– Ce n'est pas vous, en effet, qui avez versé le poison dans la gorge de Lord Rupert. Il a eu le temps de graver dans le bois de son lit de supplice le mot « PARDON ». Il ne pouvait être adressé qu'à son frère Aldebert sur le compte duquel il s'était lourdement trompé. Après ce mot, un signe. Une sorte de cercle mal fait qui voulait représenter une pièce ou un jeton, bref, désigner… un numismate. Le faux baron Breakstone. L'assassin qui, poussé par des complices impitoyables, avait commis un acte irréparable.

— 44 —

– À supposer que cette reconstitution invraisemblable fût exacte, dit le docteur Fitzgerald, mielleux, il apparaît que le vrai coupable est décédé. Moi, j'ignorais tout, comme ma chère femme, de ces horribles événements. Dieu m'est témoin !

Horrifiée, Thereza Fitzgerald porta les mains à sa bouche pour retenir un cri d'indignation.

– Vous n'appréciez pas le blasphème, suggéra Higgins.

La petite Asiatique s'effondra en larmes.

– Vous, maître Root, précisa l'ex-inspecteur-chef, avez joué un rôle des plus vils. Vous seule saviez que les assassins devaient attendre dix ans avant de toucher leur héritage. Avec votre belle santé, vous espériez sans doute que certains d'entre eux passeraient de vie à trépas. Vous avez exercé une stricte surveillance tant sur Aldebert que sur les trésors de *Lost Manor.* Les autres complices du meurtre de Lord Rupert nourrissaient d'ailleurs les mêmes espérances que vous. Quelle ne fut pas votre surprise de vous retrouver tous bien portants pour ce *Christmas* décisif avec, en plus, Adonis Forsyte et… deux policiers du Yard dont la présence n'avait certes pas été prévue. Tous coupables ? Oui, à des degrés divers. Des coupables qui ont même tenté de s'entre-tuer. Kathryn Root, qui a essayé de me persuader qu'Adonis

Forsyte voulait l'abattre, a effectivement eu l'intention de supprimer Thereza Fitzgerald dont elle redoutait, à juste titre, les talents d'empoisonneuse. Elle augmenterait ainsi sa part d'héritage en écartant une rivale fort dangereuse. Maître Root a simulé une disparition pour mieux agir par surprise et accréditer l'existence de l'espion. Mais elle avait sous-estimé la capacité de résistance de la petite Mme Fitzgerald.

Aucune des deux femmes ne réagit. Mais le bref regard qu'elles échangèrent suffisait à démontrer que la haine qu'elles éprouvaient l'une envers l'autre n'avait point de limite.

– Peu importe, poursuivit l'ex-inspecteur-chef, que des relations particulières aient autrefois uni Kathryn Root et Thereza Fitzgerald, créant entre elles un climat passionnel, selon l'indication fournie par Adonis Forsyte. Les héritiers se sont trouvés dans l'obligation de se liguer contre lui et contre Aldebert Rupert. Les faire disparaître s'avérait indispensable. C'est pourquoi on a tiré sur Adonis Forsyte avec son fusil. Je suppose qu'Arabella von Rigelstrand s'est emparée de l'arme dans la salle à manger, a tiré sur l'explorateur quand il est apparu au sommet de l'escalier monumental, a remis le fusil à sa place, regagné le salon du Lotus bleu, puis fait son entrée en compagnie du baron dans la salle à manger. Détails secondaires, puisque M. Forsyte est indemne. Aldebert Rupert, qui a joué avec le feu en ne me confiant pas la vérité, a malheureusement payé cette imprudence de sa vie. Un crime hâtif, mal préparé, exécuté avec la violence des lâches. Il est vrai que ma présence et celle du superintendant n'étaient pas annoncées.

Thereza Fitzgerald tenta d'échapper à son mari qui la retint par le bras et la gifla à nouveau.

– Tais-toi ! Je t'interdis de parler à la police !

– Je suis innocente, inspecteur, affirma Kathryn Root,

d'une voix sifflante. Je n'ai pas participé à l'assassinat d'Aldebert.

– Mais vous n'avez rien fait pour l'empêcher, maître. Ce fut, comme je le précisais, une action brutale qui horrifia même le baron Breakstone. Sa veulerie naturelle s'accommodait mal du caractère et des exigences de sa femme, Arabella. Il avait été assez lâche pour empoisonner Lord Rupert mais il aurait sans doute aimé épargner Aldebert ou, tout au moins, l'écarter en douceur. Les conditions testamentaires ne permettaient pas d'éliminer ce dernier avant minuit. Mais son assassin ne voulait pas qu'il vive plus longtemps. Vous avez eu un étrange comportement, monsieur Forsyte, lorsqu'il a fallu trouver de la lumière dans la salle à manger.

Le faux explorateur sursauta, piqué au vif.

– Moi ? Pourquoi ?

– Parce que vous avez mis un certain temps à découvrir votre briquet alors que vous aviez sur vous des allumettes dont vous vous êtes servi pour examiner le moteur de la Bentley du superintendant.

– Un oubli, rien de plus ! Je n'avais plus ma tête… et j'ai quand même été le premier à rallumer !

– Exact, monsieur Forsyte. Ce ne fut pas votre cas, maître Root. Une grande fumeuse comme vous n'avait ni briquet ni allumettes… Étrange. Et vous étiez bouleversée en fixant le cadavre d'Aldebert Rupert. C'est le baron Breakstone qui vous avait aidée à vous dépêtrer d'une peau de léopard que vous aviez décrochée du mur afin de créer une confusion, n'est-ce pas ?

– Laissez-moi tranquille ! siffla-t-elle, dans un mouvement de cape destiné à cacher son émotion.

– C'est vous, docteur Fitzgerald, indiqua Higgins, qui avez officiellement annoncé la décision de supprimer Aldebert Rupert en déclarant que le mal serait consommé et que ceux qui meurent à minuit, la nuit de Noël, vont directement au ciel. Les dés étaient jetés. Vous avez tenté d'approcher du corps… pour effectuer quel trucage ?

– Aucun, voyons ! protesta Patrick Fitzgerald. Un réflexe professionnel.

– Votre épouse, Thereza, a eu un rôle actif dans ce deuxième meurtre. Sur votre ordre, elle a renversé un chandelier, mis le feu à l'alcool du pudding et surtout à la nappe et fait semblant de se trouver mal. Après le crime, elle a sangloté avec beaucoup de conviction dans vos bras, vous qui étiez assis sur une statue d'envoûtement.

– Ces incidents ne font pas de nous des criminels, estima le médecin légiste.

Higgins s'immobilisa devant Adonis Forsyte.

– Votre arrivée à *Lost Manor,* monsieur Forsyte, a été des plus spectaculaires. Vous avez tiré un coup de fusil.

– Pour m'annoncer ! réagit le faux explorateur.

– Thereza Fitzgerald et le baron Breakstone vous ont pourtant désigné comme un tueur. Arabella von Rigelstrand ne vous a pas ménagé non plus.

Higgins consulta ses notes. Il lut à haute voix.

– « Chacun sait qu'Aldebert a tué son frère James et qu'Adonis a exécuté Aldebert pour obtenir une part d'héritage substantielle. Cet explorateur est un boucher et une bête sanguinaire. Il tue par plaisir. Il a planté un couteau dans le dos de celui qu'il prétendait être son ami. »

Arabella von Rigelstrand souriait, triomphante.

– C'est faux, inspecteur ! ragea Adonis Forsyte. Aldebert était mon ami ! Vous devez me croire, elle essaye de m'accuser de meurtre !

Higgins lissa de l'index droit sa moustache poivre et sel.

– Arabella von Rigelstrand a menti en ajoutant que vous

aviez été expulsé de plusieurs pays d'Afrique après avoir violenté des fillettes. Pays où vous n'êtes jamais allé ! Je crois, en effet, que vous éprouviez réellement de l'amitié pour Aldebert Rupert. Vous êtes le seul à lui avoir offert des marques d'affection et d'estime. « Le seul type bien de la famille », avez-vous dit devant son cadavre au pied duquel vous avez placé une bougie, selon la vieille coutume qui consiste à donner de la lumière à la tête du mort. C'est vous, également, qui avez redéplacé le cadavre pour qu'il repose dans un coin tranquille de la salle à manger. Vous êtes croyant, à votre manière, monsieur Forsyte, et vous avez rendu des honneurs posthumes à votre ami. Mais vous m'avez fait douter de vous à cause de votre maladresse, lorsque vous avez plongé le lieu du crime dans l'obscurité en étouffant hâtivement les flammes de la nappe… Un réflexe qui rendit un fieffé service au criminel.

Le visage du faux explorateur exprimait une profonde reconnaissance à l'égard de Higgins qui se dirigea vers la fausse comtesse, boudeuse.

– Vous avez, madame, organisé un simulacre d'attentat contre vous. Un peu théâtral et excessif, comme tout ce que vous avez entrepris dans cette maison. Patrick Fitzgerald, bien entendu, a signalé une blessure imaginaire, misant sur l'obscurité. Bien déplorable mise en scène, aussi, que ce réduit avec une corde de pendu que vous m'aviez fait découvrir pour accréditer l'hypothèse des tendances suicidaires d'Aldebert Rupert. Vous pressentiez que la vérité serait mise à nu. Vous et le baron Breakstone étiez placés à l'extrémité de la table du banquet la plus éloignée du superintendant et de moi-même, mais la plus proche de la porte par laquelle allait entrer Aldebert Rupert. Les Fitzgerald, avec l'accord de Kathryn Root, avaient pour mission de faire l'obscurité en simulant des maladresses. Adonis

Forsyte vous a involontairement prêté son concours. Vous êtes aussitôt sortie de la salle à manger, munie d'un poignard dissimulé près de la porte et avez violemment frappé le malheureux Aldebert. Vous êtes dotée de beaucoup de force, madame ; j'ai pu le vérifier en vous demandant d'ouvrir une fenêtre que j'avais bloquée de mon mieux. Votre crime accompli, vous avez souillé votre robe d'un morceau de pudding pour faire croire que vous étiez restée près de la table. Votre malaise, lui, n'était pas simulé. Un petit choc nerveux consécutif à votre geste. « Comme tous les artistes, a déclaré Patrick Fitzgerald, la comtesse est très fragile. Le meurtre d'Aldebert l'a beaucoup impressionnée. » On ne pouvait mieux dire, en effet. Peut-être aviez-vous pris conscience de votre crime.

Le visage d'Arabella von Rigelstrand devenait progressivement celui d'une bête féroce. Scott Marlow, imperturbable, dirigea son arme dans la direction de la fausse comtesse qui était prête à se jeter sur Higgins, toutes griffes dehors. La vue du revolver calma sa fureur. Elle sentit que le superintendant était prêt à tirer.

— 45 —

– Deux crimes de Noël… Cela ne suffisait pas. Dans le nœud de vipères que vous formiez, je me demandais qui allait trahir ses complices, soit par lâcheté, soit par intérêt. Ce fut le plus lâche, le baron Breakstone. Incapable de supporter la tension provoquée par la présence de Scotland Yard à *Lost Manor,* il avait décidé de parler. Thereza Fitzgerald a essayé de nous effrayer, le superintendant et moi, en laissant mon collègue découvrir une statuette d'envoûtement qu'elle avait elle-même déposée sur les marches de l'escalier monumental. Le docteur Fitzgerald, affolé, s'est détourné et s'est signé. Mais il n'ignore pourtant pas que sa femme a un goût prononcé pour la magie noire. Sa foi chrétienne est un vernis qui cache plus ou moins bien d'autres croyances.

La petite Asiatique eut une réaction qui surprit tout le monde. Se détachant brutalement de son mari, elle cracha sur le parquet.

– Je vous maudis, inspecteur !

– Le dieu des policiers me protégera, madame Fitzgerald. Conformément à une vieille tradition de magie noire asiatique, vous avez déplacé le cadavre d'Aldebert Rupert de sorte que son assassin ne soit pas identifié. Vous avez brisé d'autres statuettes d'envoûtement, déchiré un tambour, brisé une sagaie afin que l'âme du mort ne soit pas réunie aux divinités dans l'autre monde. Ainsi, vous assassiniez Aldebert Rupert une seconde fois, à votre façon.

La petite Asiatique, au comble de l'exaltation, tambourina à coups de poings sur la poitrine de son mari.

– Mais qui a étranglé le faux baron ? Il m'avait confié qu'il se sentait en danger. Indice sans valeur, tous ses complices l'ayant imité pour brouiller les pistes. Il avait fait l'objet d'un attentat bien réel lorsque je l'ai retrouvé, choqué, au bas de l'escalier monumental qu'il venait de dévaler. Bien mince indice, là encore, l'ensemble des comparses ayant organisé des agressions imaginaires contre leur personne. Breakstone n'a pas osé me parler à ce moment-là. Il a commis la même faute qu'Aldebert Rupert, mais pas pour les mêmes motifs.

Une tension presque insoutenable régnait à présent dans la chambre de Lord James Rupert. Scott Marlow était heureux d'avoir une arme en main. Il sentait qu'un drame se préparait.

– Bien entendu, maître Root, continua Higgins, vous saviez qu'un nouveau crime aurait lieu. Aussi avez-vous pris soin, avant la fin tragique de Hyeronimus, de déclarer que vous souffriez d'une migraine et de monter vous reposer dans votre chambre. Ce fut votre tactique permanente : ne jamais participer directement aux assassinats.

– Aussi ne pouvez-vous m'accuser de rien, inspecteur, persifla le notaire. Je me suis même endormie et j'ai fermé ma porte à clé, comme vous l'avez constaté vous-même.

– Breakstone pensait que vous le détestiez, maître. Il redoutait votre force physique. Et vous m'avez menti en prétendant que vous ignoriez tout sur les collections de pièces anciennes. Vous avez tenté de me faire admettre que Hyeronimus Breakstone s'était lancé sur la piste d'un mystérieux espion. Autant d'éléments destinés à m'égarer, en vous faisant soupçonner alors que vous aviez un alibi inattaquable. Autre idée machiavélique : m'indiquer qu'Arabella von Rigelstrand avait eu besoin d'un foulard et souligner son comportement étrange. Or vous saviez, maître Root, que Breakstone allait être étranglé avec un foulard.

– Je n'ai pas tué mon mari ! cria Arabella von Rigelstrand, dans un état second. J'étais dans ma chambre !

– Avant de mourir, indiqua l'ex-inspecteur-chef, Breakstone s'est débattu, a mordu dans le tissu, a tenté d'ôter de son cou l'objet qui l'étouffait. Kathryn Root espérait bien que je découvrirais l'arme du crime qui accuserait soit Arabella, soit le vrai coupable. Quoi qu'il en soit, elle se débarrasserait d'un héritier pour accroître sa part. Là encore, l'action fut brutale et hâtive, trop hâtive, puisqu'il a été possible de retrouver des parcelles de fil sous un ongle et entre les dents du mort.

Higgins, après avoir relu quelques notes, se plaça de profil par rapport à Arabella von Rigelstrand.

– Vous n'avez pas tué votre mari, mais vous l'avez condamné à mort. Bien que n'étant ni comtesse ni artiste peintre, vous êtes séductrice. Le faux baron Breakstone, lui, était plutôt laid et dépourvu de tout charme particulier. Pourquoi avez-vous été attirée par un homme comme celui-là ? Et pourquoi, comme disent si vulgairement les Français, « portiez-vous la culotte » ? Hyeronimus Breakstone vous obéissait au doigt et à l'œil. Vous étiez son tyran, il avait envers vous des regards de chien battu. Ce qui vous guidait dans cette union, madame, c'était l'intérêt. Uniquement l'intérêt. Vous aviez épousé un escroc pour qu'il vous assure une sécurité matérielle jusqu'à l'héritage. Et peu vous importaient les moyens qu'il utilisait si votre existence était la plus confortable possible. Fortune faite, vous vous seriez débarrassé de lui d'une manière ou d'une autre.

Arabella von Rigelstrand était hors d'elle.

– C'est faux. Je l'aimais pour ce qu'il était et comme il était.

– C'est-à-dire votre esclave et votre complice. Pourquoi l'avoir laissé seul dans la salle à manger ?

– J'avais froid, répondit-elle. Je suis allée chercher une veste.

– Vous avez signé son arrêt de mort, madame. Vous ne saviez plus très bien si vous aviez besoin d'une veste ou d'un foulard, semble-t-il, tant vous étiez ébranlée. Vous avez condamné votre esclave à disparaître parce que ses nerfs craquaient et qu'il s'était décidé à tout avouer. Sa lâcheté devenait plus envahissante que la peur que vous lui inspiriez. D'autant plus que Hyeronimus Breakstone avait obtenu un certain réconfort auprès d'une autre femme et que vous aviez déjà remplacé votre mari par un autre homme.

Arabella von Rigelstrand recula en direction du couple Fitzgerald.

– L'une des réactions de Hyeronimus Breakstone, poursuivit Higgins, avait été fort significative. Constatant qu'on avait laissée seule Thereza Fitzgerald, il s'était affolé au point d'avoir les symptômes d'une nouvelle crise de foie. Un intérêt aussi profond ne pouvait traduire qu'une affection bien réelle. Fidèle serviteur d'Arabella von Rigelstrand, le faux baron avait été cruellement blessé par l'infidélité de celle-ci.

La fausse comtesse serrait les dents. Délaissant son épouse, le médecin légiste jeta un œil du côté de la fenêtre la plus proche de lui, mais ne fut pas assez discret pour échapper à la vigilance de Scott Marlow.

– Ne tentez pas de vous échapper, docteur, ordonna le superintendant.

Patrick Fitzgerald, l'air plus sombre que jamais, se figea à mi-distance de Thereza et d'Arabella.

– Je suis persuadé, dit Higgins, qu'Arabella von Rigelstrand est la maîtresse de Patrick Fitzgerald. Ce sont les chats qui vous ont trahis. Ces chats qu'Arabella, avec une cruauté abominable, offrait au médecin légiste pour qu'il prenne le plus sadique des plaisirs à les torturer. Adonis Forsyte s'est aperçu de votre petit manège qui a privé *Lost Manor* de toute présence féline. Hyeronimus Breakstone a tenté de me mentir en m'assurant que les chats étaient les animaux préférés de sa femme, craignant que ce détail ne me conduise à découvrir la liaison de cette dernière avec le médecin légiste.

Les tueurs de chat ne songèrent même pas à nier, prouvant ainsi à l'ex-inspecteur-chef qu'ils étaient bien des monstres.

– C'est à votre amant, madame von Rigelstrand, expliqua-t-il, que vous avez demandé d'assassiner Hyeronimus Breakstone, votre mari. Votre héritage s'augmentait d'une nouvelle part et vous éliminiez un lâche doublé d'un traître, prêt à vous dénoncer. Ce triste escroc a été lui-même trahi par tous ses proches, y compris sa maîtresse. Vous, madame Fitzgerald.

La petite Asiatique lâcha son chapelet qui tomba sur le parquet et se brisa. Les grains de nacre roulèrent sous le lit de feu Lord Rupert.

Higgins consulta une dernière fois son carnet noir.

– « Thereza est la plus admirable des épouses, m'a déclaré Hyeronimus Breakstone. Il n'existe pas d'adjectifs pour rendre compte de ses innombrables qualités. » Du faux baron, Thereza Fitzgerald disait : « Un homme responsable capable de faire face aux pires difficultés. » Avec son bon sens, notre faux explorateur avait remarqué que la petite Mme Fitzgerald était une vraie vipère obsédée par l'argent et fascinée par le côté louche de Hyeronimus Breakstone. Sans doute avait-elle prévu de l'utiliser pour éliminer quelques-uns de ses complices. Quand elle s'est glissée dans la chambre du numismate, où une bonne épouse chrétienne n'avait rien à faire, elle fut fort surprise de me trouver là. Incapable de me donner une explication suffisante, elle s'est contentée de jouer la petite fille soumise.

L'Asiatique s'était collée le dos au mur, comme si elle voulait s'y incruster. Higgins vint vers elle, la regardant droit dans les yeux.

Cette fois, elle ne baissa pas les siens, révélant sa véritable nature. Celle d'une femme dure, hypocrite, capable d'une duplicité sans limites.

– D'où provenait le châle de laine rouge dont votre mari vous a recouverte pour vous protéger du froid pendant votre sommeil ?

Thereza Fitzgerald se servit de son épaisse chevelure comme d'un masque, se dissimulant ainsi aux yeux de l'ex-inspecteur-chef.

– Vous et Patrick Fitzgerald aviez caché ce châle dans l'une des pièces de *Lost Manor.* Dès qu'Arabella a quitté le faux baron, vous êtes entrés tous les deux dans la salle à manger. Hyeronimus Breakstone n'avait rien à redouter de sa maîtresse. Du moins le croyait-il, commettant une erreur semblable à celle de Lord Rupert. Thereza Fitzgerald, vous avez assassiné Breakstone en l'étranglant avec votre châle. La surprise passée, il a tenté de se défendre. Trop tard. Il suffira d'examiner les parcelles de tissu sur le cadavre pour identifier l'arme du crime. Ensuite, vous avez dissimulé votre victime sous la table du banquet et vous êtes retournée dans le patio, en compagnie de votre mari qui vous a sans doute aidée avec efficacité.

Profitant d'un instant d'inattention du superintendant, Arabella von Rigelstrand se rua sur lui.

— 46 —

La fausse comtesse, dont les forces étaient décuplées par une rage proche de la folie, désarma Scott Marlow et, sans même viser, tira sur Thereza Fitzgerald qui s'écroula aussitôt.

– Traînée ! hurla Arabella. C'est toi qui as tué mon mari ! C'est toi qui nous as trahis !

Déchaînée, elle poussa la lourde porte de bronze et s'enfuit, dévalant l'escalier monumental à toute allure. Kathryn Root la suivit, renversant le candélabre qui offrait à la chambre noire son ultime lumière.

– Le feu ! hurla Adonis Forsyte, constatant que les couvertures du lit s'embrasaient.

Paniqué, le faux explorateur ne savait plus où se trouvait la porte de la chambre. Il marcha sur le corps de Thereza Fitzgerald, bouscula le superintendant qui criait « du calme ! », tenta d'ouvrir une fenêtre. Scott Marlow le saisit par le bras.

– Venez avec moi, monsieur Forsyte.

– Impossible d'éteindre le feu, déclara Higgins, constatant que le planisphère était déjà la proie des flammes.

Bientôt, l'incendie gagnerait le parquet et les boiseries.

Les deux policiers et Adonis Forsyte se retrouvèrent sur le palier.

– Prenons garde, recommanda Scott Marlow, Arabella a mon revolver. Je crois que le médecin s'est enfui, derrière le notaire. Ils peuvent trouver des armes en bas.

– Et Thereza ? s'inquiéta Adonis Forsyte.

– Elle est morte, répondit Higgins. Une balle en plein front.

C'est au bas de l'escalier monumental que les trois hommes découvrirent le cadavre du notaire Kathryn Root, la nuque brisée. Elle avait voulu sauter du premier palier pour gagner du temps.

Une fumée épaisse commençait à envahir la vaste bâtisse. Scott Marlow eut une quinte de toux. Les boiseries brûlaient à une allure incroyablement rapide.

Un coup de feu claqua à l'extérieur.

N'écoutant que son devoir, le superintendant sortit sur le perron et s'aventura dans la neige, éclairé par la lueur blafarde de l'aube. Il n'eut pas la moindre difficulté à suivre les pas de la fausse comtesse qui gisait à une cinquantaine de mètres de la maison, ses longs cheveux cachant son visage.

Elle s'était tirée une balle dans la tête.

– Qu'ils meurent tous ! Qu'ils soient tous damnés par le Seigneur ! hurla la voix éraillée de Patrick Fitzgerald, en proie à un accès de folie mystique.

Le superintendant, qu'avaient rejoint Higgins et Adonis Forsyte, leva les yeux.

Debout sur le rebord du toit de *Lost Manor,* environné de flammèches et de colonnes de fumée de plus en plus abondantes au fil des minutes, le médecin légiste se lançait dans un sermon démentiel sur l'enfer et le châtiment divin.

Une brusque rafale de vent déséquilibra Patrick Fitzgerald qui, après avoir battu des bras, tomba en arrière et disparut dans l'incendie.

– Je ne peux pas laisser faire ça, ragea Adonis Forsyte, qui courut à toutes jambes vers le perron de *Lost Manor.*

– Higgins ! s'exclama Scott Marlow, surpris. Il s'enfuit ! Nous nous sommes trompés sur son compte.

– Je ne crois pas, répondit l'ex-inspecteur-chef. Allons plutôt l'aider.

Quelques flocons voletaient encore dans l'air glacé.

Les pas s'enfonçaient dans la neige fraîche. Les deux policiers, malgré leur hâte, progressaient lentement.

Une épaisse fumée sortait en tourbillonnant par la porte principale de *Lost Manor.* Adonis Forsyte s'était engouffré à l'intérieur. Une flamme énorme montant vers le ciel en spirale empêcha les deux policiers de le suivre.

– Forsyte, revenez ! hurla Scott Marlow, se protégeant le visage de ses mains.

Une silhouette s'extirpa de la fumée, portant sur ses épaules un lourd fardeau.

Adonis Forsyte avait arraché à la destruction le cadavre de son ami Aldebert Rupert.

– Je ne pouvais pas le laisser disparaître comme ça, expliqua-t-il en le déposant sur la neige. C'était le seul type bien de la famille.

— Épilogue —

La nuit était tombée depuis longtemps lorsque la vieille Bentley de Scott Marlow s'arrêta devant la demeure de Higgins, sans conteste la plus ancienne et la plus jolie de *The Slaughterers,* où l'ex-inspecteur-chef coulait des jours heureux et paisibles.

Il neigeait. Aucune étoile n'était visible. Pas un seul passant sur la route. Il avait fallu une longue journée pour résoudre quelques problèmes administratifs après que le corps d'Aldebert Rupert eut été enseveli non loin de *Lost Manor,* en partie ravagé par les flammes. Heureusement, quantité d'œuvres d'art avaient échappé à l'incendie.

Devenu milliardaire, Adonis Forsyte avait inauguré sa nouvelle vie par un don somptueux aux œuvres sociales de Scotland Yard. Puis Scott Marlow s'était fait un devoir de raccompagner Higgins qui, tout au long du chemin, avait soigné son arthrite grâce aux granulés homéopathiques spécialement préparés pour lui par la pharmacie Nelson's. Il rêvait à la délicieuse tisane de thym frais qu'il boirait dans quelques heures devant un feu de bois d'où émanerait une douce chaleur réconfortante.

Un félin sauta d'une branche de chêne et atterrit sur le dos de Higgins, prenant soin de ne pas planter ses griffes.

– Trafalgar ! s'exclama Higgins, ravi de l'accueil que lui réservait le siamois, d'ordinaire peu prodigue de marques d'affection.

Higgins prit le chat dans ses bras afin de lui éviter de se mouiller les pattes, ce dont il avait horreur.

Il passa par le jardinet de derrière où il cultivait lui-même des légumes avec de l'engrais naturel, sans accorder à la chimie la moindre parcelle de terrain. L'ex-inspecteur-chef jeta un œil attendri à sa roseraie ensommeillée où il étudiait la naissance de nouvelles espèces. Il avait emprunté ce chemin pour éviter de réveiller sa vieille gouvernante, Mary, un véritable dragon. Elle dormait depuis longtemps.

Introduisant sa clé dans la serrure de la porte-fenêtre du bureau donnant sur le jardin, Higgins pénétra sans bruit dans la demeure douillette. Il lâcha le siamois qui alla aussitôt se pelotonner devant la cheminée.

Higgins ôta son imperméable lorsque une vive lumière inonda la pièce.

Sur le seuil du bureau se tenait Mary, en robe de chambre orange.

– Où avez-vous passé Noël, demanda-t-elle, et d'où venez-vous à une heure pareille ?

– Des flammes de l'enfer, répondit Higgins.

– Si vous n'avez rien de plus intelligent à dire, je retourne me coucher. Ah ! vous trouverez votre tisane dans le salon. Comme vous avez probablement pris froid avec vos excentricités, j'ai préparé aussi une inhalation. Faites-la à fond et ne trichez pas sur la durée.

Sans souhaiter « bonne nuit » au légitime propriétaire de la demeure, Mary regagna ses appartements.

Higgins attendit un long moment pour être certain qu'elle fût assoupie et se dirigea vers l'angle de la cheminée principale où, en retirant une fausse pierre, il accédait à un bar dont Mary ignorait l'existence.

La bouteille d'Armagnac sur laquelle il comptait pour oublier les émotions des dernières heures avait disparu.

Philosophe, Higgins accepta la fatalité. Il lui restait le *Times* de la veille, que Mary avait lu avant lui, comme d'habitude, en remettant ensuite à sa place la bande d'abonnement.

Le siamois ronronnait doucement. Le feu dansait dans la cheminée, un silence apaisant habitait la vieille maison en pierres de taille. Que le monde fût mauvais, que la haine, l'hypocrisie, la lâcheté et l'ambition y régnassent en maîtresses insatiables, l'ex-inspecteur-chef n'en doutait pas. Mais ce soir, il préférait penser à un souvenir plus riant. À un homme qui avait risqué sa vie pour sauver un mort.

Higgins éternua à plusieurs reprises. Un refroidissement. Une fois de plus, Mary triomphait.

ŒUVRES DE CHRISTIAN JACQ

Romans

L'Affaire Toutankhamon, Grasset (prix des Maisons de la Presse).
Barrage sur le Nil, Robert Laffont.
Champollion l'Égyptien, XO Éditions.
Le Dernier Rêve de Cléopâtre, XO Éditions.
L'Empire du pape blanc (épuisé).
Les Enquêtes de Setna, XO Éditions :
* *La Tombe maudite.*
** *Le Livre interdit.*
*** *Le Voleur d'âmes.*
**** *Le Duel des mages.*
Égypte, l'ultime espoir, XO Éditions.
Et l'Égypte s'éveilla, XO Éditions :
* *La Guerre des clans.*
** *Le Feu du Scorpion.*
*** *L'Œil du Faucon.*
Horemheb, le retour de la lumière, XO Éditions.
Imhotep, l'inventeur de l'éternité, XO Éditions.
J'ai construit la Grande Pyramide, XO Éditions.
Le Juge d'Égypte, Plon :
* *La Pyramide assassinée.*
** *La Loi du désert.*
*** *La Justice du vizir.*
La Création du Temple de Salomon, Ebook (uniquement).
Maître Hiram et le roi Salomon, XO Éditions.
Le Moine et le Vénérable, Robert Laffont.
Mozart, XO Éditions :
* *Le Grand Magicien.*
** *Le Fils de la Lumière.*
*** *Le Frère du Feu.*
**** *L'Aimé d'Isis.*
Les Mystères d'Osiris, XO Éditions :
* *L'Arbre de vie.*

*** La Conspiration du mal.*

**** Le Chemin du feu.*

***** Le Grand Secret.*

La Naissance d'Anubis ou le Crime suprême (nouvelle), J Éditions.

Néfertiti, l'Ombre du Soleil, XO Éditions.

Pharaon, mon royaume est de ce monde, XO Éditions.

Le Pharaon noir, Robert Laffont.

La Pierre de lumière, XO Éditions :

** Néfer le Silencieux.*

*** La Femme sage.*

**** Paneb l'Ardent.*

***** La Place de Vérité.*

Pour l'Amour de Philae, Grasset.

Le Procès de la momie, XO Éditions.

La Prodigieuse Aventure du Lama Dancing (épuisé).

Que la vie est douce à l'ombre des palmes (nouvelles), XO Éditions.

Ramsès, Robert Laffont :

** Le Fils de la Lumière.*

*** Le Temple des millions d'années.*

**** La Bataille de Kadesh.*

***** La Dame d'Abou Simbel.*

****** Sous l'acacia d'Occident.*

La Reine Liberté, XO Éditions :

** L'Empire des ténèbres.*

*** La Guerre des couronnes.*

**** L'Épée flamboyante.*

La Reine Soleil, Julliard (prix Jean-d'Heurs du roman historique).

Sphinx, XO Éditions.

Toutânkhamon, l'ultime secret, XO Éditions.

Urgence absolue, XO Éditions.

La Vengeance des dieux, XO Éditions :

** Chasse à l'homme.*

*** La Divine Adoratrice.*

Ouvrages pour la jeunesse

Contes et légendes du temps des pyramides, Nathan.

La Fiancée du Nil, Magnard (prix Saint-Affrique).

Les Pharaons racontés par..., Perrin.

Essais sur l'Égypte ancienne

Ces femmes qui ont fait l'Égypte, XO Éditions.

L'Égypte ancienne au jour le jour, Perrin.

L'Égypte des grands pharaons, Perrin (couronné par l'Académie française).

Les Égyptiennes, portraits de femmes de l'Égypte pharaonique (épuisé).

Les Grands Sages de l'Égypte ancienne, Perrin.

Initiation à l'Égypte ancienne, MdV Éditeur.

La Légende d'Isis et d'Osiris, ou la Victoire de l'amour sur la mort, MdV Éditeur.

Les Maximes de Ptah-Hotep. L'enseignement d'un sage du temps des pyramides, MdV Éditeur.

Le Monde magique de l'Égypte ancienne, XO Éditions.

Néfertiti et Akhénaton, le couple solaire, Perrin.

Paysages et paradis de l'autre monde selon l'Égypte ancienne, MdV Éditeur.

Le Petit Champollion illustré, Robert Laffont.

Pouvoir et sagesse selon l'Égypte ancienne, XO Éditions.

Préface à : *Champollion, grammaire égyptienne*, Actes Sud.

Préface et commentaires à : *Champollion, textes fondamentaux sur l'Égypte ancienne*, MdV Éditeur.

Rubriques « Archéologie égyptienne », dans le *Grand Dictionnaire encyclopédique*, Larousse.

Rubriques « L'Égypte pharaonique », dans le *Dictionnaire critique de l'ésotérisme*, Presses universitaires de France.

La Sagesse vivante de l'Égypte ancienne, Robert Laffont.

La Tradition primordiale de l'Égypte ancienne selon les Textes des Pyramides, Grasset.

La Vallée des Rois, histoire et découverte d'une demeure d'éternité, Perrin.

Voyage dans l'Égypte des pharaons, Perrin.

Autres essais

La Flûte enchantée de W.A. Mozart, traduction, présentation et commentaires de C. Jacq, MdV Éditeur.

La Franc-maçonnerie, histoire et initiation, Robert Laffont.

Le Livre des Deux Chemins, symbolique du Puy-en-Velay (épuisé).

Le Message initiatique des cathédrales, MdV Éditeur.

Saint-Bertrand-de-Comminges (épuisé).

Saint-Just-de-Valcabrère (épuisé).

Trois Voyages initiatiques, XO Éditions :

* *La Confrérie des Sages du Nord.*

** *Le Message des constructeurs de cathédrales.*

*** *Le Voyage initiatique ou les Trente-Trois Degrés de la Sagesse.*

Albums illustrés

L'Égypte vue du ciel (photographies de P. Plisson), XO Éditions et La Martinière.

Karnak et Louxor, Pygmalion.

Le Mystère des hiéroglyphes, la clé de l'Égypte ancienne, Favre.

La Vallée des Rois, images et mystères (épuisé).

Le Voyage aux pyramides (épuisé).

Le Voyage sur le Nil (épuisé).

Sur les pas de Champollion, l'Égypte des hiéroglyphes (épuisé).

Bandes dessinées

Les Mystères d'Osiris (scénario : Maryse, Jean-François Charles ; dessins : Benoît Roels), Glénat et XO Éditions :

* *L'Arbre de vie (1).*

** *L'Arbre de vie (2).*

*** *La Conspiration du mal (1).*

**** *La Conspiration du mal (2).*

ON EN PARLE...

« Higgins travaille comme nous le faisons, dans la réflexion. Il écoute, il observe, il relève ce qui est anachronique et incohérent. Ensuite, il réfléchit, analyse et pose les bonnes questions. Depuis trente-trois ans au service de la gendarmerie et de l'IRCGN, c'est ainsi que je forme les enquêteurs et les techniciens qui travaillent avec moi. »

Capitaine THOMAS.
IRCGN

*

« La recette de Christian Jacq est simple : une intrigue bien construite, des personnages attachants et une écriture alerte. Simple, efficace... On n'a jamais fait mieux ! »

Thierry NIOGRET,
France Bleu Béarn.

*

« Une tradition d'enquête policière où la résolution des crimes commis ne doit rien aux procédés technologiques modernes, mais tout à la sagacité d'un enquêteur, l'inspecteur Higgins, digne héritier des Poirot ou Holmes. »

Nicolas BLONDEAU,
Le Progrès.

*

« Il n'est pas exagéré de dire que le lecteur, littéralement absorbé, mène les investigations au côté de l'inspecteur Higgins. »

Noëlle DE SONIS,
La Manche Libre.

*

« Le livre est rythmé, l'enquête digne d'un roman d'Agatha Christie. La recette est classique, mais la magie opère toujours. Le lecteur est captivé jusqu'aux dernières pages. »

Franck BOITELLE,
Paris-Normandie.

*

« Christian Jacq mène avec une redoutable efficacité et une délicieuse sophistication un récit bien sombre et bien cadencé. Le lecteur est bousculé par les contre-indices qui jaillissent à chaque page. Il se laisse baigner par l'atmosphère enveloppante du récit. Ambiance crépusculaire et frissons garantis jusqu'à la dernière ligne. »

Véronique EMMANUELLI,
Corse-Matin.

*

« Higgins n'écoute que son bon sens et balaie d'un revers toute précipitation. Poirot et Maigret, ses illustres confrères, usent de la même sagesse. »

Vincent ROUSSOT,
L'Yonne Républicaine.

*

« Fidèle à son habitude, Higgins va devoir user de son sens de l'observation, de sa maîtrise de la conversation et de sa perspicacité pour faire toute la lumière. »

Lyliane MOSCA,
L'Est-éclair.

*

« Des polars à l'anglaise qui respectent à merveille les canons du genre, à commencer par les personnages, très typés… Des romans plaisants et distrayants, qui plus est bien écrits, pour passer le temps en avion, dans le train, ou en cachette au bureau derrière son Mac.

Depuis le paradis des romanciers, sainte Agatha Christie doit considérer avec plaisir la réussite de l'un de ses fidèles continuateurs. »

Philippe LE CLAIRE,
L'Union-L'Ardennais.

*

« Le livre se déguste comme un bon Agatha Christie et on attend avec impatience de découvrir la suite des aventures de cet inspecteur de Scotland Yard qui tient autant d'Hercule Poirot que de l'inspecteur Columbo ! »

Florence DALMAS,
Le Dauphiné Libéré.

*

« Un roman fidèle à l'atmosphère et aux retournements de situation, tels que les aime Christian Jacq. Et nous avec. »

Yves DURAND,
Le Courrier de l'Ouest.

*

« Atmosphères troubles, énigmes a priori inextricables, personnages hauts en couleur, fausses pistes de tous côtés… Délectez-vous des enquêtes menées de main de maître par l'incomparable Higgins. »

Le Grand Livre du Mois.

*

« Délicieusement désuet, mais très moderne en même temps, le héros de Christian Jacq est réellement post-moderne. Réjouissant ! (...) On est enchanté du début à la fin. Avec une régularité métronomique, l'auteur livre ses gouleyantes enquêtes de l'inspecteur Higgins. Du grand art et une belle constance ! On en redemande. »

Bernard CATTANÉO,
Courrier français.

*

« Posé, poli, Higgins a tout du gentleman. Les personnages qu'il croise le sont sans doute moins. (...) Tel un Sherlock Holmes ou un Hercule Poirot, il note tout. Le visible comme l'invisible n'ont pas de secret pour lui. On tente, de rencontre en rencontre, de deviner avec, voire avant lui, le fin mot de l'histoire mais Christian Jacq se joue de nous. Il nous faut, nous aussi, séparer le bon grain de l'ivraie, passer outre les apparences et les évidences. »

Sébastien DIEULLE,
La Semaine de l'Île-de-France.

Achevé d'imprimer sur Roto-Page
par l'Imprimerie Floch à Mayenne
en décembre 2019

Dépôt légal : novembre 2020
N° d'édition : 4367/01 – N° d'impression : 97041

Imprimé en France